# 古典文學研究輯刊

七 編

曾 永 義 主編

第 5 冊

明清家庭小說的時間研究——
以《金瓶梅》、《醒世姻緣傳》、《林蘭香》、《紅樓夢》爲對象（上）

林 偉 淑 著

國家圖書館出版品預行編目資料

明清家庭小說的時間研究——以《金瓶梅》、《醒世姻緣傳》、
《林蘭香》、《紅樓夢》為對象（上）／林偉淑 著—初版—新
北市：花木蘭文化出版社，2013〔民102〕
目 4+156 面；19×26 公分
（古典文學研究輯刊　七編：第 5 冊）
ISBN：978-986-322-094-7（精裝）
1. 明清小說 2. 文學評論
820.8　　　　　　　　　　　　　　　　　102001627

ISBN-978-986-322-094-7

9 789863 220947

古典文學研究輯刊
七 編 第五冊　　　　　　　　ISBN：978-986-322-094-7

明清家庭小說的時間研究——
以《金瓶梅》、《醒世姻緣傳》、《林蘭香》、《紅樓夢》爲對象（上）

作　　者　林偉淑
主　　編　曾永義
總 編 輯　杜潔祥
出　　版　花木蘭文化出版社
發 行 所　花木蘭文化出版社
發 行 人　高小娟
聯絡地址　新北市永和區中正路五九五號七樓
　　　　　電話：02-2923-1455／傳眞：02-2923-1452
網　　址　http://www.huamulan.tw 信箱 sut81518@gmail.com
印　　刷　普羅文化出版廣告事業
初　　版　2013 年 3 月
定　　價　七編 16 冊（精裝）新台幣 26,000 元

# 明清家庭小說的時間研究——

## 以《金瓶梅》、《醒世姻緣傳》、《林蘭香》、《紅樓夢》爲對象（上）

林偉淑　著

## 作者簡介

林偉淑，現為淡江大學中國文學學系專任助理教授。學經歷為：輔仁大學中文系博士、中山大學中文系碩士、淡江大學中文系畢業，曾赴德國並於法蘭克福歌德學院及 MAINZ 大學的大學語言班學習德文。碩士論文以台灣六〇年代白先勇等人創辦的《現代文學》雜誌為研究對象，博士論文則回到古典小說，研究明清家庭小說。2011 年為宏典文化出版社撰寫《樂知學院 — 金瓶梅》一書。

## 提　要

　　魯迅在《中國小說史略》提出人情／世情小說，然而人情／世情一詞涵蓋的範圍較廣，近人提出「家庭小說」，使世態人情的指稱，更能聚焦在家庭的書寫上。

　　本文討論《金瓶梅》、《醒世姻緣傳》、《林蘭香》、《紅樓夢》等四部明清小說的時間議題。家庭的興衰常是和國家有密切的關係，家庭小說往往設定一個過去的、前朝的皇帝紀年，隱喻對於那個時代的褒貶。個人的劫難有時是依傍所生存的時代，有時則是因果輪迴的功過計算，僅管如此，仍能在生命中展現自己存在的可能性。本論文透過家庭時間以及空間所記憶的時間變化，討論明清這四部家庭小說展現的意義。

　　家庭小說的時間往往表現在日常瑣事中。小說描寫家庭事件、聚會宴飲、祭祖活動、飲食服飾、男女欲望、夫妻主僕之間的家庭生活，這種貼近女性視角的表現，正是家庭小說有別於其他小說的書寫方式；小說裡不斷出現的「第二天」、「次日」等時間修辭，體現日常生活的時間感；小說描寫的個人時間刻度「生日」，以及群體時間刻度「歲時節慶」，都帶有深刻的文化意涵；家庭小說多以編年體寫作，然而依時敘事有所侷限，因此使用預敘、補敘、追敘、倒敘手法，以補充直線時間敘述的不足；小說寫作家庭生活中占卜算命，猜燈謎、占花名的家庭遊戲預言未來，並強調小說的主題命意。

　　時間必須依傍空間才能被表現，透過空間的變化展現時間的流轉；宅院中的私密空間如臥房、閣樓都充滿過往的記憶，或用以召喚記憶。家庭小說中的智慧老人往往指出時間的流轉；夢境則有預言或警告的作用。時間的消逝，使人們對於存在有更深刻的感受，這也使得作為敘事文體的家庭小說，展現更深刻的抒情性及文化意義。

目次

# 第一章 緒 論

　　中國傳統文化中，**家庭**是最小的社會單位，由家庭進一步形成家族和宗法制度是社會的基本結構，由家庭進而擴大爲家族、再向外擴大爲社會，形成有組織的國家。因此，中國的倫理觀是從「家庭」開展出來：父子、夫婦、兄弟，再到君臣、朋友。錢穆先生曾言：「家是中國文化中一個最重要的柱石，我們可以說中國文化，全部都是從家族觀念上築起，先有家族觀念，乃有人道觀念，先有人道觀念，乃有其他的一切」、「中國文化，全部都是從家族觀念上築起」〔註1〕顯示家庭是中國社會結構中的基本單位。

　　余英時也曾說：「中國文化的特色，在夏商周時已經有了，是一個很長的文化源流；在這裡面，家族大概占了很重要的成分，也就是說，中國文化是以家庭爲主的。」〔註2〕在宋代以後，家族制度由一個共同祖先作爲家族血緣紐帶，以族長爲權力核心，以家族、族規、祠堂、族田爲內容的家族制度得到強化。〔註3〕明清家庭小說在家族制度發展逐漸成熟後展開，並將家族的描寫收攏在一個家庭內部的敘事，至於作爲權力核心的族長，可能替換成男主人或家中輩份最高的女性。

　　中國古典小說發展至明代，產生所謂的四大奇書：《三國演義》、《水滸傳》、《西遊記》、《金瓶梅》，各代表著歷史演義小說、英雄傳奇小說、神魔小說及世情小說等四種不同的主題，其中世情小說發展至清代，《紅樓夢》爲其

---

〔註1〕 錢穆，《中國文化史導論》，上海：三聯書局，1988年，頁42。
〔註2〕 余英時，《中國文化與現代變遷》，台北：三民出版社，1995年8月1日出版，頁196。
〔註3〕 胡文彬，《紅樓夢與中國文化論稿》，北京：中國書局，2005年1月初版，頁584。

代表作。然而世情一詞涵蓋的層面極廣，包括了才子佳人、豔情故事、家庭故事，因此，後來的學者對世情小說作了更細緻的分類。其中，描述家庭種種的小說，不僅表現了中國社會文化，更是明清小說的一個重要主題。

　　**家庭小說**一詞的提出與界定是晚近才形成的看法。然而，「在中國，古代文學視域中，家庭小說的研究卻仍是比較薄弱的一環。」〔註4〕同時，對於家庭小說的時間研究，更是極少被仔細討論。

　　時間的描述作爲敘事文本聚焦的方向，表現出敘事者的情感、思想，使時間充滿了隱喻及詮釋意義。事實上，我們對於時間的概念，多半是日曆上的日期，鐘錶上的時刻，時間同時也在空間中流動，因此我們對於時間的感知也通過四季的往復，而有不同的感受，或者說，是在歲歲年年過往後，沈積下來對於生命某些時刻的感受。然而令我們注意到的時間，多半是具有特殊意義的時間刻度，例如生日、忌日、節日、紀念日。家庭小說通過**時間**所描述的生、老、病、死的種種歷程，往往表現了作者對於生命的反省。然而，當代對於明清家庭小說的研究中，似乎都遺忘了關於時間的討論。

　　小說爲敘事文體，時間是敘事文學中重要的一個因素。家庭小說的敘事時間與故事中自然時間的敘述，基本上是一致的。神魔小說的時間往往是大於故事的自然時間，天上人間有不同的時間尺度，如神魔小說裡常提到的，天上一日人間數年。歷史演義小說及英雄傳奇小說的敘事時間，是敘事者對於歷史人物事件的選擇和評價，〔註5〕關注某一個歷史事件的時間點，因此編纂者的歷史視野深刻地影響了時間的描述。〔註6〕從時間的流速上來看，不論是神話時間或歷史演義的時間類型，都是屬於高速及大跨度的時間型態。家庭小說則是日常生活的記錄，時間跨度較小，或者說小說的敘述時間幾乎是與故事的自然故事同步推移。明清家庭小說日常時間的敘寫，實錄了家庭生活點滴之外，並反映了中國古典文學對於時間推移、傷逝及回憶的抒情美學，小說的敘事時間不只是單向度的展開，而是同時存在直線的時間觀及循環的時間觀。

　　時間與空間往往是小說中不可分割的範疇，因此在時間問題的研究討論，不可避免地將涉及對「時空」的論題，時空座標定位了人的存在，在空

---

〔註4〕梁曉萍，《明清家庭小說的文化與敘事》，天津：南開大學出版社，2008 年 6 月初版，頁 4。

〔註5〕楊義，《中國古典小說十二講》，香港：三聯書局，2006 年 6 月初版，頁 41。

〔註6〕楊義，《楊義文存》第一卷，北京：人民出版社，1997 年 12 月初版，頁 142。

間轉移中，可以看到時間的流動，透過空間的描寫展現了時間性。康德認為，人面對的事物都在時間和空間中被體驗，時間、空間提供了主體直覺的感知。時間除了在空間中展開，同時也可能在空間中被消解，小說的時空，因而表現了無時間的永恆性，或者不斷循環的輪迴時空。

所謂時間的永恆，就消極面而言，是指時間消失，人們不再感受到時間；但就積極面而言，永恆卻指涉時間的圓滿，在沒有過去和未來的境界中圓滿地擁有時間的整體性。卡西勒指出神話的時間性比空間性更為基本，他將空間區分為「神聖」與「世俗」兩個領域，與之相對應的時間是「神話時間」和「歷史時間」。艾良德則進一步說明了日常俗世的時間，是「不斷流逝，剎那生滅，去而不復返」的歷史時間；而神話時間，則是可循環的、可重覆地被實現的。〔註7〕艾良德在《圖像與象徵》中說明了「歷史時間」，是從過去、現在到未來的編年時間，是剎那生滅、不復返的不可倒流時間；歷史時間中每一秒都是單一的、獨特的個別性時間。神話時間則是不受歷史時間規範，沒有過去與將來，且不能以日歷時鐘來衡量，是超歷史的時間。同時，透過宗教儀式與神話故事的讚頌，使得神話時間可一再呈現，表現了可倒流的時間，也就是永恆的時間。

《金瓶梅》成為明清家庭小說描寫的基本範式，家庭小說的發展以《金瓶梅》為首，直至《紅樓夢》的家庭敘事。家庭小說從《金瓶梅》開始，敘事的視角從天上神魔走向了人間；從對國家忠義的要求或豪強諸王的爭戰，轉向閨房妻妾的算計爭奪；也從慷慨激昂的歷史演義中，輾轉成為幾十年家庭生活的滄桑；巨大的視角從俯瞰人間的高度，下降成了平視百姓的生、老、病、死及柴、米、油、鹽的生活細節；敘事的時間，也從英雄刻劃的歷史年代，寫成百姓歲歲年年的時間流逝。當偉大的英雄、聖賢、王者褪去，人間的情感才會被更細緻地刻劃，一部「大旨談情」的《紅樓夢》才能成為時代的壓軸之作，同時又使後世描寫家庭生活的現代小說有所參照。

## 第一節　關於時間的討論

時間是人類經驗的基本範疇。我們存在於時間之中，然而我們卻摸不到、看不到、也無法描述時間的面貌。時間和空間是存在的一種本質，是我們界

---

〔註7〕關永中，《神話與時間》，台北：學生書局，2007 年 9 月初版，頁 75～114。

定這個世界的基本方式。空間可以描述，時間卻難以言說；時間無法捉摸，卻往往在時間消逝後，我們才能描述我們所理解到的世界被如何地改變。人們以日曆、鐘錶來衡量計算時間，看似科學且精確，但是我們也都知道，短短的一個小時，有時會讓人感到漫長如永恆，有時卻給人轉瞬即逝的感覺，重點在於這個小時裡發生了什麼事。一如德國青少年小說《默默》所道：「時間往往從日常生活中隱沒，但時間卻會從我們的內心深處發出聲音。這就是人們對於時間的感受。」〔註8〕

關於時間的探討，存在於許多個別的學科，如物理學、哲學、心理學、生物學、神學、音樂、文學、視覺藝術等領域當中。然而，我們該如何敘述時間帶來的意義，以及文學作品中透過時間的描述又展現出什麼意義呢？「時間究竟是什麼？」這個看似簡單卻難以充分表達的問題，時間觀念包含了對於時間的感知，這是社會文化與人類心理學的論題，是時間性概念的演繹進展、對於時間問題的分析討論。若我們剖析時間觀念，時間可以有幾種不同的詮釋方式：從物理性、科學的觀念來觀察，或從哲學本體論的角度來討論，同時思考時間在文化上呈現的美學意義。〔註9〕事實上，時間並不蘊含變化，而是蘊含變化的可能，而我們在此可能中體會並理解世界的改變。〔註10〕

西方關於時間的研究，隨著自然科學和哲學的分立，時間的研究也逐漸分成兩個角度來探討。一是哲學的研究，重視從人的角度來觀察自然界的時間之可能性；二是自然科學的研究，則重視從自然界（宇宙）的角度，來考察人的時間存在之可能性。而這兩個研究方向的分判，亞里斯多德的學說是重要的研究點。〔註11〕本文先討論物理時間的向度、哲學時間的向度以及時間美學的時間意義，以此作爲討論明清四部家庭小說時間意義的支援知識。

## 一、物理時間的向度

首先是按照物理時間觀念展開，這是一種關於時間秩序的理解，時間是始終一如的流逝著。然而在鐘錶時間觀的出現後，時間又是周而復始的循環著。時間竟究是如何被看見，關於物理學家看待時間的兩種態度，是時間的

〔註8〕 （德）Michael Ende，《默默》，台北：城邦集團遊目族出版社，2003年初版，頁192，這是一本關於時間快慢與生命存在意義的青少年小說。
〔註9〕 吳國盛，《時間的觀念》，北京：中國社會科學出版社，1996年，頁49。
〔註10〕 （英）K.里德伯斯（K. Ridderbos）編，章邵增譯，《時間》，北京：華夏出版社，2006年1月初版，頁166。
〔註11〕 楊河，《時間概念史研究》，北京：北京大學出版社，1998年2月，頁45。

絕對觀和相對觀。在時間的絕對觀中，時間和空間是物質實體存在的舞台，這是牛頓「絕對時間」的理論框架。〔註12〕事實上，牛頓（Newton Issac，1643～1727）受到數學家巴羅的影響，巴羅認為：「時間並不意味著真實的存在，而只是存在之持續的能力或可能性，正如空間表現了所含之物的度量能力一樣。」他又說：「時間都一如既往地流逝一個等量的行程。」巴羅認為時間無所不在，但它是不可捉摸，是抽象的，巴羅將此絕對時間稱為數學時間，牛頓則沿續這種絕對時間的觀點，並對時間下定義：

> 絕對、真正、數學的時間，源於自身，由本身特性決定，不與外界
> 任何事物相聯繫，始終如一地流逝著。〔註13〕

在此牛頓說明著，時間是連續的、獨立於外在事物的存在方式。十八世紀發展的鐘錶工業技術即蘊涵牛頓物理學的概念，鐘錶時間必須是均一的、絕對的時間概念。然而鐘錶的時間又是循環的，每天有二十四小時，每小時有六十分鐘，這提示了一種週而復始，循環往復的時間觀念，這樣的循環時間觀是把時間解釋為一個圓圈，而非線性的觀念。然而，弔詭的是，循環時間觀的內在思維是在追求永恆及不朽，然而達到永恆時，時間反而被取消了。

萊布尼茲（Leibniz Gottfried　Wilhelm，1646～1716）對於絕對時間觀提出疑問，愛因斯坦的相對時間觀，則是對於萊布尼茲所提出的問題作出結論。相對時間觀，指出時間只能依賴於事物和物質事件而存在。也就是說，相對的時間（相對的空間觀亦然），是人們通過物體運動來量度的具體的時間和空間。〔註14〕換言之，絕對的、數學的時間自身是與外界無關，且是均勻地在流逝；相對的時間則是延續性的、一種可感覺的、可度量的時間，通常我們是用日、月、年的量度來代替真正的時間。〔註15〕相對時間又稱為表現時間，這是與我們日常生活、感覺經驗相聯繫的時間感，這是將時間、空間與物質運動聯繫在一起，時間與空間成了不可分割的存在關係。愛因斯坦認為，時空之所以與事物不可分，是因為它們維繫於人的觀察和經驗，只有相對於人的觀察和經驗，事物才具有特定的時空性質。〔註16〕

---

〔註12〕吳國盛，《時間的觀念》，頁119。
〔註13〕（英）K.里德伯斯（K. Ridderbos）編，章邵增譯，《時間》，頁2。
〔註14〕楊河，《時間概念史研究》，頁80。
〔註15〕楊河，《時間概念史研究》，頁79～80。
〔註16〕吳國盛，《時間的觀念》，頁115～123。

在時間秩序的討論中，我們看到，時間是均一的流逝、同時也是周而復始的刻記在鐘錶上的機械時間，然而，人們通過絕對的秩序則又感知到，人在時間的存在中，無法成爲刻度記時的一部份，加入人存在感的時間秩序，成爲相對的時間觀，人、時間、空間因此無法分割討論。

## 二、哲學時間的向度

人的存在依附在時間的進程中，人們對於時間的看法，代表了人們對於世界的認識態度，人們藉由時間的流轉來定義所認知的世界。生命意識的覺醒，亦是人們時間意識的形成。在古代希臘，時間被冠以「萬有之父」的名稱。《吠陀經》裡說：「時間征服了整個世界，它上升著成了至尊之神。」〔註17〕生命的存在感受來自時間和空間的變化，特別是時間的變化。在此，時間帶出了存在的興衰及對生命的感知。時間的往復使生命衰老、消失，人們對此無能爲力，因此時間成爲至尊無上者。波赫斯曾說：「把空間和時間相提並論是有失恭敬的，因爲在我們的思維中可以捨棄空間，但不能排斥時間」，「在那個（感官知覺）裡我們永遠擁有時間，因爲時間是延續不斷的。」〔註 18〕因爲對於時間我們只能透過感知說明，卻不能給予客觀的界說。

在西方知識界二千五百多年的歷史中，幾乎每一個思想家都對「什麼是時間」作了不同的回答，定義諸多，但沒有絕對的答案，從古希臘、蘇格拉底等哲學家，到當代現象學家和存在主義學者，對於時間都不斷地進行追問。哲學上的時間本體論：從柏拉圖、亞里斯多德、奧古斯丁、康德、柏格森、到海德格爾等都提出深刻說明。柏拉圖（Plato，BC427－BC347）認爲宇宙是上帝根據其理式，所創作出來的摹本，因此時間和宇宙一樣也都是永恆的，時間更是永遠不停的進程。〔註 19〕「時間」是個過程，是運動的本身，人們所經驗的時間也是一個流動的過程，也就是說，這是「我」在當下的時間經驗，不過是離我而去的「過去」與正在到來的「未來」之間的過渡而已。

---

〔註17〕雷蒙多・帕尼卡，〈印度傳統中的時間和歷史：時間和羯磨〉，（法）路易・加迪（Louis Gardet）等著，鄭樂平、胡建平譯，《文化與時間》，台北：淑馨出版社，1992 年出版，P65～94，書中說明了中國、印度、希臘、猶太人、班圖人、基督教、伊斯蘭教的時間觀與歷史觀。

〔註18〕（阿根廷）波赫士（Jorge Luis Borges），〈時間〉，《波赫士全集 IV》，林一安譯，台北：台灣商務出版社，2002 年出版，頁 268～269。

〔註 19〕楊河，《時間概念史研究》，頁 18～21。

〔註20〕事實上，時間一旦離開它的主人之後，就變成了死的東西。每一個人都有他自己的時間。時間只有被擁有時，才是活的時間。〔註21〕或許根本就沒有所謂「現在」的瞬間，只有過去以及未來。〔註22〕

　　西方哲學思想裡對時間的描述，第一位有系統地研究時間問題的哲學家是古希臘哲人亞里斯多德（Aristotle，BC384─BC322），他將時間分爲過去、現在、未來的三個靜態概念，這個觀念深深影響後世。他指出時間的本質、結構，同時也說明了時間與空間的關係：

> 時間不能脫離運動和變化，事物的運動是時間存在的基礎，構成我
> 們時間概念的前後、已經包含在運動中。〔註23〕

亞里斯多德認爲時間可以被分割，可理解成過去、現在及未來。時間的本質是：「時間並不是運動，但時間也無法脫離運動」。〔註24〕時間同時存在於「人的感覺」和「事物的運動變化」二者中；在時間的構成中，「時間是可分的，分爲過去、現在、未來。」、「時間是向更早或更遲運動的數量」，只有「現在」才是時間的本質，因爲「現在」是時間的一個環結，連結著過去的時間和將來的時間，「現在」也體現了時間的永恆性，因爲它接續了過去和未來。同時，「時間的間斷性和連續性，與空間的間斷性和連續性密切相關，二者互爲表現形式。」〔註25〕

　　康德（Immanuel Kant，1724～1804）提出先驗的時間觀。由於時間沒有開端，空間也沒有界限，時間因而是永恆的、空間是無限的。他認爲人面對的事物，都在時間空間中被體驗，時間和空間透過主體所提供的範疇，是感性直覺的認知。〔註26〕「時間不是從某種經歷得出的經驗性概念，因爲當時間本身不作表象的主要內容時，同時性或序列性就不會自身地進入知覺。只有在時間本身作爲表象主要內容時，這個簡單的前提之下，我們才能想像，某些事物是在同一個時刻裡（同時），還是在不同的時刻裡（相繼）出現的。」在康德看來，時間和空間不僅具有自身的實在性、絕對性，而且還是物質組

〔註20〕（德）恩斯特・波佩爾（Ernst Poppel）著，李百涵・韓力譯，《意識的限度──關於時間與意識的新見解》，台北：淑馨出版社，1997年2月初版，頁8。
〔註21〕（德）Michael Ende，《默默》，頁184。
〔註22〕（德）Michael Ende，《默默》，頁190。
〔註23〕亞里斯多德，《物理學》，北京，商務書局，1982年，頁121。
〔註24〕楊河，《時間概念史研究》，頁31。
〔註25〕楊河，《時間概念史研究》，頁41。
〔註26〕關永中，《神話與時間》，台北：大安出版社，2007年9月，頁75。

成的可能基礎。〔註 27〕

　　康德承認絕對時間的存在，同時也對時間作空間化的解釋。〔註 28〕事物出現的時空使一切現象能被說明。對於時間存在的說明有兩種方式，第一是陳述「事物如何存在」，〔註 29〕時間是一個向量，時間不是同時的而是持續的，空間則是同時的而非持續的存在，凡是在空間中的事物，必然都在時間之中。〔註 30〕因此在時間經驗中可以分為「過去」、「現在」和「未來」；第二是從「事物如何改變」引出時間的觀點。〔註 31〕對於時間的概念，康德認為時間不是從經驗得來的經驗概念，只有假定時間是先驗存在的前提下，我們才能意識到事物的同時或相繼地存在。至於空間，空間使現象存在及可能的條件。事實上，時間蘊含著變化的種種可能性，我們因而體會、理解世界的改變。〔註 32〕康德對於時間最大的意義詮釋意義是：他將時間空間一起作認識論的討論，使時間空間問題相關聯。〔註 33〕

　　時間呈現了生命存在的感知方式。因為人的時間始自出生終至死亡，海德格爾（Martin Heidegger，1889～1976）在《存在與時間》中說明「時間性」並不意味人存在的「時間」，並不是傳統認知裡由現在、過去和未來所構成的時間中。人存在於「世界中的存在」（In-der-Welt-sein）。因為人的存在是「向死的存在」，此有（Dasein）的死亡才是此有存在的盡頭，同時，只有囊括生死兩端，才是完整的存在。

　　在海德格爾前期著作《存在與時間》，「此在的時間性」被作為討論起點，時間性成為領悟存在的可能境域。他的後期著作《時間與存在》的討論，則是以「時間」起論存在，而不是以「時間性」來起論存在。〔註 34〕

　　「此在」即是時間，「此在」存在的意義即是時間性。〔註 35〕因此對於時間、時間性問題的理解，構成了我們對於存在及生命的看法。時間與時間性的區別是：時間是與存在相關連，然而時間自身是無意義的，時間必透過時

---

〔註27〕楊河，《時間概念史研究》，頁 114。

〔註28〕吳國盛，《時間的觀念》，頁 132。

〔註29〕K.里德伯斯（K. Ridderbos）編，章邵增譯，《時間》，頁 5。

〔註30〕楊河，《時間概念史研究》，頁 119～122。

〔註31〕K.里德伯斯（K. Ridderbos）編，章邵增譯，《時間》頁 5。

〔註32〕K.里德伯斯（K. Ridderbos）編，章邵增譯，《時間》，章邵增譯，頁 166。

〔註33〕吳國盛，《時間的觀念》，頁 135。

〔註34〕楊河，《時間概念史研究》，頁 312。

〔註35〕楊河，《時間概念史研究》，頁 298、271。

間性問題來理解，**時間性**（Zeitlichkeit）則是與存在者相關連，時間性意味著可逝的東西，亦即在時間之流中消逝的東西，更清楚地說，就是與時間一起消逝的東西：**時間性**為伴隨著此在的人生歷程而存在，因此，時間性是有始終的。**時間**本身一直在消逝，然而時間是在場的，是與存在相定義的。海德格爾提醒著，凡物都有時間，但存在不是物，存在也不在時間中。換句話說，時間不是物，時間也不是存在者，只有物才在時間中，只有物才是時間性的東西。

　　海德格爾時間性的觀念，並不是認為時間和存在是分開的二種概念，存有的時間性，是在存有的參與中顯現出來。參與的決斷之所以可能，是因為存有是「將要前來」、同時「現在所有」以及「曾經」的統一現象，現在、將來和曾經，並不能分成三個時間點，也不存在於時間之流中。它們各自超出了自己又和另外二者構成統一的整體。〔註36〕在古代希臘，時間被冠以「萬有之父」的名稱。《吠陀經》裡則說：「時間征服了整個世界，它上升著成了至尊之神。」〔註37〕生命來自時間，時間的流逝使生命體衰老、消亡，而人們在事件的歷程中感受到時間，同時，也使得人們對於生命的興衰、存在有更深刻的體悟。

## 三、日常時間向度

### （一）皇帝紀年的時間刻度

　　中國古典小說深受歷史著作的影響。司馬遷的史記對後世敘事文學、史書的寫作影響極大。帝王本紀與人表列傳或記事本末，在時間向度上具有強烈的現實感。在小說中所選用的歷史紀年，同時意味著所標示的時代背景及社會狀況，這裡提供了小說讀者關於作品的時空氛圍。

　　司馬遷寫《史記》所創的紀傳體，提供了後代作家寫人敘事的藝術風格，後世文人談小說沒有不宗《史記》〔註38〕：史書上所載的中國歷代年號，是

〔註36〕陳榮華，《海德格存有與時間闡釋》，台北：臺大出版中心，2006 年初版，頁221～223。

〔註37〕〈印度傳統中的時間和歷史：時間和羯磨〉，《文化與時間》，1992 年 1 月初版，頁 65～94。

〔註38〕陳平原，《中國小說敘事模式的轉變》，頁 227，作者言：金聖歎讚「《水滸》勝似《史記》」；毛宗崗說「《三國》敘事之佳，直寫《史記》彷彿」；張竹坡則直呼「《金瓶梅》是一部《史記》」；臥閑草堂本評《儒林外史》、馮鎮巒評《聊齋志異》，也都大談吳敬梓、蒲松齡如何取法史、漢。

以皇帝登基這樣重大的政治事件作為時間的起點；年號，是隨著統治者更替而改換的歷史時間。明清家庭小說在這種既是小說虛構形式，又是「寫出皇帝年號」紀實的時間書寫下，因而突顯了人與社會、時代的關係。時間隨著統治者更替而改換，某一皇帝的歷史就是王朝歷史，於是史書隨著王朝編年記事。除了小說近「史」的形式，小說所標示的時間似乎都是「過去的」、「前朝的」時間，明清家庭小說的時間似乎多是強調「真有其事」的時間，使小說更為寫實：

> 中國古代小說不論是何種小說均受到史傳意識的影響，在時間刻度上喜好利用前朝故事演說生活哲理，即使採用現實題材也標以過去時間。這種時間刻度上的過去式，如果是歷史演義小說，則有總結前朝興亡，謳歌英雄人物，貶斥佞的審美效果。〔註39〕

皇帝紀年的書寫，使小說時間更具真實感，且隱然有寓寄作者褒貶之意，小說的所設定的皇帝年號的時間背景，使讀者有了對其時空的某種評判及想像；且以前朝的、過去的時間寫作小說，也有著回憶感傷的美學風格。

### （二）「年月日」編年記錄時間

日月是先民對於自然的認識，萬物依靠太陽生長，在日出而作日落而息的農耕生活中，人們對於日升暮落、週而復始的感知最深刻，因此有了「日」，第二個時間單位是「月」，月的陰晴圓缺提供了較長的時間計算單位。最後是「年」，這是關於作物的收成，穀物一熟為一稔，亦即為一年的時間。物候的生命周期影響了人們的生活，這樣記載在《詩經》中即載錄，如〈七月〉寫出先秦豳地農民一年中農事生產、氣候風物變化和百姓生活。從日月到四時，再到曆法的出現，大約完成於中國的西周時期。〔註40〕

以《金瓶梅》為首的幾部明清家庭小說，大量地採用著「年—月—日」的編年書寫方式，詳細地記錄著時間的流逝，這種「以年繫月、以月繫日、以日敘事」模式的敘事方式，是源自於編年紀事體的史傳時間。〔註41〕這種

---

〔註39〕魯德才，《古代白話小說形態發展史論》，天津：開南大學出版社，2002 年 12月初版，頁 53。

〔註40〕劉文英，《中國古代的時空觀念》（修訂本），頁 15～18，曆法的出現，是人類認識時間及計算時間很重要的一個標誌。中國曆法的頒布始於夏朝，到了西周，已有黃道周天二十八個星宿，也有了「晨」、「平旦」、「食時」……等時刻，對於時間的測定及推算也益加精確。

〔註41〕魯德才，《古代白話小說形態發展史論》，頁 53。

編年紀事的方式，也提供了明清家庭小說敘事時間的方式，記錄家庭日常生活，進而寫家族，同時也寫進了對社會、國家的看法。

　　這種紀事編年體，從體例上來看，史「傳」所敘述的即是人物生平事迹，司馬遷作人物傳紀，到了唐傳奇也用傳紀體寫出人物故事。明清家庭小說敘述家庭故事，人物爲家庭裡的主體，因此，年月日時間載錄的是人物的生命歷程以及伴隨發生的事件。例如《金瓶梅》寫西門慶發迹史，寫他二十八歲發迹，三十三歲暴卒，短短五年，由破落戶司法黃牛至提刑正千戶的故事，〔註42〕待他卒後，轉而寫吳月娘如何操持西門家務，並使西門慶投胎轉世的遺腹子孝哥兒與普靜師父出家而去，收養廝僕玳安爲義子，並改名爲西門玳安，西門玳安與小玉奉養月娘至終老。《紅樓夢》則建構在賈寶玉、林黛玉的傳奇故事上，以年月日的編年時間，編寫人物生命故事，並建構出家庭的敘事時間。

### （三）循環的時間刻度

　　在小說中日復一日的過往是直線的時間流逝，但是小說中四季、節令、小說人物生日等時間刻度是年復一年的往復循環，不斷提醒人們時間的存在／或流失的意義，然而年復一年往復循環的節慶時間、生日等時間刻度，卻年年有不同的內容，以及由此產生對於生命的反省。

　　巴赫金（M. M. Bakhtin，1895～1975）在《小說理論》對於時間及空間（即所謂「時空體」）有所討論。〔註43〕他在〈審美活動中的作者與主人公〉和〈小說的時間形式和時空體形式〉〔註44〕二文討論文學作品中的時間結構，以及人物內心時間等，並且強調「成長」（Bildung）是小說時間的最本質表現。巴赫金認爲，我們身上同時寓有兩種時間，自然的生物時間和社會的歷史時間。人的成長是在自然的生物時間裡展開，這種時間是循環的、周期的，但它卻是不可逆轉的，它是均速的、單調的；一旦進入人類的社會生

---

〔註42〕楊昌年，《古典小說名著析評》，台北：五南圖書出版公司，1994 年 5 月初版，2005 年 3 月二版一刷，頁 179。

〔註43〕巴赫金（M.M. Bakhtin），《小說理論》，《巴赫金全集》第三卷，石家莊：河北教育出版社，1998 年，頁 274～275：〈小說的時間形式和時空體形式——歷史詩學概述〉中說明：文學把握現實的歷史時間與空間，把握了展現在時空中的現實的歷史的人。文學同時藝術地掌握了時間和空間的相互聯繫。這就是所謂的「時空體」（直譯爲「時空」），時空體一詞同時表示了時間空間的不可分割（時間是空間的第四維度）。然而，時空體的主導因素是時間。

〔註44〕巴赫金（M.M. Bakhtin），《哲學美學》，《巴赫金全集》第一卷，頁 78、頁 274。

活，時間會因文化或價值內涵的介入，而顯出輕重緩急的態勢。如日常時間裡的節慶，以及個體生命中的一系列值得慶賀的時日，就能在均速的時間中突顯出來。〔註45〕這裡提供了我們對於時間文化認知的反省。

巴赫金對於小說中的成長時間，他在〈教育小說及其在現實主義歷史中的意義〉提出解釋，他將成長小說可分爲五類，〔註46〕其中最重要的是現實主義的成長小說。在此類成長小說中，人的成長與歷史的形成不可分割地聯繫在一起。人的成長是在眞實的歷史時間中實現，與歷史時間的必然性、圓滿性、它的未來，它深刻的時空體性質緊緊結合在一起。人物的成長反映了世界本身的歷史成長，因此人物已不只是處在一個時代的內部，而是處在一個時代向另一個時代的轉折點上，這一轉折點通過「此一人物」來完成，「他」不得不成爲前所未有的新型的人，這就是人的成長，如拉伯雷的作品。

巴赫金討論拉伯雷小說時，認爲拉伯雷小說中最基本的範疇是成長的範疇，而且是現實時空中成長的範疇。〔註47〕拉伯雷的小說寫入了酒醉、宗教、性猥褻、排泄以及死亡的情節，以荒誕、怪異寫了物質化的現實世界。拉伯雷寫死亡，把死亡看成是站立在短暫易朽的世界中，死亡同時也處於無所不包的時間系列中，因爲死亡是生命的必然因素，然而生命會繼續向前，不會被死亡絆住。〔註48〕死亡與歡笑、死與吃喝，在拉伯雷的小說中經常爲鄰，這種矛盾對立卻又表現狂歡與死亡的語調，形成民間笑謔藝術創作的基礎。

---

〔註45〕王建剛，《狂歡詩學——巴赫金文學思想研究》，上海：學林出版社，2001 年 12 月，導言頁 5。

〔註46〕巴赫金（M.M. Bakhtin），〈教育小說及其在現實主義歷史中的意義〉，《小說理論》，《巴赫金全集》第三卷，頁 230～232：1、純粹的循環時間——田園時間：人從童年開始通過青年、成年步入老年的歷程，揭示出人物性格及觀點隨著年齡而發生重要的內在變化，人的成長在循環時間觀中完全可能，如托爾斯泰的作品。2、循環型成長時間：勾勒從青年時的理想和幻想轉變到成熟時的清醒和實用主義。十八世紀下半葉出現的古典教育小說即爲此類，如歌德的作品。3、傳記型小說：人的成長發生在傳記時間裡，這裡形成人的命運，同時人也在命運中創造人的自身，並形成他的性格，如狄更斯的《大衛·柯波菲爾》。4、訓諭教育小說：以教育思想爲基礎，所描繪的是嚴格意義上的教育過程，如盧梭的《愛彌兒》。5、現實主義的成長小說。

〔註47〕巴赫金（M.M. Bakhtin），《小說理論》，《巴赫金全集》第三卷，頁 363。

〔註48〕巴赫金（M.M. Bakhtin），《小說理論》，《巴赫金全集》第三卷，頁 390～391。

　　巴赫金通過對於杜斯妥也夫斯基小說藝術觀點的討論，發展出「復調」
〔註49〕及「對話」理論，並從中發展出「狂歡化」理論，使得小說的時空從
常規的、服從於嚴格的等級秩序的生活」，形成一種「對一切神聖物的褻瀆
和歪曲，充滿了不敬和猥褻，充滿了對一切人一切事的隨意不拘的交往」的
狂歡節慶的生活，在狂歡節慶中，日常生活裡的限制、規範都暫時被解除，
〔註50〕打破常軌，打破社會現實及思想觀念的封閉對立性，雅俗混同，形成
眾聲喧嘩的現象。

## 四、時間美學的向度

　　「時間是什麼？」這似乎是永恆的天問，在西元 4 世紀時，奧古斯丁（ST
Augustine，354～430）便問道：

> 時間究竟是什麼？誰能輕易概括地說明它？誰對此有明確的概念，
> 能用言語表達出來？可是在談話之中，有什麼比時間更常見，更熟
> 悉呢？

時間無所不在，我們言說著時間，看著年歲增長，可是我們卻難以用語言精
確地定義時間，一如奧古斯丁所言：「我們談到時間，當然瞭解，聽別人談到
時間，我們也領會。那麼時間究竟是什麼？沒有人問我，我倒清楚，有人問
我，我想說明，便茫然不解了……既然過去已經不在，將來尚未到來，則過
去和將來這兩個時間怎樣存在呢？」〔註51〕時間是什麼，這是一個抽象又複
雜的問題，時間究竟如何存在，我們又如何度量時間，所謂時間的長度是什
麼呢？

> 可是度量時間，應在一定的空間中度量？我們說一倍、二倍、相等，
> 或作類似的比例，都是指時間的長度。我們在那一種空間中度量目

---

〔註49〕巴赫金（M.M. Bakhtin），《杜斯妥也夫斯基詩學問題與訪談》，《巴赫金全集》
　　　　第五卷，頁 4～5，所謂的「復調」，即有著眾多的各自獨立而不相融合的聲音
　　　　和意識，由具有充分價值的不同聲音組成真正的複調──這確實是杜斯妥也
　　　　夫斯基長篇小說的基本特點。在他的作品裡，不是眾多的性格和命運構成一
　　　　個統一的客觀的世界，在作者統一的意識支配下層層展開；這裡恰是眾多地
　　　　位平等的意識連同他們各自的世界，結合在某個統一的事件之中，而相互間
　　　　不發生融合。
〔註50〕巴赫金（M.M. Bakhtin），《杜斯妥也夫斯基詩學問題與訪談》，《巴赫金全集》
　　　　第五卷，頁 170。
〔註51〕奧古斯汀（Saint Augustine），《懺悔錄》，周士良譯，北京：商務印書館，1997
　　　　年，頁 242。

　　　前經過的時間呢？是否在它所來自的將來中？但將來尚未存在，無
　　　從度量。是否在它經過的現在？現在沒有長度，亦無從度量。是否
　　　在它所趨向的過去？過去已不存在，也無從度量。〔註52〕

儘管時間無從度量，人們卻時時算計時間的長度，感受時間的快慢久暫。奧古斯丁提出了新的時間概念——心理的或意識的時間概念，同時這是一種內在的時間感。因為我們所度量的時間，「不是尚未存在的時間，也不是已經不存在的時間，不是絕無長度的時間，也不是沒有終止的時間，我們不量過去、現在、將來，或正在過去的時間，但我們總是在度量時間」。〔註53〕簡言之，實際存在的時間概念是「事物運動在人心靈留下的印象。」〔註54〕奧古斯丁認為時間是以心靈為基礎，對於過去儘管過去，但記憶已留下；未來儘管尚未到來，然而心中已湧現了期望；現在儘管是疾馳而去，但我們能注目現在，這就是真正的時間——只存在我們心中的時間。

### （一）心理時間

　　法國哲學家柏格森（Henri Bergson，1859～1941）認為時間是生命的本質。創造植根於生命，生命的本質在於時間，而時間的本質則是「綿延」（duration）。同時他認為，時間有兩種：一種是真正的時間，即是生活時間，是純粹綿延的時間；另一種是科學的時間，即是度量的時間，是空間化的時間。綿延的時間是連續不斷、是流動的，是內在的。空間則是排列的、可間斷的，同時也是外在的。〔註55〕柏格森反對時間被空間化，他認為時間是內在的、心理的、是綿延不斷的，他提出的「心理時間」，是指現在、過去、未來各個時刻互相滲透。在心理時間中的意識流概念，打破了傳統敘事中精確分割事物的形象，進入人物的內心世界。試圖在表現理性和非理性、意識和無意識的心理活動中逼近真實。

　　柏格森認為時間的綿延是獨一無二和不可重複的，各個意識瞬間並無法分割、測量，是彼此滲透的。前一時刻尚未消失，此一時刻又已經出現。意識像一條川流不息的流水，它的任何瞬間是不能分割，甚至不能給其命名，但同時，它又是一個整體。每一個真正的綿延瞬間都是獨特的，是不可重複

---

〔註52〕奧古斯汀（Saint Augustine），《懺悔錄》，頁242。
〔註53〕奧古斯汀（Saint Augustine），《懺悔錄》，頁254。
〔註54〕楊河，《時間概念史研究》，頁51。
〔註55〕楊河，《時間概念史研究》，頁167～169。

的時間經驗。〔註 56〕因而綿延的時間是不可測量的、是「過去消融於未來之中」的時間、是記憶中的意識之流，因為過去的瞬間保留在記憶中與現在的瞬間滲透在一起。對於時間的概念，想像成一個物、一根線、一條河……都將時間空間化。自然科學的時間概念是數學化的，時間被鐘錶數字所量度成了數學概念。然而，一旦我們企圖去測量時間，我們就會在不知不覺中使用空間來代替時間。〔註 57〕

　　法國小說家普魯斯特（Marcd Proust，1871～1922）受到柏格森的時間觀念的影響。普魯斯特的小說以「時間」為支柱，著重描述交疊的心理時間。柏格森描述一個綿延不斷的時間過程；普魯斯特的時間敘述則是被分割成段，著意於描述人物在不同時間內對同一事物的不同感受，如此，才能將過去、現在、未來的時間揉合成一個「永恆時間」。在普魯斯特的《追憶似水年華》裡提到：「一個小時不只是一個小時；它是一個容器，裝滿了香味、聲響、計劃和天候」。〔註 58〕對普魯斯特而言，時間是開始，也是結束；它是事件與人物得以生成乃至於開花結果的原因。〔註 59〕普魯斯特在老師柏格森的影響下，創作一部長達 240 餘萬字的《追憶似水年華》一書，開啓了意識流小說的先河。

　　美國心理學家威廉・詹姆斯（William James，1842～1910）在 1884 年發表〈論內省心理學所忽略的幾個問題〉一文，首次提到「意識流」，他認為：「意識並不只是片斷的連接，而是流動的，用一條河或者一股水的比來達它是最自然的。」〔註 60〕他並提出了「感覺中的現在」〔註 61〕的概念，在這一個概念中，人過去的意識會浮現，並與現在的意識交織在一起，過去的、現在的時間因而重疊。小說敘事時間中，意識流的提出，使小說的時間不再和空間糾纏在一起，可以獨立地透視人物的內心世界。

　　因此，我們可以理解心理時間不再是外在數字刻度可以測量而得的時

---

〔註 56〕王炎，《小說的時間性與現代性——歐洲成長教育小說敘事的時間性研究》，頁 36。

〔註 57〕楊河，《時間概念史研究》，頁 169。

〔註 58〕普魯斯特（Marcel Proust），第一卷〈貢布雷〉，《追憶似水年華》第七部《重現的時光》，台北：聯經出版社，1992 年 9 月初版，1998 年 2 月三刷。

〔註 59〕理萊・葛肯（Marei Gerken）著，黃添盛譯，《追憶一回——普魯斯特》，台北：商周出版社，2006 年 6 月，頁 8。

〔註 60〕廖星橋，〈意識流小說〉，《外國現代派文學導論》，北京：北京出版，1988 年，頁 161。

〔註 61〕廖星橋，〈現代文學的理論基礎〉，《外國現代派文學導論》，頁 31。

間，時間的長短並不能被絕對地量化，它是內在人物心裡，是綿延的、是交疊出現、是非理性非科學的時間，是存在記憶中，可長、可短、可一再重覆湧現的時間點。而這種心理的、意識流的時間往往使用於小說中人物內心情感、思緒的展現，心理的內在的時間無法計數，往往也將時間的過去、未來、現在同時呈現在一個回憶的時空裡。

## （二）中國抒情傳統的時間意識

中國文學中最重要的成就及表現是抒情詩。關於抒情詩的作用，卡西勒指出：「抒情詩人使我們得以洞觀靈魂的深層」、「每一個偉大的抒情詩人都讓我們認識到一種嶄新的對世界的感受」。〔註62〕抒情的本質是個人生命體現，抒情所要描寫對象是我們的心境，描寫的方法是意象的呈現，將抽象的情感寓寄在具體的事物中，以景傳情、情景交融。抒情的表現所倚賴的便是時間，時間同時呈現了生命的變化，與人們對此所產生的情感。

中國文人的作品中，抒情性及主觀性佔了絕對的地位。〔註63〕事實上任何一部敘事作品都可能含有抒情的因素，任何一部戲劇作品也都含有敘事和抒情的部份。歌德曾說「一部戲劇是最偉大的抒情詩，而一首抒情詩是最小的戲劇。」然而「抒情」更是中國古典文學的主軸，如：滄海桑田、仕宦遠遊、遊子他鄉，以及對於鄉土的記憶、家國的情感、家庭人倫，都是抒情詩吟詠常描寫的主題，並展現「悲秋傷春」、「憶古懷今」、「青山依舊在，幾度夕陽紅」的人生感受，形成了中國文學的抒情傳統。〔註64〕

---

〔註62〕 （德）卡西勒（Ernst Cassirer），《人文科學的邏輯》，關子尹譯，台北：聯經出版，1986 年 8 月初版，頁 47、203。

〔註63〕 （捷）雅羅斯拉夫·普實克（Jaroslav Průšek），《普實克中國現代文學論文集》，湖南：湖南文藝出版社，1987 年。

〔註64〕 抒情傳統是一個超越抒情詩文類的、持續而廣泛的文化現象。是源自於本身文化中的一種強固的集體共同存在的感通意識。
首先是陳世驤在〈中國抒情傳統〉一文中提出，他指出中國文學的本質與榮采完全在於抒情傳統。《陳世驤文存》，台北：志文出版社，1972 年 7 月出版——此說見於張淑香，《抒情傳統的省思與探索》，台北：大安出版社，1992 年 3 月初版，頁 41。
然而究其根本，中國抒情傳統的譜系是濫觴於宗白華〈中國藝術意境之誕生〉一文，《哲學評論》季刊第八卷第五期，重慶，1944 年 1 月。
其後，高友工爲此建立理論架構，從樂論、文論、書論、律詩學、和畫論探討中國文學與藝術抒情美典的問題。——此說見於蕭馳，〈中國抒情傳統之譜系研尋——代序〉，《中國抒情傳統》，台北：允晨，1999 年 1 月初版。

　　孔子曾言：「逝者如斯夫，不捨晝夜。」(《論語・子罕》) 江水悠悠，人的情感卻聯繫著過去，隱喻了人們對於時間消逝的無奈之感。對於時間的流逝往往是在空間更替中展現出來。抒情的本質是生命的體現，時間呈現生命、心理幽微轉折的變化，這是因為在時間當中，能展現「抒情自我與現實世界的必然衝突。」〔註 65〕因為抒情通常藉由時間的通過加以表現：我們經常在記憶中看見曾經存在的過往，並且勾勒未來；當我們翻閱記憶時，過去在追憶中會被放大、修改或者遺忘，更重要的是我們總在時間逝去的同時，追憶過往。中國抒情傳統中關於時間意識，可以分為三個部份來看，生命裡重要的片刻——抒情的當下、追憶及傷逝之感、上窮碧落下黃泉追尋生命的知音與不朽的生命境界。離別的瞬間教人意識到一切過往歡樂將不再，時間在人的容顏留下痕跡，也刻劃在詩人心中，人生的短暫和失落形成詩人生命情境的悲劇性，時間，因而形成了文人永恆的焦慮。

　　中國的抒情傳統也影響了敘事文學，當抒情詩裡這些傷春悲秋、時光易逝的內容積累成民族文化心理時，同時也悄悄轉化成明清家庭小說的主題。「詩騷」傳統對於中國小說的影響，體現在作品上，並突出作家的主觀情緒，在敘事中重言志抒情，〔註 66〕則使中國作家傾向於創作「抒情性的小說」，在小說中突出

在此脈絡下，蔡英俊則統合中國傳統詩學中比興、物色與情景交融的說法，說明中國抒情美在時序上的演變過程。參見：蔡英俊，《比興物色與情景交融》，台北：大安出版社，1990 年 8 月。

另外，呂正惠在〈物色論與緣情說——中國抒情美學在六朝的開展〉，討論了六朝抒情美學的特質，參呂正惠，《抒情傳統與政治現實》，台北：大安出版，1989 年 9 月出版。

而後，孫康宜、林順夫分別從斷代史的角度，蔡英俊、呂正惠、余寶琳從傳統詩學的概念發展，刻劃了中國抒情傳統的形成和演變；張淑香對此一傳統之本體作了思辨。見於張淑香，《抒情傳統的省思與探索》，頁 41。

以及廖師棟樑、鄭毓瑜都在抒情傳統上有深刻的論述。可參：廖棟樑，《倫理・歷史・藝術：古代楚辭學的建構》，台北：里仁，2009 年 7 月初版，里仁出版社。鄭毓瑜，《性別與家國：漢晉辭賦的楚騷論述》，台北：里仁，2000 年。另外還有華生 (Burton Watson)、宇文所安、(Stephen Owen) 和普安迪 (Andrew Plakes)，他們或許未曾有意沿此學術傳統，但其一系列著作卻從各方面拓展了此一領域的研究成果。——此說見於蕭馳，〈中國抒情傳統之譜系研尋——代序〉，《中國抒情傳統》，頁 1。以及孫康宜之作，《抒情與描寫——六朝詩歌概論》，台北：允晨叢刊，2001 年 9 月初版。

〔註 65〕　高友工，《中國美典與文學研究論集》，台北：臺灣大學出版社，2004 年 3 月，頁 365～366。

〔註 66〕　自陳平原，《中國小說敘事模式的轉變》，頁 228。

了意境，強調敘事文學的抒情性。〔註67〕明清家庭小說展開對於人生際遇的書寫時，同時表現時光流逝後，家庭人物的成長興衰。對於生命種種感懷的主題擴寫而成的《紅樓夢》，於是成為「古典抒情傳統的壓軸之作」。〔註68〕

### 1、抒情的當下

詩人通過文字塑造所感知的意象，讀者經由詩中意象心領神會，都是一連串經驗的喚起與再生。〔註69〕抒情的特質在於強調抒情主體當下的內心活動，使物我融合為一體，觀照自我的生命，以超越時空限制，祈求同情共感，在短暫的生命中見證永恆的情感。〔註70〕任何作品都有具體的時空，人物當下的情感經驗，如鄉愁、離思等，都是因為空間改變而引發情感的流蕩。中國抒情傳統下的抒情美典，討論的重點是「抒情自我」與「抒情現時」，亦即是人物此刻、當下的感受，那是「自我此時」的情感，〔註71〕是指稱「一個深刻動人的經驗是在感覺及反省之後一定會對我們個人的精神生命有一種衝擊。」〔註72〕以及在時間流逝後成為記憶裡的瞬間，是「詩人面對此時此刻的情景所感受到的情感的持續表達，以至於外在的現實被重新塑造和構建，成為自我和情景的藝術世界的一個組成部份。」〔註73〕時間的流逝，使生命總有著惘然的悽楚。

存在感在時間交替時，是一個詩意的瞬刻與另一瞬刻相關連，並作為彼此的互文。例如《紅樓夢》第二十三回，正是暮春三月，桃花飄零，寶玉展讀《牡丹亭》，讀到「落紅成陣」，只見一陣風過，滿身滿地滿書都是桃花花瓣，落英繽紛，寶玉兜了花瓣來到池邊，讓花瓣飄飄蕩蕩隨著流水而去。這說明了寶玉和典藉裡的人物，分享相同／相似的當下，並因此對生命產生感懷。黛玉則在聆聽曲子「原來姹紫嫣紅開遍，似這般都付斷井頹垣」，「良辰美景奈何天，賞心樂事誰家院。」之後，領略出落花流水的意味，原來最終恐怕面對的是「水流花謝兩無情」、是「如花美眷，似水流年」，思及剛剛看到的《牡丹亭》中的「花落水流紅，閑愁萬種」文句，於是千愁萬緒湧上心

〔註67〕陳平原，〈傳統的創造性轉化〉，《中國小說敘事模式的轉變》，頁164。
〔註68〕張淑香，《抒情傳統的省思與探索》，頁52。
〔註69〕蔡瑜，《中國抒情詩的世界》，台北：學生書局，2006年1月初版，頁8。
〔註70〕張淑香，〈抒情傳統的本體意識——從理論的「演出」解讀「蘭亭集序」〉，《抒情傳統的省思與探索》，頁52。
〔註71〕高友工，《中國美典與文學研究論集》，頁87。
〔註72〕高友工，《中國美典與文學研究論集》，頁114～115。
〔註73〕孫康宜，《文學的聲音》，台北：三民書局，2001年10月初版，頁268。

頭，因爲落花流水不正象徵她無可避免終將凋謝的命運，以及時間的無情。往昔詩人的名句和眼前的情景湊聚在一起，或者是面對名山勝水，懷古悼今，於是形成了抒情的當下。〔註74〕

　　生命裡的每一段時光，都是一個生命和其他生命的相遇及碰撞，因此，人們期待在生命的際遇裡能尋獲知音。抒情傳統中很重要的一環，是知音的追尋，這使得當下的時光變得永恆。在明清家庭小說裡，總能看見人們找尋知音，獲得共鳴，使當下的生命更豐富，如在《紅樓夢》中，黛玉是寶玉的知音；《金瓶梅》裡，李瓶兒是西門慶的知音；《林蘭香》裡，宣愛娘是燕夢卿的知音，同時，田春畹也是燕夢卿的知音。有了知音，使生命存在的當下，得以無憾。

### 2、追憶與傷逝

　　人們面對生命湧現的情感，哀悼絕美生命如逝水流年。我們往往在面對人世的某個瞬間，交疊著過往的、某個人事物的記憶，對於逝去的時光與人事有無限感懷。沒有記憶，我們也感受不到時間的過程，記憶是認識時間經驗的重要方式。平淡乏味的時光，在記憶中沒有留下太多痕跡，但充滿事件的過往，卻能懷想不已。時間無法倒退，通過回憶得以重溫往事、重遊舊地、重睹故人，然而，也使人們感到生命無常。場景和典籍是回憶得以藏身和施展身手的地方，它們是有一定的疆界，〔註75〕充滿追憶的詩句，它的「詩意不在於喚起昔日的繁華，引起傷感，而且是在於這種距離。」所謂的距離，便是此刻通往過去的路徑，而我們走過這條路徑時，所留下的即是對於時間的記憶，「詩意不在於記起場景，不在於記起它們的事實，甚至也不在於昔日同今日的對比。詩意在於這樣一條途徑，通過這條途徑，語詞把想像力的運動引導向前。」〔註76〕得不到的或已經失去的，往往保留在記憶裡，通過回憶，往事才有復現的可能，人們也只有在回憶起往事時，才會認識到它的真正價值。價值和感情的力量不是在回憶起的景色裡，而是在回憶的行動和回憶的情態中。〔註77〕如果沒有記憶，也就感受不到時間的過程，記憶同時使得過去的素材成爲現在思考的部份。

---

〔註74〕蕭馳，《中國抒情傳統》，頁146～148。
〔註75〕宇文所安（Stephen Owen），鄭學勤譯，《中國古典文學中的往事再現》，台北：聯經，2006年初版，頁40。
〔註76〕（德）恩斯特・波佩爾（Ernst Poppel），《意識的限度——關於時間與意識的新見解》，1997年2月初版。
〔註77〕宇文所安（Stephen Owen），《中國古典文學中的往事再現》，頁142、頁172～173。

一如宇文所安在《中國古典文學中的往事再現》所說道:「在我們與過去相逢時,通常有某些斷片存在其間,它們是過去和現在之間的媒介。這些斷片以多種形式出現,片斷的文章,零星的記憶,某些殘存於世的碎片。斷片把人的目光引向過去。」〔註78〕我們和過去在某些時刻相逢,相逢的瞬間對於我們的生命產生衝擊。「中國文化的悲劇意識之展現,恆透過人與自然的對照,而生悠悠的宇宙性的悲哀,流露出蒼涼悲壯的人生無常之感。」〔註79〕屈原《離騷》顯現的悲劇意識,即顯示出這種懸於霄壤,上下徘徊於天地間而無所依靠之悲。

離別愁緒往往不只在當下,而是在往後的生活中繼續延續並擴大,對照今昔,古道、荒城傳達的蕭瑟寂寥之感,是一種通向綿長的歷史時間,同時也顯現人的渺小與生命的短暫。〔註80〕人面對時間的召喚,就是不斷地失落每一個當下,成爲記憶後,又不斷地爲記憶起的片刻而傷逝著;或者,帶著對過往的情感,前進。

### 3、面對死亡追求不朽

在中國的思想體系架構中,對於死亡的討論並不多,而是將重心放在現實人生的安頓,放在內在心性的探討。對於生死,儒家的代表人物孔子只言:「未知生,焉知死」《論語・先進》、「死生有命,富貴在天」。《論語・顏淵》孟子接續孔子對於生命的看法,不論鬼神,而言生命的積極意義:「盡其心者,知其性也。知其性,則知天矣。存其心,養其性,所以事天也。殀壽不貳,修身以俟之,所以立命也」。《孟子・盡心》儒學爲入世之學問,儒家重視人的存在的價值,雖然儒家並未形成眞正的宗教,但儒家的思想及精神卻使中國的知識份子信仰了數千年。孔子並非不懂生死,或拒言生死,而是孔子更願意回到人世,面對安身立命的問題。然而,這也使得儒家的學說對於如何面對死亡,沒有提出深刻的說明。

道家中莊子其論雖多言生死,但他的態度在教導人們要「安時處順」。莊子在〈齊物論〉中言:「方生方死,方死方生」、「死生一如」、「死生齊一」〔註81〕,因爲人的生死和大自然的四季的運行是一樣的,萬物有榮枯,生

〔註78〕宇文所安(Stephen Owen),《中國古典文學中的往事再現》,頁93。
〔註79〕張淑香,〈抒情傳統的本體意識——從理論的「演出」解讀「蘭亭集序」〉,《情傳統的省思與探索》,頁15。
〔註80〕張淑香,《抒情傳統的省思與探索》,頁47。
〔註81〕郭慶藩注曰:「今生者方自謂生爲生,而死者方自謂死爲生,則無生矣;生者

命當然有消長，所以莊子在妻子死後鼓盆而歌，並不是他毫無情感或不悲傷，而是明白了生命的本然是「雜乎芒芴之間，變而有氣，氣變而有形，形變而有生，今又變而之死，是相爲春秋多夏四時行也」的道理。莊子之言，泯除了生死的對立，消解人們對於形體、富貴、年壽的執著。然而莊子並沒有進一步對於死後世界的說明，莊子希望能泯除人們對於生死的執著，以超脫「有限生命」的侷限，然而面對有限生命之後的世界，人們依舊沒有概念。

相較於儒家、道家，重視在生命哲學。佛教則自東漢末年傳入中國之後，展開了中國對於死亡的論述。佛教教義中，對於時間和空間的看法，根本上認爲空間裡的一切都是人的心識意念所造成的，要能看透萬境皆空，才能識得眞義。然而在時間上，卻可以是永恆輪迴的。其中因果、輪迴的時間觀及生命觀，影響中國思想、文學創作、藝術活動。然而不論是儒家、道家或佛教之論生死意涵，其終極關懷著重的都是對於現世以及生命的安頓，及對於心靈的關照。

人們面對生命大限，面對終將死亡，總有不捨及焦慮，這使得人們開始追尋不朽的意義。文學作品所捕捉的是當下的、片刻的、是瞬間的感知，然而在書寫的同時已成爲永恆。米蘭・崑德拉（Milan Kundera）在《不朽》一書裡說著：「世俗的不朽是指死後還留在後人的記憶裡，同時，對不朽來說，人是不平等的。」〔註82〕人們追尋生命的終極意義是「不朽」，是精神的不朽，是人類文明的不朽。追尋不朽的另一端，其實是在追尋自我、以及自我的價值；只有瞭解自我及生命，生命的意義才得以被彰顯。

抒情傳統所形成的時間意識，是「瞬間」的時間意識，強調當下的感悟，每一個當下所照見的是古往今來的歷史長河。與當下所處對照的便是對於過往的記憶，人們面對生命的有限性，興懷憶往，人也因此感到了寂寞，明白了自己的渺小與生命的短暫，宇宙歷史的時空也就更顯壯濶。時間鐫刻了過去和現在，人們於是渴望獲得短暫的生命裡的知音，同時，也能爲生命寫下不朽的文字。

方自謂死爲死，而死者方自謂死爲生，則無死矣。」生死的界定來自人們對於生死詮釋的認知角度。

〔註82〕米蘭・崑德拉（Milan Kundera），《不朽》，台北：時報文化出版，1991 年 4 月初版，頁 56。

## （三）時間意義的召喚

時間與空間是我們理解和掌握世界的基本方式。不同民族、社會、文化，對於「時間」有不同的理解和詮釋，每一種文明也都通過自己的語言系統及符號系統來理解世界。〔註83〕被喻為「熱力學詩人」的普里戈金，曾在《從存在到演化》一書中說道：

> 在某種意義上，凡是對文化和社會方面感興趣的人，都必定以這種或那種方式考慮時間問題和變化規律。反過來說大概也對，凡是對時間問題感興趣的人，也都不可避免地對我們時代的文化和社會變革發生某種興趣。〔註84〕

時間不僅僅是一個科學或哲學的概念，而且還是一個時代文化意識的重要組成，時間觀念的變化一定程度上揭示了文化的變遷。當代思想家們對時間問題的關注和執著，在某個意義上折射了我們時代正在經歷的變化。〔註85〕所有人為的時間單位都是文化的產物，而且是各民族文化融合的產物。〔註86〕中西哲人、思想家或文學家不斷地追問著時間的意義，同時闡釋各民族文化的時間觀。時間的經過也為我們書寫更多的文化意義。

時間，是人們在世間最為抽象的擁有物，在擁有的同時，也正在失去。時間對人們最大的威脅，是來自於它的不可往復，人間的遺憾也源自於生命的有限性；生和死的交界是時間，生者仍在時間的包覆之下，而死者已置身於時間之外。時間區隔了生命的存在與否，「一旦有了時鐘，也就會有死亡和死人，因為我們都知道時間不停流逝，然後某個人的時間用完了，死人是位在時間之外的，活人則仍置身其中。」〔註87〕因為人們終必死亡，終究會位於「時間之外」，人們面對生命終點的到來，因此有所畏懼或體悟，因此人們試著瞭解當下及永恆的意義。

中國文人的寫作一直是源自於追求生命不朽的創作意圖，而要求作品「不朽」的立言目標，也是中國文人面對死亡的一種態度。不僅是中國文人以詩

---

〔註83〕（法）路易·加迪（Louis Gardet）等著，《文化與時間》，台北：淑馨出版社，1992年1月初版，1995年8月二版，頁284。

〔註84〕（俄）普里戈金（Ilya Prigogine），《從存在到演化》，曾慶宏等譯，上海：上海科技出版社，1986年初版，頁7。

〔註85〕吳國盛，〈第一版序〉，《時間的觀念》，頁3。

〔註86〕吳國盛，〈第一版序〉，《時間的觀念》，頁18。

〔註87〕瑪格莉特·愛特伍（Margaret Atwood），《與死者協商－談寫作》，台北：麥田出版社，2004年，頁209。

文證成生命的圓滿無憾。在西方，作家的創作意圖亦源自於對短暫生命的不捨，一如加拿大作家瑪格莉特・愛特伍所言：「或許所有的寫作，其深層動機都來自對『人必有死』這一點的畏懼和驚迷。」〔註88〕創作的目的，使有限的生命被延續。寫作接續了過去和現在、生命與死亡、前人與來者，在寫作的同時記錄著生命裡不斷流逝的時間。人倚傍空間座標，以確定自己的存在位置，同時依賴時間座標定位了現在、過去和未來。人們在時間的感知中，擁有了對過去的記憶和對未來的渴望；也因為我們有了時間意識，因此就會感受到時間逝去的威脅。時間裡的某個時刻，發生了某個事件，事件和事件構成了的情節，這個時刻在時間洪流中，看似微不足道，卻在回顧整個事件時，因為記憶的索求因此被放大、檢視和追憶。

　　雖然在小說裡時間是最基本的結構，但閱讀小說時，我們看到的往往是人物在故事裡的來來去去，我們感受到的是情節的頓挫及起伏，我們省思或者領悟主題意義，我們很難把眼光投向「時間」，時間在講述或閱讀的同時正在消逝，時間也在事件的發展裡不斷推移著。也就是說，在時間裡，作品被創作，小說進行著，同時，在作品中，時間亦被講述與呈現。小說作為敘事文學，在時間裡串連了起事件的發展；而事件堆疊成的故事，在時間先後的次序中展開；情節扣緊因果關係，時間因而隱沒在情節安排的背後，這是一般對於小說的認知。

　　不論科學上如何測量時間，不論哲學如何討論時間，不論文學如何描述時間，時間終究無法捕捉，無法顯影。我們通常只透過「回憶」感受到曾經存在的過往；總是在時間消失後才驚覺時間已「不在」，已不在場的時間才能被確定及記錄下來？於是人們追問著時間，它以何種方式被表現？透過時間的描述又指向生命裡那些關懷意義？對於「時間是什麼」這個問題的詢問，不可能得出一個終極的結論，因為時間難以定義。然而，文學作品中關懷的問題是，人們如何面對時間的流逝，時間又是如何被表現。

　　小說中對於「時間」的關注，成為有趣且重要的研究命題，在西方的十八世紀晚期興起了「成長小說」（Bildungsroman）〔註89〕。西方的「成長小說」

〔註88〕瑪格莉特・愛特伍（Margaret Atwood），《與死者協商——談寫作》，頁209。
〔註89〕王炎，《小說的時間性與現代性——歐洲成長教育小說敘事的時間性研究》，北京：外語教學與研究出版社，2007年5月初版，頁58，文中說明：「成長教育小說」（Bildungsroman）這種小說形式發端於十八世紀下半葉的德國，後來成歐洲重要的小說形式。成長教育小說表達了成長、希望及幻滅的主題。

中人物的啓蒙、發展到啓悟都在一段長的時間中，逐漸被顯現出來；到了二十世紀則是「意識流小說」重要發展階段，意識流小說將「故事時間」〔註90〕扣在某一個片刻，卻在人物的內心獨白或自由聯想中，將過去、現在、未來的時間同時並現，時間被拉長、壓縮成為小說裡的「敘事時間」。〔註91〕敘事時間不再是順序或等速前進，只是在閱讀過程中，讀者會根據日常生活邏輯的時間概念將它重建。〔註92〕而中國的古典小說則已在明代萬曆年間約西元十六世紀，形成「家庭小說」的敘事形式，時間則是家庭小說重要的背景及前景的描寫。

回到明清家庭小說，時間和空間都是小說裡的背景，事件、場景形成的情景，成為小說文本中的一幕幕風景，當我們回到小說的時間詮釋時，我們拆解了情節裡事件的永恆與斷裂、生存與死亡、記憶的提取，以彰顯時間議題，由部份回應了小說文本的整體結構，透過時間的召喚——以隱喻、象徵、指涉等方式，呈現時間在家庭小說的文化意涵。

明清家庭小說透過季節變遷、年歲更迭、個人的時間認知，展現由家庭幅射出去的人際網絡及社群關係，也透過空間的轉移看到時間的流動與變

成長教育小說是「自覺地、富於藝術地表現一個生命過程的普遍人性」（王炎，頁 59）。成長教育小說的目標則是「整合個人時間與歷史時間，以便實現存在的整體性。」（王炎，頁 179）。

在戴華萱《台灣五〇年代小說家的成長書寫（1950～1969）》，2006 年，輔大中文所博士論文，在該文裡整理並釐清了「成長小說」名稱、起源、定義及小說的特色，在該文頁 11～12，提到，「在二十世紀，成長小說幾乎已經成為西方小說寫作的主要模式。」「在中西方迥異的歷史發展與風土民情的影響下，『成長』的概念與內容必然不盡相同，但由於該文類的成形與理論的發展源自於西方，在傳統中國裡沒有。」傳統的中國小說裡並沒有「成長小說」的名稱或討論，但不意味著傳統小說沒有成長的概念。

〔註90〕 譚君強，《敘事理論與審美文化》，北京：中國社會科學出版社，2002 年 9 月初版，頁 151，「**故事時間**」是故事發生的時間狀態，是指「事件、或者說一系列事件按其發生、發展、變化的先後順序所排列出來的時間。」

〔註91〕 羅鋼，《敘事學導論》，昆明：雲南人民出版社，1994 年 5 月一版，1995 年 7 月二次印刷，頁 132，作者將故事加工處理、再次鋪排並呈現在敘事文本的時間狀態，形成所謂的「**敘事時間**」。敘事時間是作家的重要敘事話語和敘事策略。

譚君強，《敘事理論與審美文化》，頁 151，小說的敘事時間並不是故事時間的摹仿與重複，而是一種再創造，是「在敘述本文中所出現的時間狀況，這種時間狀況可以不以故事中實際的事件發生、發展、變化的先後順序以及所需的時間長短而表現出來。」

〔註92〕 羅鋼，《敘事學導論》，頁 131～133。

化。家庭小說最大的特點是人物經歷的日常生活時間，是清楚刻記著年月日，是日復一日的與時推移。因而，家庭小說人物的成長變化、家庭興衰，或者亦反映出社會脈動及國家的隆盛衰敗，這些都是通過「時間」摹寫出來。也因此，家庭人物得不斷地面對「當下」與「失去」，例如，人們盼著家庭的團聚，卻也得面對狂歡後的淒涼與寂寞；同時又是不斷地擁有「回憶」與「期待」二者並存的生命情感。生命中若能獲得知音將會使存在更加圓滿，然而擁有和失去，是時間同時給予眾生的平等。

在家庭小說人物的關係裡，不論主僕、夫妻（妾），甚至是妻妾之間，往往也多描寫，若能得一知音（知己），回首前塵，或在生命的最終都是了無遺憾。這些情感的描寫，使家庭小說擁有了抒情的精神，即使是作爲敘事文體，依然接續了中國的抒情美典。因爲客觀的世界與自我往往有衝突，往往有失落，在尋求安身立命或自我定位時，人們極爲努力地抵抗時間的消逝，故言「抒情自我在敘述文學中必須安身立命於時間的眞實中。」對於生命「最直接的威脅莫過於時間不斷地流逝」〔註93〕。當我們理解家庭小說展現的時間意義時，我們同時觀照了敘事文學所表現的抒情意義，及人存在的永恆課題。

明清家庭小說的時間描寫，便是在「始終如一地流逝著」的日常時間中，透過對於事物及事件的描寫，感知時間甚至空間的變化。在均一流逝、直線前行的日常時間，特殊的紀念日突顯了時空的存在感，我們同時在直線前進的家庭時間中找尋永恆的時間；也在家庭小說中看到了前世今生的輪迴；看到神話的永恆時間與日常時間交會在夢境當中，這都是時間爲我們揭示的文化意義。

從西哲所發出關於時間的天問，不論是把時間看待成不斷綿延的整體，或斷裂成過去、現在、未來的存在狀態，時間成了小說中無法被忽略的論題。時間的話題在中國古典小說中被細緻描寫出來的，也始自明清家庭小說，本文擬自「時間」的角度檢視明清家庭小說的時間敘事，以及小說時間性所呈現的文化意義。

---

〔註93〕高友工，〈中國敘述傳統中的抒情境界——《紅樓夢》與《儒林外史》讀法〉，《中國美典與文學研究論集》，台北：台灣大學出版社，2004 年 3 月，頁 366。

## 第二節　明清家庭小說的界義

### 一、家庭在中國文化中的意涵及重要性

　　對於家庭小說時間性問題的探討之前，首先，必須先釐清什麼是家庭小說？又如何從前人提出的世情、人情小說，走向家庭小說？家庭小說如何界義，討論的對象有那些？家庭小說對於時間問題如何發問？透過時間的變化，家庭小說又展現了那些內容。

　　對於「家庭」的界義，以及對此一意涵的認識是從近代才開始的，美國社會學家 E.W.伯吉斯（Ernest Burgess）和 H.J.洛克（Harvey J‧Locke）在 1953年出版的《家庭》一書中提出：家庭是被婚姻、血緣或收養的紐帶聯繫起來身份相互作用和交往，創造一個共同的文化。社會學家費孝通指出家庭是父母子女形成的團體，家庭同時是社會組織裡最基本的單位。這裡對於家庭的定義，著重在家庭中人物彼此之間的關聯性，強調血親、姻親及非血親的收養關係。今日我們所認定的家庭，它的概念表現在「人」的身上，是由婚姻、血緣關係或收養關係組成的，社群中的基本單位。〔註 94〕在中國古代社會裡的家庭組成，還包括妻妾、主僕，甚至於在此家庭中賓主之間共同形成的關係。

　　家庭的組成從小家庭的父母子女，到核心家庭指父母、子女、祖父母等三代同堂，到大家庭的幾代共居。家庭指的是較狹義且直系的血緣關係，家族則是以血緣爲主，是父系血緣關係的組成，形成一種群聚的生活組織，或有學者指出「一切政治、法度、倫理、道德、學術、思想、風俗、習慣，都建築在大家庭制度上作它的表層構造。」〔註 95〕這裡關於家庭的說明，其實已由家庭延伸到家族的大家庭制度，進而隱喻了社會、國家的關係。

　　中國政治社會是君主集權，王朝興替後，以姓氏傳王位，「由血緣關係產生的族權是僅次於政權的一種有系統的權力。」〔註 96〕中國的家庭制度因而在日常生活與政治中，都有著重要的作用。從春秋時期，形成諸候與周天子的宗法制度。〔註 97〕春秋末葉，周王室衰敝，群雄爭霸，秦統一六國，從此

---

〔註94〕　（英）艾略特（Elliot.F.R）著，何世念等譯，《家庭：變革還是繼續》，北京，中國人民大學出版社，1992 年，頁 1。

〔註95〕　李大釗，《李大釗文集》，北京：人民出版社，1984 年，頁 178。

〔註96〕　段江麗，《禮法與人情——明清家庭小的家庭主題研究》，北京，中華書局，2006 年 5 月，頁 2。

〔註97〕　徐揚雄，《中國家族制度史》，北京，人民出版社，1992 年 5 月。

中央集權，並且立下了將王位傳給兒子，家天下的局面。魏晉至唐代的世族大家族，強化了血緣關係，家族又與土地莊園結合，家族勢力興起，雖不若春秋時代政權和宗法家族的結合，魏晉世家大族仍有其影響力。宋代以後世家大族衰弱，但宋以後的統治者及理學家都極力提倡封建宗法思想，重建宗法制度，以回到《禮記》所言的：「親親故尊祖，尊祖故敬宗，敬宗故收族」的宗族制度，利用血緣關係使子孫團結，「以建立同一祖先的子孫聚族而居的目的。」〔註98〕

　　家庭是家族、社會組織的基本單位，也是延續及落實中國傳統價值觀的重要場域。「在傳統社會中，人們把家看成安身立命的所在，家的價值甚至超過了個體自身生命的意義，首先是因為人們對家庭生存上的依賴。」〔註99〕家對於人們而言，不僅僅是一個空間單位，更是情感歸宿，「落葉歸根」就是這種生命走到盡頭，終究是要回到家，生命才顯完整。無家可歸，不僅意味著個體生存空間的失去，更表示一種精神上的孤苦無依，以及情感上的飄零而無所依歸。

　　在明清的小說中，以家庭人物為中心，架構出人際關係網絡，因此，對於明清小說的討論，家庭及家庭人物彼此的關係是重要的切入點。至於本文將小說界定在「家庭小說」一詞，而非「家族小說」一詞，主要是因為這一類小說描述的對象多半是「一個家庭」的故事，或由此家庭幅射出去的故事，同時家庭小說所描寫的角度是聚焦在家庭內的秩序／失序、聚焦在家庭內男男女女的生活瑣事，這些生活種種細節則是顯現在時間的流轉中。

## 二、從人情／世情小說到家庭小說

　　明清「家庭小說」是由人情小說／世情小說裡區分出來的。首先提出「世情小說」一詞的是張竹坡，他在評點《金瓶梅》時，指出《金瓶梅》是「一部炎涼書」（第一回評）、「一部**世情**書」〔註100〕。張竹坡認為書中描寫世相百態，「描其炎涼，為一部冷熱之報」（第九十五回評）。〔註101〕並言：「恨不自

〔註98〕段江麗，《禮法與人情——明清家庭小的家庭主題研究》，頁7。
〔註99〕曹書文，《家族文化與中國現代文學》，北京：新華書店，2002年12月初版，頁21。
〔註100〕張竹坡，《張竹坡評點第一奇書金瓶梅》，濟南：齊魯書社，1991年第2版，頁11。
〔註101〕黃霖編，〈竹坡閒話〉，《金瓶梅資料彙編》，浙江：浙江古籍出版社，1987年3月初版，頁220。

撰一部**世情書**，以排遣悶懷。」接著他又盛讚《金瓶梅》寫盡人間種種，並
諷喻了人情冷暖：「此書只一味要打破**世情**，故不論事之大小冷熱，但世情所
有，便一筆刺之。」（第五十二回評）〔註102〕這裡指出《金瓶梅》是一部將人
情世故，以及背後關於權力、欲望的種種內容呈現出來的小說。魯迅接續張
竹坡的觀點，說道：

　　　　諸**「世情書」**中，《金瓶梅》最有名。〔註103〕

魯迅在《中國小說史略》第十九篇〈明之人情小說〉一文，定義了「世情」
一詞：

　　　　當神魔小說盛行時，記人事者亦突起，其取材猶宋市人之「銀字兒」，
　　　　大率為離合悲歡及發迹變態之事，間雜因果報應，而不甚言靈怪，
　　　　又緣描摹世態，見其炎涼，故或亦謂之「世情書」也。

然而，他在評《金瓶梅》時，焦點是放在市井人物形象，他說道：

　　　　作者之於**世情**，蓋誠極洞達，凡所形容，或條暢，或曲折，或刻露
　　　　而盡相，或幽伏而含譏，或一時並寫兩面，使之相形，變幻之情，
　　　　隨在顯見。〔註104〕

這是最早對世情小說的概念作出界義的文字。魯迅提到「世情書」，是取材自
宋代市人小說中的「銀字兒」。宋代市人小說的興盛與城市經濟的崛起有相當
大的關係，市人小說也表現出市井風情，對於人物的描寫趨向於細膩。〔註105〕
「銀字兒」則是宋代市人小說中「小說」的別稱。〔註106〕這裡當說明的是：
宋代的市人小說分為「講史」、「說經」、「小說」三類。〔註107〕小說一類，則
又分為「靈怪」、「烟粉」、「傳奇」、「公案」、「朴刀」、「杆棒」、「妖術」、「神
仙」八類。〔註108〕事實上，這八類的描述，並非世情書所能涵蓋的。

---

〔註102〕黃霖編，〈竹坡閒話〉，《金瓶梅資料彙編》，頁58。
〔註103〕魯迅，《中國小說史略》第十九篇，頁125。
〔註104〕魯迅，《中國小說史略》第十九篇，上海：上海古籍出版社，1998年1月初
　　　　版，頁126。
〔註105〕向楷，《世情小說史》，浙江：浙江古籍出版社，1998年12月初版，緒論，
　　　　頁68、頁8。
〔註106〕向楷，《世情小說史》，緒論，頁1。
〔註107〕向楷，《世情小說史》，頁71：講史，說歷代書史文傳、興廢爭戰之事。說經，
　　　　宣講佛經。
〔註108〕向楷，《世情小說史》，頁71：靈怪，講述鬼怪妖異。烟粉，演述人鬼幽期之
　　　　事。傳奇，言人與人的愛情故事。公案，講犯罪偵察、破案、懲罰的過程。
　　　　朴刀、杆棒，都是講敘英雄傳奇事蹟。妖術，講邪術魔道的故事。神仙，則

　　魯迅此文的篇名爲「人情小說」，卻以「世情書」說明相關小說，魯迅在《中國小說史略》一書中以「人情小說」及「世情書」指稱《金瓶梅》，卻在《中國小說的歷史的變遷》一書中以「世情小說」指稱《金瓶梅》。〔註109〕

　　何謂**人情小說**？「按《禮記·禮運》所說：何謂人情？喜、怒、哀、懼、愛、惡、欲，者弗學而能。」這七者都是人情。除了特指才子佳人的習稱之外，對講男女愛情的一般作品，則以「言情」代替「人情」，至於《金瓶梅》等，言欲而不言情的作品，只能以世情小說中的末流視之。〔註110〕無論是人情或是世情的內容，都是著重在「情」字的表現，是人悲歡離合的情感，是人們見世態炎涼的感懷。世情／人情小說描寫了人世間種種生活，同時是具有果報思想、社會百態，寫人生起落的際遇等種種情事。魯迅認爲所謂人情小說／世情小說當中又以《金瓶梅》爲最有名。

　　魯迅在《中國小說史略》將明清小說分爲講史小說、神魔小說、人情小說、諷刺小說、狹邪小說、俠義小說、公案小說及譴責小說等類型。〔註111〕魯迅所提出的人情小說／世情小說，在描寫的時空背景而言，是相對於「神魔小說」。神魔描寫的是神仙世界的永恆，是人類企慕卻無法到達的時空；世情小說的時空，則是強調日常生活以及眞實人生。然而，在魯迅的分類中，諷刺小說、譴責小說也一定程度地表現了世相人生，這樣的內容及觀察角度，似乎又和人情小說／世情小說無別。有鑑於此，以「人情」或「世情」作爲小說分類的名稱，並無法區別出人情小說／世情小說與諷刺小說、譴責小說、狹邪小說這幾類小說內容上的差異，同時，人情小說／世情小說所包含的範圍則又更大。

---

　　講神仙度化，關於道教之事。

〔註109〕陳平原，《小說史：理論與實踐》第三篇〈中國小說類型研究〉，《陳平原小說史論集（下）》，石家莊：河北人民出版社，1997年，頁1383，　陳平原整理魯迅在《小說史大略》、《中國小說史略》、《中國小說的歷史的變遷》三書中，對於「人情小說」、「世情小說」二詞混用的狀態，以及所指稱的作品。

| 《小說史大略》 | 《中國小說史略》 | 《中國小說的歷史的變遷》 |
| --- | --- | --- |
| 人情小說<br>《玉嬌梨》、《紅樓夢》<br>狹邪小說<br>《品花寶鑑》、《青樓夢》 | 人情小說<br>《金瓶梅》、《玉嬌梨》<br>狹邪小說<br>《品花寶鑑》、《青樓夢》 | 世情小說<br>《金瓶梅》、《玉嬌梨》<br>人情小說<br>《紅樓夢》、《品花寶鑑》 |

〔註110〕程毅中，《明代小說叢稿》，北京：人民出版社，2006年12月初版。
〔註111〕參見魯迅《中國小說史略》第十五篇至二十八篇篇目標示。

　　若就魯迅在《中國古典小說史略》中小說的題材上來分類，則可看到：
一是敍鬼神，寫的是宗教幻化的世界；二是記人事，則寫現實世界的所有生
活，包含神怪、鬼怪的敍寫。記人事者便頗爲複雜，包含了寫軍國大事的「講
史小說」，崇拜英雄或稱爲「俠義小說」，或謂「英雄傳奇」。斷獄的叫「公案
小說」，兼獄案與英雄傳奇則曰「俠義小說」。在此，「世情小說」，應該是記
人事者一類中的「講史」、「公案」、「英雄傳奇」、「公案俠義」之外，所有其
他小說的總稱。〔註112〕在魯迅之後的學者們，進一步對於「人情小說」、「世
情小說」提出了各種界說：

　　**人情小說**，「就是明清時代以家庭生活、愛情婚姻爲題材，反映現實社會
的中長篇小說。」〔註113〕

　　**世情小說**，「主要是寫愛情婚姻和家庭生活，也包括人心善惡和世態炎
涼。」〔註114〕

　　**人情小說**，「即立足於人間社會、以基本寫實的方式來描寫家庭生活、婚
姻、男女感情、並反映社會現實的小說作品。」〔註115〕

　　**世情小說**，「應該是指那些以描寫普通男女的生活瑣事、飲食大欲、戀愛
婚姻、家庭人倫關係、家庭或家族興衰史、社會各階層眾生相爲主，以反社
會現實（所謂「世相」）的小說。」〔註116〕

　　名之爲**世情小說**，「即寫世態人情的小說。所謂世態，指的是社會裡的種
種人事物，以及整個社會的脈動及狀況；所謂人情，包含人的思想、情感、
心理、願望和理想等整個精神境界。」〔註117〕

　　（世情小說與人情小說）雖然諸說意涵相去不遠，然而衡量「人情」、「世
情」二詞，著一「世」字，似更能點出「俗世」、「現世」此一生活場景的現
實意味，乃是直指當下人間、凡俗庶民俯仰其中的生命舞台、既非遙遙遠古，
亦非殊方異域：**「世情」**一詞，亦能切合此類作品描摹世態百相、人情萬端的
豐富內涵。〔註118〕不論是人情小說／世情小說的定義共同的部份有：家庭生

〔註112〕向楷，《世情小說史》緒論，杭州：古籍出版社，1998年，頁3。
〔註113〕方正耀，《明清人情小說研究》，上海：華東師範大學，1986年，頁18。
〔註114〕蕭向愷，《世情小說史話》，瀋陽：遼寧教育出版社，1992年，頁1。
〔註115〕陳節，《中國人情小說通史》，南京：江蘇教育出版社，1998年，頁3。
〔註116〕向楷，《世情小說史》，頁3。
〔註117〕李修生、趙義山主編，《中國分體文學史·小說卷》，上海：上海古籍出版社，
　　　　2001年，頁300。
〔註118〕陳翠英，《世情小說之價值觀探論》，台北：國立臺灣大學中文所，博士論文，

活、婚姻、男女情感的描寫，進而記錄社會眾生相、間雜果報思想。

綜言上述，人情小說與世情小說其實指涉的內容相同，只是在認知上，「世情」裡似乎同時包含了「人情世故」及「世相百態」。**世情小說**，因而指稱的是「『以家族（家庭）生活爲背景』所寫成的『家庭──社會』型小說，簡化地講即是『家庭──社會』型的世情小說。它表面上寫一人、一家、一族於日常生活的婚戀性愛倫常關係，實際上卻意在反映社會整體及眾生群相。」包含了家庭人倫、婚戀飲食、社會世態、人生的聚散分離等種種情事。〔註119〕對於「世情小說」的定義，至此已將「家庭」與「社會」並列，寫的是由「家庭」擴展到「社會」的人情種種，但家庭仍是此類小說的核心。

事實上，早已有學者鑒於「人情小說」及「世情小說」涵蓋的內容太大，未能解決明清小說的分類問題，因而提出**「家庭小說」**一詞，使世態人情的指涉內涵更能清楚聚焦在家庭的生活及種種情事上，使小說分類及內容更清楚更深刻。齊裕焜在《中國古代小說演變史》中，已指出「家庭小說」一詞：

> 《金瓶梅》、《醒世姻緣傳》、《歧路燈》等，以家庭生活爲題材，著重描寫家庭內部的矛盾和紛爭，可以稱爲家庭小說。它們大多不涉及戀愛問題而是寫家庭內部的問題，用以反映世態人情，暴露黑暗和醜惡是作品主要的傾向。〔註120〕

這裡說明這些小說是以家庭生活爲取材對象，更清楚點出這一類小說所指涉的問題，是以家庭爲核心延伸討論世相百態的小說。杜貴晨亦在〈《金瓶梅》爲「家庭小說」簡論〉一文進一步提出說明，認爲此類小說應該稱爲「家庭小說」：

> 如果說《金瓶梅》爲「人情──世情」小說的判定能使它與以往神魔、歷史等諸種題材之作區別開來，那麼在「人情小說」、「世情書」的研究中，確定「家庭小說」的概念才更便於與「著意所寫，專在性交」的末流、作爲「別一種反動」的「才子佳人」小說以及後來的「諷刺之書」在題材和手法上鮮明地區別開來。〔註121〕

　　　　1996年，頁3。
〔註119〕胡衍南，《金瓶梅到紅樓夢──明清長篇世情小說研究》，台北：里仁書局，2009年2月，頁9。
〔註120〕齊裕焜，《中國古代小說演變史》，蘭州：敦煌文藝出版社，1990年初版，2002年三版，頁366。
〔註121〕杜貴晨，〈《金瓶梅》爲「家庭小說」簡論──一個關於明清小說分類的個案分析〉，《河北大學學報哲學社會科學版》，河北：河北大學，2001年，頁25。

這裡是從泛論人世情感的「世情小說」，標舉出專指講述家庭故事的「家庭小說」一詞。「家庭小說」以與過去專寫情欲的「豔情小說、或以才子佳人遇合爲題材的「才子佳人小說」、諷喻人情世事的「諷刺小說」、「譴責小說」，在主題及內容的描寫上有了區隔。

魯迅曾言《金瓶梅》一書是「著此一家，盡罵諸色」，「寫他一家事迹」的小說。換句話說，「家庭小說」的概念乃是魯迅「世情」、「人情」小說概念中更具體的小說主題或分類，世情或人情則是由家庭小說延伸及擴大的論題，因此「家庭小說」可說是「魯迅論述中話到唇邊未曾說明的創造。」〔註 122〕

自人情小說／世情小說中區分出「家庭小說」一類，勾勒出以《金瓶梅》爲首，著墨於世態人情中描寫家庭種種問題的小說，由家庭中的人際往來向外聯繫了社會與國家。小說或者假托某個朝代年紀，但最終仍是透過家庭著眼於現實人生的刻劃，並能有所領悟。

然而，《明清家族小說的文化與敘事》一書的作者則認爲，應以「家族小說」取代「家庭小說」一詞，作者說道：

> 家族小說即以婚姻、家庭、家族爲描述軸心，擴及點染世態人情，
> 或者進一步將關懷的層面延伸至家國興亡的小說，簡單地說即以家
> 族爲焦點透視世情的小說。〔註 123〕

此文作者指出，「家族小說」涉及價值觀念及倫理判斷，認爲世態人情的根本是「家族小說」。另有學者認爲，「家庭家族小說」分類的提出，是「明確提出這類小說是以家庭爲中心的作品，敘事的重心就易於把握。」〔註 124〕世情小說的分類則收束到指陳「家庭、家族」的敘事內容上。

然而，回過頭來看，婚姻及家族的價值、倫理，仍可收納到「家庭」此

---

〔註 122〕杜貴晨，〈《金瓶梅》爲「家庭小說」簡論——一個關於明清小說分類的個案分析〉，《河北大學學報》第 4 期，頁 25。

〔註 123〕此說見於梁曉萍 2008 年 6 月初版的《明清家庭小說的文化與敘事》，頁 15，是書作者在 2004 年所發表的期刊中曾言：「因爲『家庭』一詞並非嚴格意義上的學術術語，更接近一種約定俗成的社會使用習慣。同時家庭型態常常處於不斷變動之中，從明清兩代社會生活特點及實際出發，『家族』似乎更能準確界定研究對象。」（〈明清家族小說界說及其類型特徵〉，《浙江社會科學》，2004 年第 3 期，頁 199。

〔註 124〕王建科，《元明家庭家族敘事文學研究》，北京：中國社會科學出版社，2004年，頁 200。

一單位的內容中，而幾部明清家庭小說也多由「一個家庭」展開故事，而非是「幾個有血緣、姻親關係的家庭」聯合起來形成的「家族」故事。同時，在這些家庭小說中所討論的並不是家國的忠孝節義，而是聚焦在家庭裡的許多枝微末節的生活瑣事、一些無聊且繁瑣的吃喝衣食、是日復一日永無休止的起居生活。特別是對於家庭關注的視角已悄悄地轉移到女性的身上，從女性生活的閒、煩、悶、愁及種種對生活及情感的計較，這是家庭小說所描寫的共同特點。因此，本文以「家庭小說」一詞指稱《金瓶梅》至《紅樓夢》此一脈絡下的小說作品。

## 三、明清家庭小說的內容及論題

　　家庭小說所描寫的種種生活細節及人物關係，通常必須是在時間的變化中，方能看得出其成長演變，同時，也在家庭小說對於日常生活細節的描述中，使讀者看到「時間」的痕跡，例如人物的生日、忌日、各種紀念日、節令。時間連接了家庭空間的場景及活動，雖然其他主題或類型的小說中時間亦是不可避免的描寫，但在寫作家庭生活細節的「家庭小說」中，時間是敘事脈絡中難以被忽略的部份，因此它是密集且詳細地被書寫著。

　　關於家庭小說的內容，可由時間性的討論表現出家庭小說的特色：

　　1、家庭小說描述家庭人物的關係。家庭小說在取材上，以家庭為中心，描寫父母子女、兄弟姐妹、妻妾奴婢、婆媳翁姑、妯娌連襟及其他血親的相處，及彼此之間的情感、互動關係。並描寫他們生活環境及生活狀態，包括飲食、衣著、情感、欲望、壽喜喪葬等。這些關係都必須透過時間的變遷，方能看到家庭人物彼此關係的變化。

　　2、描寫由「家庭人物關係」向外擴展出來的「人際關係網絡」。亦即是以一個家庭為主線，由此串聯其他家庭，〔註125〕包括描寫與親族鄰里的人情往來，這些人情世故往往展現在喜慶婚喪、生日、歲時節慶送往迎來的時間刻度裡，通過家庭的親戚圈與社交圈，反映更為廣濶的人生圖景與社會生活。〔註126〕人際關係的網絡是家庭小說重要的描繪對象，也因此，時間刻度的作用在明清家庭小說中顯得格外重要。

〔註125〕段麗江，《禮法與人情──明清家庭小說的家庭主題研究》，頁33。
〔註126〕王建科，《元明家庭家族敘事文學研究》，北京：中國社會科學出版社，2003年11月初版，頁462。

3、家庭小說的內容包含家庭內、外世界的書寫，進而爲某一個朝代社會的縮影。家庭內人物與市井街坊的往來，使家庭內人物的描寫延伸到家庭外的社會生活，這裡承接家庭輻射出去的人際網絡，並銜接家庭外社會、國家的書寫。這裡關注家庭在時間變遷後，家庭整體的命運，〔註127〕在「家庭——家族」、「家族——國族」的連結下，指出以家庭爲核心，向外擴展的家——社會——國家的書寫，在明清家庭小說的時代背景中，往往以寫前朝來隱喻對大時代的評論。

4、家庭小說聚焦在家庭秩序的書寫。不論是今生今世、或前世今生的家庭人物關係，寫的是家庭的秩序、失序、或者是家庭秩序的重建。女性在家庭小說中往往是主要被敘述的對象，透過家庭中的女性看家長／掌權者對於家庭秩序的建構，或者是破壞。在家庭小說中，並沒有絕對的英雄或典範人物，全是些不徹底的小人物〔註128〕在家庭中的生活細節，因此寫「家事」不寫「國事」、這是對綱常倫理的重新思考，因此家庭小說寫的是欲望男女，而不是寫義士節婦。

5、時間課題帶給家庭小說重要的反省。人們終究要面對生、老、病、死，家庭亦年年走過春、夏、秋、冬四季的更迭。家庭小說透過時間的推移，展現了人物的成長變化、家庭或國族的演變。透過對於時間的觀照，明清家庭小說表現人的存在處境，以及在此處境下對生命、命運的關懷。通過對於小說時間性的描述及反省，我們才能釐清明清家庭小說所表現的問題及意義，以及對人生、對社會的深刻感悟。同時透過時間的流轉去看家庭小說的核心的或邊緣的價值判斷。

綜言之，家庭小說是以「特定的時間長度」去把握家庭種種情事，或者是寓寄家國興亡、社會脈動於家庭變遷中，也就是「在一定長度的時空中去展開故事，是將故事設置在歷史的風雲變幻之中」〔註129〕，並藉著描寫對象在時間的推移中，反映出市井百姓生活的面向。

---

〔註127〕段麗江，《禮法與人情——明清家庭小說的家庭主題研究》，頁34。
〔註128〕在這裡藉用張愛玲之語。張愛玲，〈自己的文章〉，上海：《新東方》雜誌，1944年7月：「所以我的小說裡，除了《金鎖記》里的曹七巧，全是些不徹底的人物。他們不是英雄，他們可是這時代的廣大的負荷者。因爲他們雖然不徹底，但究竟是認眞的。他們沒有悲壯，只有蒼涼。悲壯是一種完成，而蒼涼則是一種啓示。」
〔註129〕梁曉萍，《明清家庭小說的文化與敘事》，頁22。

　　家庭小說和其他類型小說，除了主題描寫以及小說寫作手法上的差異之外，最大的不同是關於小說時間性的描寫及討論。小說為敘事文體，時間是敘事文類的基本特質，但只有在家庭小說中，才能特別細緻地標示出小說的敘事時間，並展現中國獨特的歲時節令等時間刻度。同時，在家庭小說與日推移的日常時間記述中，標示生命中的某個時刻、某個回憶的當下，時間的現實意義和永恆性同時存在。家庭小說透過時間議題的討論、空間與時間的關係，以及時間藝術在小說中的表現，突顯了小說敘事時間的意義，同時也承接了中國古典文學傳統的抒情性，使得作為敘事文體的家庭小說，同時兼備了抒情美典的意義。

# 第三節　明清家庭小說的研究對象

　　家庭小說往往透過敘事文體，描摹人性並抒情寫欲，家庭小說所關懷的不是神魔奇幻的大宇宙、或歷史虛實的春秋大義，而是展現在時間流逝中，關於個人、家庭的成長興衰。這是關於小說如何掌握當下瞬間或者記錄永恆的問題；關於空間與時間的關係，是一種時間藝術的探討，同時也將小說中對於時間的討論，提至文本意義，並上升至生命存有意義的關懷。

　　在《金瓶梅》之後，一般認為所謂的家庭小說有《續金瓶梅》、《醒世姻緣傳》、《林蘭香》、《紅樓夢》、《歧路燈》、《姑妄言》、《蜃樓志》等作品。〔註130〕其中，《續金瓶梅》、《姑妄言》、《歧路燈》、《蜃樓志》等書都不在本文所定義的「家庭小說」之中。

　　首先，《姑妄言》一書大量描述性愛情色，實以色情寫果報，是為豔情之作：

> （《姑妄言》）這是一部由《金瓶梅》滋生出來的那股豔情小說異流
> 的集大成之作。舉凡過去豔情小說涉及的色欲花樣，此書幾乎無一
> 不曾寫及。

〔註130〕段江麗，《禮法與人情——明清家庭小說的家庭主題研究》，北京：中華書局，2006年5月，書中指出一般認為明清家庭小說有：《金瓶梅》、《醒世姻緣傳》、《林蘭香》、《紅樓夢》、《歧路燈》、《姑妄言》等作品。

　　朱萍在〈悲涼之霧遍被華林——明清家庭興衰題材章回小說文化意義〉，《學術研究》第八期，2008年，頁122，則認為家庭小說有六部：「《金瓶梅》、《醒世姻緣傳》、《林蘭香》、《紅樓夢》、《歧路燈》、《蜃樓志》」。

它所受《如意君傳》、《金瓶梅》、《綉榻野史》、《癡婆子傳》、《弁而釵》、《宜春香質》、《肉蒲團》等豔情小說的影響和對它們的繼承。但豔情小說一脈至《姑妄言》是一大變，由專敘床第事到實實在在以床第事明果報，見世情，顯現出一種向《金瓶梅》回歸的態勢，儘管它的色情描寫分量比《金瓶梅》和其他豔情小說還要重得多。

〔註131〕

《姑妄言》與家庭小說著重描寫家庭日常細節、家庭人物的關係，以及人情往來種種的要求並不一致；通過時間的家庭種種演變，也非它屬意要描寫的對象；《姑妄言》一書不在於描寫家庭人物的關係或成長，事實上，情欲的描寫才是主軸。因此，我們將《姑妄言》歸於豔情小說的類別中，並不將其放在家庭小說系譜中，本文也不再對其作討論。

　　至於《續金瓶》一書，是接續《金瓶梅》第一百回所說演的故事。回溯了西門慶死後群妾離散、家業凋零，那年吳月娘帶著四歲的孝哥兒，家人走散，到了永福寺，一位雲遊老僧喚名普淨，解了月娘之危。後來吳月娘帶著孝哥兒，由玳安、小玉夫妻一同離家逃難，然而月娘和孝哥兒在兵荒馬亂、兵馬倥傯之際失散分離，歷經顛沛流離的生活，最後才得以團聚。另外，西門慶、潘金蓮、春梅、瓶兒、陳經濟及花子虛則投胎轉世輪迴，在輪迴中了卻前世的恩怨，例如春梅輪迴轉世後成了金朝王孫公子金二官人之妾，在《金瓶梅》裡被春梅賣入風塵的孫雪娥在《續金瓶梅》裡則成爲金二官人的元配，因此對此世的春梅備極打罵，最後才走入空門，了卻前世今生的恩恩怨怨。〔註132〕寫世道人心、因果報應的勸世目的是《續金瓶梅》重要的意義：這在《續金瓶梅》一書中的〈續金瓶梅後集凡例〉中，作者已昭告世人：「前集（按：指《金瓶梅》）止於西門一家婦女酒色、飲食言笑之事，有蔡京、楊提督上本一二段，至未年金兵方入殺周守備，而山東亂矣。此書則直接大亂，爲南北宋之始，附以朝廷君臣忠佞貞淫大案，如尺水興波，寸山起霧，勸世苦心正在題外。」

　　在《續金瓶梅》，多雜引佛典道經儒理、宣揚因果報應之說，「所寫家常日用，應酬世務的篇幅本就不多。」同時，「因爲書中人物的活動場景不限於一家一室，加上正逢宋金交戰的混亂時局，因此關於家常日用的描寫相對簡

---

〔註131〕向楷，《世情小說史》，頁 242。
〔註132〕丁耀亢，《續金瓶梅》，濟南：齊魯書社，2006 年。

略。」〔註133〕與本文討論明清家庭小說重在家庭內的人物、生活細節的目的並不相符，因此，《續金瓶梅》不在本文的討論對象中。

以及更不為讀者所熟知、研究者更少的《蜃樓志》一書，《蜃樓志》書寫清乾隆、嘉慶年間，廣州十三洋行商總蘇萬魁富甲一方，但因海關監督赫廣大敲詐勒索，加上家中遇強盜搶劫，出門在外的蘇萬魁誤信傳言以為兒子喪命，因此失志死去。繼承父業的蘇吉士，不喜讀書，但經商不苛刻他人，也能積善致富，又喜結交朋友，救人危難，所以總能逢凶化吉，又因英俊瀟灑，因此有一本風流情史，文末與妻妾過著神仙眷侶的生活，這在胡衍南《金瓶梅到紅樓夢──明清長篇世情小說研究》中有專章說明。〔註134〕雖然前有學者王增斌在《明清世態人情說史稿》、張俊在《清代小說史》裡指出《蜃樓志》被列為世情小說之一，甚至朱萍在〈悲涼之霧遍被華林──明清家庭興衰題材章回小說文化意義〉特別指出這是一本家庭小說。然而，在《蜃樓志》的內容書寫上，「世情純度降低」，同時此書「以廣東官場及買辦商賈交織的人事網絡為背景，大量植入亂自上作、英雄揭竿而起的俠義元素」〔註135〕，對於家庭生活細節的著墨更少，本文亦不將此書列入「家庭小說」之列。

至於《歧路燈》一書，雖然也是在時間的推移中，寫譚譚孝移、譚紹聞、譚簣初一家三代的故事，從小說敘述的內容上來看，〔註136〕它並不著重在「家

---

〔註133〕胡衍南，《金瓶梅到紅樓夢──明清長篇世情小說研究》，頁395～417。

〔註134〕胡衍南，《金瓶梅到紅樓夢──明清長篇世情小說研究》，頁191、195。

〔註135〕胡衍南，《金瓶梅到紅樓夢──明清長篇世情小說研究》，頁408。

〔註136〕《歧路燈》成書年代約與《紅樓夢》同時。《歧路燈》一書凡一百零八回，作者李海觀（1707～1790）字孔堂，號綠園，晚年別號碧圃老人，河南寶豐人，祖籍新安。《歧路燈》以一個家庭為中心，展現一個污濁的社會，腐敗的官場。它寫明嘉靖年間，河南開封府祥符縣蕭墻街，名喚譚孝移的人家，譚家四代俱是書香世家。因此書中所描寫的內容，是著重在「家庭以外的社會」，筆觸伸向社會中的各個階層，是中國小說史上第一部「長篇教育小說」。

《歧路燈》的內容，大約可分成三大層次：第一到十二回，敘河南祥符縣縉紳世家出身的譚孝移，為人端方，也曾進京候選，因見世亂，上書告病，得賜六品榮歸。回家後見所延塾師以《西廂記》《金瓶梅》的章法教兒子作文，憂鬱成疾，又為庸醫所誤，撒手西歸。臨死時教導兒子：「用心讀書，親近正人」。第十三到八十二回，敘譚孝移死後，兒子譚紹聞無人管束，被人引誘，逐漸墮落，即使譚紹聞首次良心發現立志改過，靜心讀書一年，卻仍不敵夏逢若之流賭徒的設計下散盡家產，譚家也因此敗落。第八十三至一百零八回，敘譚紹聞在老僕王中及譚孝移生前好友的幫助下改過自新，浪子回頭，考中副車，得族兄譚紹友提攜並建立軍功，並得到嘉靖皇帝的召見，授為知縣；兒子譚簣初科考中進士，點翰林院庶吉士，終於「貴蘭繁衍」重振家聲，這

庭」的書寫，而是就「教育」、「功名」的問題展開，描述譚紹聞如何散盡家產，又如何振興家道，它所關懷的是教育問題及社會百態的描寫，書寫譚孝移功名求取的過程，這在小說首回便開宗明義道出：

> 話說人生在世，不過是成立、覆敗兩端，成立、覆敗之由，全在少年時候分路。大抵成立之人，姿稟必敦厚，氣質必安詳，自幼家教嚴謹，往來的親戚，結伴的學徒，都是正經人家，恂謹子弟。譬如樹之根柢，本來深厚，再加些滋灌培埴，後來自會發榮暢茂。若是覆敗之人，聰明早是浮薄的，氣先是輕飄的，聽得父兄之訓，便似以水澆石，一毫兒也不入；遇見正經老成前輩，便似坐了針毡，一刻也忍受不來；遇著班狐黨，好與往來，將來必弄得一敗塗地，毫無救醫。

> 所以古人留下兩句話：「成立之難如登天，覆敗之易如燎毛。」言者痛心，聞者自應刻骨。其實父兄之痛心者，個個皆然，子弟之刻骨者，寥寥罕觀。

首回這兩段文字已明言道出，《歧路燈》藉家庭的興衰來說明人生的成敗，決定於少年時的「學」與「不學」，「用心讀書，親近正人」是小說的主題，〔註137〕因此此書被稱為是中國小說史上第一部「教育小說」。〔註138〕

---

是「用心讀書，親近正人」的結果。

小說描寫的主要的人物除了絲毫沒有自制力，禁不起一點賭博誘惑力，且不斷敗光家產的少爺譚紹聞之外，全文摹寫最精彩的人物應該是忠僕「王中」。寫僕人王中的忠誠來對比譚家的家道中落。王中忠誠於譚家三代。譚孝移臨終托孤，王中領命一生死守，見譚家落敗，苦心規勸少爺，卻不見容於老夫人，王中只好移居老爺臨終前贈予的菜園。譚孝移生前摯友皆為正人君子，皆盛讚王中一片赤忱，甚至為王中取了字號「象蓋」，乃褒賢之深意也。及至少爺幾乎敗盡家產，王中在菜園內拾得千金，但王中拾金不昧一心只想振興譚家，買回譚家祖產交予少爺，但求少爺不忘老爺臨終囑咐「用心讀書」。所幸小主人譚簣初，頗具爺爺譚孝移氣節，與父親紹聞一起念書求取功名光耀門楣。

〔註137〕吳秀玉，《李綠園與其《歧路燈》研究》，台北：師大書苑，1996 年 4 月，頁286～287，提到：《歧路燈》的主題及內容為二大部份：(一) 主人公譚紹聞由正入邪，又改邪歸正的曲折道路。(二) 譚氏家族由盛而衰、又由衰復盛的變化過程。而正、邪，盛、衰的關鍵在於家教「用心讀書，親近正人」八字之是否遵守。若遵守了八字，則功成名遂，大振家聲，否則，便會墜入地獄，萬劫不復。

〔註138〕杜貴晨《《歧路燈》簡論》，《文學遺產》第一期，1983 年，頁 111，以及杜氏

　　《歧路燈》文中的描寫多是社會世相，是爲世情小說之屬，內容包括市井賭徒、娼妓、敗家子、騙子、巡捕衙門等眾生相。但對於家庭人物及人物彼此的關係，描述卻極爲粗略，例如，在二代的妻妾形貌、相處的描寫都十分相似。譚紹聞妻孔慧娘與小妾冰梅和睦相處，二人並成爲閨中密友；其子譚簣初的妻子薛全淑與小妾全姑，二人亦是形貌相仿，一見如故，二人親密友好更甚於與丈夫的情感。除了妻妾和樂，關於其他家庭人物及彼此關係的細節，著墨並不多，反而多是描寫譚紹聞與幫閒友人的關係及相處情形。本文討論明清家庭小說時，並不把《歧路燈》列爲討論對象，理由是：

1、《歧路燈》雖是以家庭爲敘事背景，但描寫的重點卻是社會裡的種種狀況，寫世態人情，家庭反而不是小說所著重描寫的對象，它所提供的是社會史實及面貌。〔註139〕

2、《歧路燈》中對於家庭宴飲及日常生活也多一筆帶過，至於生日、節慶等，最能展現家庭生活的時間刻度，較少鋪陳，親族間往來鋪陳亦少，可知作者並非把目光投注在家庭內飲食或家庭生活細節。

3、《歧路燈》的重點，是在譚紹聞如何落入市井賭徒、幫閒朋友的計算中，最後又如何幡然醒悟、光宗耀祖、求取功名。「光耀門楣」才是作者企圖要展示的主題，家庭的興衰是譚紹聞起落的轉折點，它所關注的其實是家庭教育問題以及社會百態。因此，就小說主題命意來說，《歧路燈》實是中國小說史上第一部長篇教育小說。

綜言之，《金瓶梅》開啓了明清家庭小說的書寫，《紅樓夢》則是將家庭小說的書寫推上高潮，本文討論明清家庭小說時，是以《金瓶梅》、《林蘭香》、《醒世姻緣傳》、《紅樓夢》爲討論對象。

## 《金瓶梅》

　　《金瓶梅》〔註140〕作者署名爲「蘭陵笑笑生」，蘭陵笑笑生是何許人，

---

　　　在《李綠園與歧路燈》，瀋陽：瀋陽遼寧教育出版社，1992 年，頁 43，都提到：「在我國古代小說史上，《歧路燈》是第一部、也是唯一一部以教育爲題材的白話長篇小說。」

　　　李延年，《《歧路燈》研究》，鄭州：中州古籍出版社，2002 年，亦以家庭教育的角度論此書的意義及價值。

〔註139〕樂星，《歧路燈·校本序》，鄭州：中州書畫社，1980 年，頁 10。

〔註140〕本文所用版本：《新鐫繡像批評金瓶梅會校本》，台北：曉園出版社，2001 年 9 月初版。

以及成書時間學界至今仍無定論。《金瓶梅》大約成書於明代中期，最遲於萬曆二十年前後已有抄本流傳。《金瓶梅》取材自《水滸傳》當中「武松殺嫂」的一段情節敷演而成。「酒、色、財、氣、權力和欲望」描寫成西門家的家庭發展史，並以此作爲全書發展的主軸。

西門家庭的故事，從家庭中的日常事件，以及日常的時間座標裡，寫出人性的食色欲望，也寫出人性的種種算計，同時在家庭裡的妻妾、主僕等關係裡，但見人性的貪婪以及情色欲望。清代劉廷璣在《在園雜志》中對《金瓶梅》作了如此的評論：

> 若深切人情世務，無如《金瓶》，眞稱奇書。……其中家常日用，應
> 酬世務，姦詐貪狡，諸惡皆作，果報昭然。〔註141〕

《金瓶梅》寫家庭人物情感及家庭生活，也寫西門慶惡貫滿盈後的果報，所寫是一個家庭，並擴展成幾乎是一整個社會的樣貌。西門慶不斷地在迎娶妻妾中謀得財富，並在官商勾結互爲謀利中成了一方土財主，千方百計巴結京城太師蔡京，使他成了山東提刑所理刑副千戶，甚至轉任正千戶掌刑，還得以與百官一起入京朝拜萬歲爺，這一路寫著西門慶的發跡史。

《金瓶梅》描寫西門家庭內人物的關係，並由西門家裡往外寫及所交往的權貴、衙役、吏胥、富商巨賈、朝中顯宦甚至青樓娼妓、幫閑者、惡棍、流氓、尼姑道士等人。所描寫的人物從家庭裡延伸到親族、鄉里、百姓，是一個又一個的家庭。一如張竹坡之言：

> 《金瓶梅》因西門慶一分人家，寫了好幾分人家。如武大一家，花
> 子虛一家，喬大戶一家，陳洪一家，吳大舅一家，張大戶一家，王
> 招宣一家，應伯爵一家，周守備一家，何千戶一家，夏提刑一家，
> 他如翟雲峰在東京不算，夥計家以及女眷不來往者不算，大約清河
> 縣官員大戶屈指已遍，而因一人寫及全縣。〔註142〕

《金瓶梅》書寫一個家庭連著一個家庭，進而寫及整個社會，這是由家庭延伸出去的人情往來，而這些人際關係，往往是透過人物的生日、喜喪、祭祀等重要的時間刻度來表現。

《金瓶梅》寫西門家妻妾生活、家庭宴飲及情欲表現。通過種種時間刻度的敘述，表現出西門家與鄉里親族及權貴的人際關係，以及官商勾結的社

---

〔註141〕黃霖編，《金瓶梅資料彙編》，頁253。
〔註142〕黃霖編，《金瓶梅資料彙編》，頁85。

會，最後又見到家事破散後，樹倒猢猻散的凄涼。這是一個充滿果報思想的家庭小說，在果報的背後除了因果循環的報應問題外，還有對於時間的討論：通過家庭中日復一日的時間進程，看到家庭秩序的混亂失序——潘金蓮在妻妾中的興風作浪、西門慶和女性們的顛鸞倒鳳欲望人生占去了全書大半的書寫、閨房中的情事成為小說人物生活中最為觀照的主題。小說人物的生命也透過輪迴使時間不斷循環，果報的意義得以存在。人們的身體雖死亡，但靈魂一再重生，因而取消了時間的現實義，「存在」於天地宇宙間便有了更大的可能性。

## 《醒世姻緣傳》

《醒世姻緣傳》〔註 143〕一名《惡姻緣》，題為「西周生輯著，燃藜子校定」。西周生是誰至今仍無定論，至於成書年代，胡適所作〈醒世姻緣傳考證〉一文，認為成書時間當出於《西遊記》、《金瓶梅》等通俗小說風行之後的明末清初，雖不能確定成書時間，但學界一般認為當不晚於順治末年。〔註 144〕

《醒世姻緣傳》的故事時間以明正統至明成化年間為背景，講述了冤冤相報的兩世姻緣故事。在《醒世姻緣傳》小說的一百回裡，可分成二大部份，前二十回寫前世姻緣晁源的家庭生活。描述晁源與其妻計氏、小妾珍哥的婚姻生活。起因於晁源狩獵時射死一隻狐仙，傷生害命，種下孽因，從此狐精冤魂使晁家極不安寧。後來珍哥誣計氏養漢，計氏不堪受辱自縊身亡。晁源又與其他女子通奸，狐仙化身為女子，領著女子的丈夫小鴉兒殺死晁源。這個部份寫出晁家妻妾關係及家庭生活。

---

〔註 143〕 本文所用《醒世姻緣傳》版本為：西周生輯著，袁世碩、鄒宗良校注，台北：三民書局，2000 年 2 月初版。

〔註 144〕 西周生輯著，袁世碩、鄒宗良校注，〈《醒世姻緣傳》考證〉，《醒世姻緣傳》，頁 1～12，關於《醒世姻緣傳》的成書年代有明代說與清代說，明代說以崇禎為主。清代說又以順治說、康熙說、乾隆說，而以順治說為主。
鄒宗良在〈《醒世姻緣傳》的歷史地位與寫作年代上下限的推考〉，《醒世姻緣傳》（跋），台北：三民書局，2000 年出版，頁 1379，他的推論結果是：「《醒世姻緣傳》約自明崇禎十一年左右開始創作，至清順治五年左右最後完成，前後大約用了十一年的時間。」
但在夏薇書中，在她的 2007 年出版的《《醒世姻緣傳》研究》一書中，並不同意上述各說。她考定《醒世姻緣傳》成書年代的上、下限為雍正四年至乾隆五十七年。至於作者是誰，夏薇對作者身份、職業、社會地位加以描繪，否定了最具影響力的蒲松齡之說。參見夏薇，《《醒世姻緣傳》研究》，北京：中華書局，2007 年 2 月初版。

二十三回後寫今世姻緣狄希陳的家庭故事。晁源轉世爲綉江縣明水鎮秀才狄希陳，狐仙托生爲其妻薛素姐，計氏轉世爲童寄姐，後來做了狄希陳之妾，在此世狐仙（薛素姐）百般欺凌虐待晁源（狄希陳），珍哥死後轉世爲貧家女小珍珠，成爲寄姐婢女，最後被寄姐逼得自縊而死。前世被壓迫者，今世報仇。小說最後寫高僧點明一切皆源於前世的因果，狄希陳持誦《金剛經》，終於「福至禍消，冤除恨解」，素姐病亡，狄希陳將寄姐扶正，狄希陳得以善終。

《醒世姻緣傳》在時間的描寫上是較爲複雜的，寫晁家「二世」──前世、今生，以及二世裡「三個家庭」的故事：「前世」的晁源家、「今生」裡成爲狄希陳家、以及從「前世」仍舊延續至「今生」中晁源母親晁老太太及晁源弟弟晁梁的故事。晁源的母親晁夫人、弟弟晁梁，在晁源死後投胎爲狄希陳時他們仍活著，且故事仍持續發展。最後，狄希陳終於與前世的弟弟晁梁在此生裡相見，話此一段因緣，了結塵緣。

這二世的惡姻緣，其實仍共處於「此生」，小說故事時間是「前世」和「今生」，然而「前世」的故事和「今生」的故事，都在「今生」裡交會。《醒世姻緣傳》透過輪迴，描寫了情狀各異的兩段惡姻緣，把婚姻生活裡今生今世的不合和不堪，推給了前世因果循環報應不爽的敘事框架。也就是在輪迴的時間裡敘述了家庭生活。小說的內容上描寫夫妻及主僕之間的故事，以及家庭人物與親戚之間的往來。小說中的家庭生活表現出家庭秩序的混亂與重建，前世裡的小珍哥混亂了妻妾、長幼之序，在今生裡的素姐則更是妻奪夫權、備極毒虐丈夫之能事。

《醒世姻緣傳》的故事情節則可區分爲：晁家故事、狄希陳家故事、以及相干或不相干的明水鎮累世果報的故事，只是這些相干或不相干人物的出現多半只爲了要說明因果循環報應不爽。〔註145〕透過二世輪迴的時間，使小說的時間不再是直線的前進，而是循環的、是永恆輪迴的。

在《金瓶梅》中雖然在文末也提到了小說人物的果報及托生的去向，但並末寫及托生後的生命種種，果報只是一種含有懲戒訓示意義的命題。但到了《醒世姻緣傳》輪迴的時間似橢圓形前進的拋物線，因此今生和前世才得以有交集。這樣的時間概念使得短暫的生命，能不斷的循環、延續乃至於有了永恆的可能。然而，《醒世姻緣傳》並不是著意要將家庭小說的時間，和神

─────────────

〔註145〕《醒世姻緣傳》它的人物上至當權太監、朝中官員，下至州縣官吏、商人、
　　　　地主、農民、僧道，人物龐雜，但抽離那些爲了寫果報思想的人物之後，便
　　　　剩下這二世三個家庭的故事。

魔鬼怪的永恆時間性有相同的節奏，而是透過這樣的循環及輪迴的時間性，揭示家庭小說中人物的關係以及呈現家庭的問題。同時，在《金瓶梅》和《醒世姻緣傳》中混亂的、失序的夫妻、妻妾關係，使得世情小說的焦點從「世態人情」移轉到「家庭失和」或「閨房之樂」的家庭生活中。

## 《林蘭香》

《林蘭香》[註146] 六十四回，今存最早刊本是道光十八年的本衙藏版本。隨緣下士、寄旅散人生平不可考，小說正文、評點及雙魁子序都提及《金瓶梅》，對《紅樓夢》卻不著一語，成書年代未有定論，學者一般認為應該在《紅樓夢》之前，學者認為此書成書於康熙中期的可能性很大，至遲不會晚於雍正、乾隆時期。小說的故事時間則是從明洪熙元年寫起到嘉靖八年（1529 年）止，寫明初皇宮貴族泗國公之孫耿朗家約百年的家庭故事。

小說書名仿效《金瓶梅》取書中三位女性角色的名字，林為林雲屏，蘭為燕夢卿，香指任香兒。耿朗原聘御史燕玉之女燕夢卿為妻，但燕玉突遭誣陷，燕夢卿自願入宮為婢，代父贖罪，後來得以沈冤昭雪，耿朗已另娶林御史之女雲屏為妻。不久，夢卿銷除宮奴回復身份，夢卿守承諾願嫁耿朗為側室，與雲屏一起治家。耿朗又娶已故主事宣節之女，同時也是故尚書的外甥女宣愛娘、宦家女平彩雲、及財主之女任香兒。

一妻五妾中，燕夢卿最賢能，時常規勸夫婿耿朗，但在任香兒的調撥下，耿朗對她由心存感激到心有芥蒂。林雲屏作為正室最為溫和，任香兒身為耿朗愛妾，則不斷挑起家中是非，使耿朗與夢卿不合，最後夢卿含冤飲恨悒鬱而終。耿朗再娶夢卿侍女田春畹為第六小妾，春畹溫婉更勝夢卿，盡心侍奉夫君及長輩，並將夢卿之子耿順扶養成人，耿順後為國立功，襲泗國公爵位。耿順謹記春畹母親訓示，同時他也緬懷嫡母燕氏母德懿行，建一屋樓珍藏嫡母遺物，不料一場大火將遺物燒盡，耿家遺事從此湮沒不傳。小說中詳細勾勒一妻五妾的家庭生活。敘述者在第一回即言明這個故事是在抒發人生如寄，飄忽而逝的情懷，點出時間流逝的匆促：

> 天地逆旅，光陰過客，後之視今，今之視昔，不過一梨園，一彈詞，一夢幻而已。有其人耶？無其人耶？何不幸忽而生，忽而死，等於蜉蝣？

---

[註146] 本文所用版本為《林蘭香》，北京：中華書局，2004 年 6 月初版。

文章一開始便點明，「時間」是小說中最重要的主題，寫出人生如夢似幻轉眼成空。《林蘭香》在題材和內容上寫家庭生活，上承《金瓶梅》下接《紅樓夢》。《林蘭香》描寫耿府中六房妻妾間的明爭暗鬥，這與《金瓶梅》有異曲同工之妙；然而，把人生當作一場大夢的意喻，也與後來的《紅樓夢》頗為相同，〔註147〕人生如夢歲月悠忽而逝，透過時間對於人生有了深刻的反省。

## 《紅樓夢》

《紅樓夢》〔註148〕又名為《石頭記》、《情僧錄》、《風月寶鑑》。講述了女媧煉石補蒼天時用了三萬六千五百塊石頭，獨留大荒山無稽崖青埂峯下一塊棄石。在這裡已講敘一段石頭神話，小說的時間不只有世俗日常生活時間，還有神話時間。神話時間超越了日常的現實時間，現實時間是一去不回返的，而神話時間則是永恆的，神話時間並不同於輪迴的時間，輪迴是在現實人生裡對於靈魂不死的期待，神話則是去時間、去空間性的永恆存在。

文中出現第一位「虛構的讀者」——空空道人，讀了棄石上所載，入紅塵歷盡悲歡離合的一段故事。在一不知名的時空，棄石成了赤瑕宮中的神瑛侍者，而與西方靈河岸上三生石畔的絳珠草有了一段澆灌之情，棄石後來通了靈氣成了一塊通靈寶玉，到紅塵歷了一回，約莫十九年的時間，成為大觀園中的富貴閒人名喚寶玉，此世裡絳珠草化形為黛玉，她以眼淚來償還神瑛侍者前世的澆灌之恩。

寶玉的父親世襲爵位，寶玉的姐姐賈元春選入皇宮成了元妃娘娘，賈府聲勢振隆，《紅樓夢》是寶玉、黛玉等人在賈府裡上演了成長的故事，賈府接著也將逐步由隆盛走入衰敗。這一群兒女在為元妃省親所興建的大觀園中，人間最美好的理想境地裡，過著不知愁的歲月，吟詩賞景、看戲宴飲、遊園弄花。大觀園裡的時間似乎停駐，只有榮華歡樂，無限良景，大觀園標示人間的美好的青春。但人間是無法擁有神話時空的永恆性，當元妃薨逝，權貴驟然傾頹，落敗成抄家封園的窘境，大觀樂園也成了鬼影幢幢的荒漠園子，時間又回到了現實人世，在對比神話時空的永恆美好，顯得人世是的快速凋零，無限滄桑。

---

〔註147〕蕭相愷，《世情小說簡史》，山西：山西人民出版社，2005 年 6 月初版，頁 100。
〔註148〕本文所參用《紅樓夢》之版本為：1、曹雪芹、高鶚原著，其庸等校注，《紅樓夢校注》，台北里仁書局，1984 年 4 月出版。2、陳慶浩撰，《紅樓夢脂硯齋評 1 語輯校》，香港中文大學新亞書院紅樓夢研究小組，1972 年 1 月，人文印務公司。

　　《紅樓夢》裡有僕役傾軋、妻妾口角、弄權攢錢、豪奢宴飲，有婚喪喜慶、親族往來的日常生活。在此描寫不只一個家庭，尚有薛家、王家、林家、劉姥姥家，以及僕役如襲人家、晴雯家等一個又一個大大小小的家庭生活細節。這裡細膩描寫家庭瑣碎生活，更透過人物、親族故舊、權貴交往乃至於親王嬪妃，在婚喪喜慶的時間刻度，顯現家庭的生活、人際往來以及朝廷儀節。小說的最後寶玉勘破一切，隨著一僧一道飄然遠去，又回到青埂峯下。時空，從現實人世拉拔到無時間永恆的神話時空。《紅樓夢》中的時空便有多重的表現，有現實的時空、有虛幻的、永恆的時空，也有理想的時空。《紅樓夢》即是一個寫實卻又消解時間、空間多重隱喻的成長故事。

　　至於女媧所補的「天」，其實代表的便是家國的秩序，這些紅樓女子們上演的不只是兒女情事，她們一手治理的賈府，是一個男性或者昏庸、或者淫亂的家庭，女性在這個家庭中，展現的是重建、扶持的角色，透過這對於家庭秩序的關照，使我們重新省思「家庭」的核心價值，並且透過對於家庭小說女性角色的更多注目，展現了不同於以往歷史演義、俠義小說、神魔小說所要完成的忠孝節義父權思想下的敘事意義。

　　《金瓶梅》、《醒世姻緣傳》、《林蘭香》和《紅樓夢》等四部家庭小說最大的共同點，就是它們都是以一位男性為中心，各自刻畫了一批形象鮮明的女性的家庭生活。小說中皆細緻地描述日常家庭生活、以及家庭人物的各種關係。在日復一日的日常生活，透過節慶宴飲等時間刻度下的人情往來的描寫，展現小說的主題或隱喻，進而描寫國家的興衰。《金瓶梅》、《醒世姻緣傳》、《林蘭香》等家庭小說對於時間的描述各有所著重之處，直到《紅樓夢》小說的時間藝術更形完備。在明清家庭小說的譜系上，《金瓶梅》為第一篇作品，《紅樓夢》則可謂明清家庭小說成就最高者。

　　自《金瓶梅》以降的家庭小說描寫著家庭及世情，扣緊人世裡最真實的面向。家庭小說的發展從《金瓶梅》講述日常事件開始，透過家庭內、外的大小事件，透過人情往來，時間彰顯的不只是事件的演繹進展，還有人們對於記憶的詮釋，透過夢境和輪迴的時間描述，使人們得以在記憶、夢境或輪迴中一再重復逝去的時間。時間的探索在中國古典文學的詩歌研究中，已是頗受注意的研究論題，然而在小說中對於時間的討論並不多，事實上，敘事文學的情節建構在時間的舖排上有極豐富的表現，透過家庭小說的時間討論，更加強了敘事文學的抒情性。

# 第四節　研究現況及研究步驟

## 一、研究現況

　　中國古典小說研究或者以其類型區分爲，如「人情小說」、「神魔小說」、「講史小說」、「俠義公案小說」、「諷刺小說」；或以時代爲劃分依據，區分爲「漢魏六朝小說史」、「隋唐五代小說史」、「宋元小說史」、「明代小說史」、「清代小說史」、「晚清小說史」〔註149〕。本文以明清家庭四部小說爲研究對象，討論家庭小說時間性問題。

　　從明清學者開始研究《金瓶梅》、《醒世姻緣傳》、《林蘭香》及《紅樓夢》四部小說，有趣的是，此四書的研究中，作者及成書年代至今沒有定論。同時，從清末到民初學者的研究都著重於作者的考究或版本考證，〔註150〕《金瓶梅》一書的研究，在明代萬曆二十年左右流傳開來後，人們開始好奇作者是誰的問題。直到了二十世紀初，鄭振鐸在魯迅提出「世情小說」的概念後，撰文指出這是一部社會寫實小說，認爲《金瓶梅》是一部很偉大的寫實小說，赤裸裸地且毫無忌憚地表現著中國社會的病態。表現世紀末的最荒誕的一個墮落的社會景象。

　　此後《金瓶梅》研究轉向於主題思想、人物形象、語言風格、社會風俗的研究。約略而言，自1979年到1985年「金學」研究立基點多半是資料匯編、作者考證，爲其後十幾年金學的繁榮鋪下厚實的基礎。到了1986年至1994年除了持續進行滙編、考證外，進而討論思想內容、藝術特色、文化影響，其中以人物形象與語言研究最具成果。〔註151〕自1995年之後的金學研究學者多探討晚明社會風氣、商賈文化及行爲、城市及市井生活、服裝、婦女研究、性別文化、食色、空間、死亡、文本的敘事研究。

　　從作者、成書年代、目錄版本研究，到主題思想的研究，接著對作品內容的藝術性、文化史、服裝宴飲及情色的研究。這些研究著述同時記錄著，明清家庭小說從對於作者、時代背景的外緣討論、到文本內容、進而到讀者

---

〔註149〕參見浙江古籍出版社1996～1998年出版的一系列「中國小說史叢書」。

〔註150〕小說研究史書籍參考：黃霖編，《中國小說研究史》，浙江：浙江古籍出版社，2002年7月初版，是書說明了《金瓶梅》及《紅樓夢》的研究史。以及《新時期中國古典文學研究論述》第四卷《元明清近代》，北京：商務印書館，2006年12月初版，是書亦說明了《金瓶梅》及《紅樓夢》的研究概況。

〔註151〕參見，吳敢，〈20世紀《金瓶梅》研究的回顧與思考〉，《徐州師範大學學報》，第27卷第2期，2001年6月。

接受美學的呈現，並顯現多元文化的批評討論。

　　至於《醒世姻緣傳》的研究，雖然胡適曾說：「《醒世姻緣傳》是一部最豐富又最詳細的文化史料。」並且譽此書為「中國五名內的一部大小說。」〔註152〕但這部百回本巨作，除了徐志摩作序、胡適考證及孫楷第寫給胡適的信件之外，研究的文章並不多。《醒世網緣傳》的研究到了1980年仍是集中在作者、版本、成書年代、主題思想的問題。1980年到1999年在大陸發表的相關論文共有84篇，其中研究作者、版本、成書年代者有32篇，其他則是思想藝術及語言問題的相關討論，〔註153〕甚至討論到「性虐」的問題。〔註154〕在2000年之後大陸發表的相關論文，有關於作者及成書年代的考證、有關思想、藝術的討論、有關語言的討論。〔註155〕上述顯示，大陸部份的研究從作者、版本逐漸轉向主題思想、語言等藝術的研究。至於《醒世姻緣傳》自1995年以來在臺灣的學術界的研究，多聚焦在文學主題、民俗、喪葬、敘事研究。

　　關於《林蘭香》的研究，在《林蘭香》出版序文裡提到：「產生於清代康熙年間的《林蘭香》是一部不太知名的小說，學術界對它的研究不多，讀者對它也不甚了解。」〔註156〕這倒是真切說出《林蘭香》在明清小說研究史上備受冷落的事實。研究者及研究論著較少，多見於單篇論文的討論。在台灣相關的博碩士論文只有少數幾本，探討的仍是著重在女性——母親形象及婚姻的關係。那麼倒可詢問《林蘭香》在《金瓶梅》至《紅樓夢》此一系列的家庭小說中的位置究竟是如何呢？關於這個問題，胡衍南在〈論《林蘭香》在明清世情小說史的地位〉一文中有所討論，作者說明：比《醒世姻緣傳》晚出的《林蘭香》，就因為它較濃的文人意蘊，而使得它在世情小說裡更接近《紅樓夢》。〔註157〕無論是雅俗語言、家庭的內容、人物關係的安排，都使得

〔註152〕胡適〈《醒世姻緣傳》考證〉，《醒世姻緣傳》，收入《胡適作品集》第十七集，台北：遠流出版公司，1986年，頁13、74。
〔註153〕段麗江，《《醒世姻緣傳》研究》，湖南：岳麓書社，2003年出版。
〔註154〕夏薇，《《醒世姻緣傳》研究》，頁4，這裡甚至言及：「《醒世姻緣傳》的出現，標示中國古代虐戀文學的高潮期。
〔註155〕夏薇，《《醒世姻緣傳》研究》，頁3。
〔註156〕《林蘭香》，北京：中華書局，2004年6月，頁1。
〔註157〕胡衍南，〈論《林蘭香》在明清世情小說史的地位〉，台北：《淡江人文社會學刊》第十九期，2004年6月，作者在文中說明，摹寫家庭的日常生活細節、展現士家大族獨有的文化雅蘊、乃至於人物或情節安排，從《金瓶梅》到《林

我們在討論明清家庭小說時，不得不對這個篇幅較小的家庭小說，投以較多關注，使得明清家庭小說的研究能有更完整的面貌。

　　關於《金瓶梅》、《醒世姻緣傳》、《林蘭香》等家庭小說的研究，在作者、成書年代、版本問題、索隱研究興盛過後，研究論題逐漸脫離版本、作者的討論，到了二十世紀後半期，轉向作品內涵及小說藝術性的探討，研究作品主題、人物形象、語言風格、詩詞歌賦、小說隱喻的世界及小說寫作上的美學價值。二十世紀末文化研究的盛行，使明清家庭小說走向更多元化的討論，研究的方向包含了飲食、情色、服飾、亭臺樓閣、空間問題、文本裡的笑話、巫術、喪俗、性別研究、包括人物心理分析與夢學、城市商旅、民俗節慶、文化表現等，以及對文本進行敘事學研究，研究面向更爲豐富。

　　相較於明清家庭小說《金瓶梅》、《醒世姻緣傳》、《林蘭香》的研究，當代《紅樓夢》的研究成就最高，著作也最多。紅學的研究從乾隆中（1765 年）小說《石頭記》忽然出現後，〔註 158〕到乾隆五十七年程偉元刻本的出現，至今已有二百多年的歷史。〔註 159〕從作者曹雪芹生平、脂評研究，在清末民初時爲索隱派盛行，所謂「索隱」是探求小說所隱去的本事，找尋《紅樓夢》所影射的歷史人物或事件，爲其繫年。魯迅稱喻《紅樓夢》：

> 「全書所寫，雖不外悲喜之情，聚散之迹，而人物事故，則擺脫舊套，與在先之人情小說甚不同。」〔註 160〕「其中所敘的人物，都是眞的人物。總之自有《紅樓夢》出來以後，傳統的思想和寫法都打破了。」〔註 161〕

---

蘭香》到《紅樓夢》，有一條明顯可見的「家庭—社會」型世情小說的發展軌跡。然而，《金瓶梅》的內容、敘事聲調乃至於語言不免要傾向世俗，反之《林蘭香》就不免流於文雅。同時，在《金瓶梅》和《紅樓夢》兩個重要的世情小說中，如果《醒世姻緣傳》因爲它的市井性格、較少的詩意美感，使得它在世情小說中更靠近《金瓶梅》一些。是書作者在 2009 年 2 月出版的另一本書：《金瓶梅到紅樓夢——明清長篇世情小說研究》中更清楚地指出，《林蘭香》一書是「紅樓夢（詩化小說敘事）模式」的先驅，參見是書第七章，頁 245～279。

〔註 158〕魯迅，《中國小說史略》，頁 227。
〔註 159〕魯迅，〈清之人情小說〉，《中國小說論文集》，頁 542。
〔註 160〕魯迅，《中國小說史略》，頁 215。
〔註 161〕魯迅，《中國小說的歷史的變遷》，《魯迅全集》第八卷，北京：人民出版社，1981 年，頁 338。

當代對於《紅樓夢》的研究，始自王國維的評論〈《紅樓夢》評論〉，〔註162〕
王國維此文發表於清光緒三十年（1904 年）的《教育世界》雜誌，比起蔡元
培所寫的〈《石頭記》索隱〉要早十三年（蔡氏索隱初版著於 1917 年），比起
胡適所寫的〈《紅樓夢》考證〉要早十七年（胡氏考證初稿完成於 1921 年），
比起俞平伯寫的〈《紅樓夢》辨〉要早十九年（俞氏初版於 1923 年）。「靜安
先生此文在中國文學批評史上實在乃是一部開山創始之作。」此文揭開紅學
研究的現代意義。〔註163〕

　　從文學的角度審視《紅樓夢》，使紅學後來得以另闢哲學、美學、倫理
學、社會學的詮釋角度。1921 年胡適的〈紅樓夢考證〉問世後，才建立了
有系統的研究理論。俞平伯則在 1922 年發表的《紅樓夢辨》、魯迅的《中
國小說史略》都代表著小說學術史上的里程碑。然而 1953 年周汝昌的《紅
樓夢新證》的出版後，使「紅學」成了「曹學」研究，關注焦點在曹雪芹
身上。

　　余英時曾說：「《紅樓夢》在普通讀者的心目中誠然不折不扣地是一部小
說，然而在百餘年來紅學研究的主流裡卻從來沒有真正取得小說的地位」，這
裡清楚點出，紅學研究至此時，還仍糾纏在作者自傳、歷史索隱的問題。而
後，余英時在《紅樓夢的兩個世界》一文中提出：「曹雪芹在《紅樓夢》裡創
造了兩個鮮明而對比的世界。」這兩個世界，分別是烏托邦的世界，以及現
實的世界，「這兩個世界，落實到《紅樓夢》這部書中，便是大觀園的世界和
大觀園以外的世界。」是清和濁、情與淫、假與真，使得《紅樓夢》的研究
有了新典範，紅學研究更邁向文本意義的討論。

　　研究《紅樓夢》的專著極多。當代研究《紅樓夢》博碩士論文、期刊論
文、專作等著作浩瀚無涯，無法勝數。發展至今，《紅樓夢》研究的專著從作
者、版本、評點研究、人物形象、主題思想、詩詞探究、隱喻世界的討論，
到空間、死亡、夢境、心理、神話研究、詩社、禮俗節慶、宴飲、性別、情
欲與虛構形塑紅學接受史，等有著各種不同的詮釋角度。聚焦在討論這四本
明清家庭小說，「家庭」及相關問題上的專著雖有李光步《《紅樓夢》所反映

〔註162〕王國維的〈《紅樓夢》評論〉一文，收錄於：葉嘉瑩，《王國維及其文學批評》，
　　　　　1992 年 4 月初版，2000 年 2 月二版，頁 193。
　　　　　參見：黃霖等著，《中國小說研究史》，浙江：浙江古籍出版，2002 年 7 月初
　　　　　版，頁 468。
〔註163〕王國維是最早是以叔本華的悲觀主義哲學來探討《紅樓夢》。

的清代社會與家庭》〔註164〕、薩孟武《紅樓夢與中國舊家庭》〔註165〕、周忠泉《《紅樓夢》中家庭形態的研究》〔註166〕等書，以討論「家庭」為題的著作，但這些討論的重點仍放在家庭與社會的關係上。至於家庭小說中的「時間」問題更是少被專論專著。

家庭小說在行文裡，多半是擷取家庭故事某一階段、某一個時間裡上演的大小瑣事。於是我們要問時間在小說裡如何表現？有那些時間刻度的表現，時間是流動的嗎，時間的歷程又指向何處？時間如何凝止在瞬間，小說在時間藝術的表現上，如何呈現永恆性，人間永恆是可能的嗎？要在現實中留住永恆，是透過夢境、輪迴還是死亡呢。在文化多元的角度下對於明清家庭小說的討論，有了各種不同的詮釋角度，時間是敘事文學中重要的因素，透過敘事可以表現時間的流轉，或藉由空間展現時間的推移。

時間的表現在小說中是隱而不顯，但它卻不斷纏繞著主題的進行。特別是作為世情小說或家庭小說這一類長篇小說，小說所講述的家族興衰、人事變遷，無不展現在時間的洪流中。然而，相較於主題、人物、情節等小說論題，對於時間的討論一直是較少的一個部分，我們較少看到關於時間議題的討論，然而，家庭的事件卻往往環繞著時間而進展，例如人物的生日及死亡、季節的變化、歲時節令的更迭、對於過往時間的記憶等。

時間可作為小說情節背景的鋪陳，也可作為情節前景的演出。同時在家庭小說中，事件與事件的重疊縫隙裡，我們可以看到歷史時間、寫實時間以及屬於個人的、群體的大大小小時間刻度的標記，以及時間和空間不斷交相演出的主題及隱喻。本文試圖討論明清家庭小說的時間性，以及由此展開的論題。

## 二、研究步驟

中國古典文學則已在明代萬曆年間約西元十六世紀，形成對於時間描寫極為強調的家庭小說。家庭小說透過季節變遷、年歲更迭、個人的時間認知中，展現由家庭幅射出去的人際網絡及社群關係，也透過空間的轉移看到時

---

〔註164〕李光步，《《紅樓夢》所反映的清代社會與家庭》，1982年，政治大學中文所，碩士論文。

〔註165〕薩孟武，《紅樓夢與中國舊家庭》，台北：三民書局，1993年。

〔註166〕周忠泉，《《紅樓夢》中家庭形態的研究》，1993年，中正大學歷史所，碩士論文。

間的流動與變化。本文不採用「家族小說」一詞，是因爲這幾部明清小描寫的多半是「一個家庭」的故事，並且較爲貼近女性的視角，或者說是站在觀察女性人物的角度重新省思家庭內部的生活，以及反省家庭的秩序、家庭秩序如何被安頓的問題。因此，本文在魯迅以來，使用「世情小說」世態人情的討論底下，更精確地指出所討論的是日復一日瑣碎的家庭時間及生活，因此使用的是「家庭小說」一詞。

本文的研究步驟，首先對於「家庭小說」加以定義，並在此定義的規範下確認明清家庭小說的研究對象限縮爲：《金瓶梅》、《醒世姻緣傳》、《林蘭香》、《紅樓夢》四部明清家庭小說。透過時間的研究，家庭小說展開：

### （一）敘事時間的論題

透過時間敘事，作者要告訴我們什麼？

時間在日常生活中被淹沒，但日常生活又不斷回應著時間的流逝。家庭小說的時間以直線進行的寫實時間進行書寫，這是最貼近眞實生活的時間之流，但是事件卻往往是並時產生的，因此加入了錯時如補敘、追述的敘事手法，使得事件的說解更爲完滿。同時在家庭小說中，說書者／敘述者以「光陰迅速」、「一宿晚景提過」、「話休饒舌」等語詞使時間迅速過場，時間幾近停頓的場景描繪，能迅速推進時間的前進。事實上以說書者的姿態現敘述故事，是說書者／敘述者介入並破壞寫實時間的進行。

預敘的時間敘述不僅預告人物、家庭未來的命運，並勾勒情節發展，或者引起讀者的閱讀期待心理。在家庭小說中，可以從小說文本中的詩詞判文、首回預告、占卜算命的預言、燈謎的情節暗示、人物話語中對於情節的預告等表現，使寫實時間有了超現實時間的手法。家庭小說敘事時間中使用預敘的手法，不僅預告了情節或結果，往往也勾勒小說所要表現的書旨以及深層的文化意涵。至於家庭小說中夢境、幻境的描寫，也使得小說的時間能合理地在過去、未來中進出，並寄託了家庭小說所要構設的主題命意。

明清家庭小說敘事時間中最大的問題，在於小說時間的錯亂，這在《金瓶梅》及《紅樓夢》中最爲明顯。究竟是作者「有意無意」的表現？或者是傳抄刊印的訛誤，一直是歷來讀者熱衷討論的問題，在此我們必須回到文本裡看，才能理解《金瓶梅》或《紅樓夢》透過時間的錯置所要表現展現的隱喻／意旨是什麼！

在日復一日的書寫中，家庭小說則似乎成了在事件與事件的縫隙裡描

寫，比如一個家宴、一個聚會或一次的祭祖活動等等，然而人物、事件與日
復一日的串連者便是「時間」。翻開家庭小說，映入眼簾的幾乎都是時間的語
詞：「大明洪熙二年」、「宣德三年正月」、「光陰迅速又早到正月十五」、「八月
初旬」、「臘月初一」、「十月新冬」、「五月端午」、「明日晌午」、「第二天」、「次
日」、「又過了幾日」、「蔡太師生辰」、「耿朗生日」、「為西門慶上壽」、「除夕」、
「元宵節」、「清明」、「中秋節」、「冬盡春初」、「一宿晚景提過」……等時間
語詞串起了事件及日常生活，「時間」的存在，才使得家庭小說的日常性被彰
顯出來。

這些瑣碎的日常生活語詞所形成的敘事修辭，這種細節美學抗衡了父權
社會底下，君君臣臣父父子子的儒學思想，將忠孝節義的大敘事，翻轉為書
寫無聊的、沈悶的生活裡的小情小愛。對男性而言這是無用的、只是瑣碎的
小敘事，但對於家庭中的女性，這過生活的方式。也就是說，這種對於家庭
生活的描寫，其實是站在女性的視角去看家庭事務，因此一頓飯可以寫上好
幾頁、閨房情事成為小說要緊的大事紀，女性的閒、悶、煩、愁，生活裡的
吃、喝、拉、撒，日子裡的有趣的、無趣的部份，都成為家庭小說描寫的重
點。小說敘事的視角不僅從仰視英雄豪傑、神仙傳說的巨大意義，轉而低頭
看人物的「過生活」方式，更重要的是以女性為敘事中心的生活方式。因此，
透過個人、群體時間刻度裡的生日、節日、季節的描寫，突顯了家庭小說的
獨特性。

### （二）存在意義的關懷

個人存在於家庭中、家庭又包含於社會群體及國家組織之中。家庭小說
時間的寫實性，部份是因為明清家庭小說往往會標示一個存在於過去的歷史
年代，透過這個歷史年代／皇帝年號的書寫，使讀者的前理解已對此時代有
所評判及褒貶。時代的興衰有時和家庭的興衰有極密切的關係，生命的劫難，
有時源自於自身所依傍的那個時代；有時則是因為因果輪迴的計算。個人的
劫難時間，表現的是一種文化的認知，是關於自我的／群體的命運劫難的到
來，強調果報輪迴、強調命定，然而在宿命論背後往往有一個大而有力的主
宰，以其好惡、或以宇宙定律、道德上的善惡來裁定人的命運。

然而人不僅有命運，還有意志，意志使得人對抗或超脫宿命。在生命功
過的計算中，人仍能展現自己存在的可能性，而不是全交予命運來決定。因
果輪迴的報應之說，使得人們得以反思人存在的意義與價值。空間展現的時

間性，透露家庭／國家、人間／宇宙、此岸／彼岸的關係與差異。時間的變化，帶來空間的流轉，生死功過、地獄、仙境、前世記憶的召喚，同時帶來人的末世感或創傷感，這些都在家庭小說深刻地展現。

### （三）時間美學的討論

四部明清家庭小說對於時間滿格的書寫方式，寫出生活裡種種的細節，比如說仔細描寫的飲食服飾、閨房裡欲望、夫妻主僕之間、對於滿園花開花落的傷春悲秋，一頓飯裡最為細節的刻劃，這些都是家庭小說獨特的生活描寫。事實上，家之所以為家的意義，就是生活裡的這些細節，這也是從女性視角去看待家庭的生活。透過女性視角的書寫及閱讀，不僅表現在小說的命名、男女的情感，更多的是家庭生活裡的閒、悶、煩、愁的敘事美學。

在時間的過往中，看到家庭小說所要表達的往往是家庭秩序的建構，家庭的核心／邊緣價值是什麼，這個家庭是秩序的或是失序的？在明清四部家庭小說中我們往往看到家庭秩序化過程的破壞，荒謬或過於盛大的葬禮，都是衝撞秩序的書寫。然而在衝撞秩序的同時，是要表現何種文化意涵，或者是要重尋／建構何種家庭價值？

「家」是齊身、平天下的中介，但家庭秩序的惡化、家不再是個家時，那麼齊家、治國、平天下的可能在那裡？使得《金瓶梅》言因果、《醒世姻緣傳》談輪迴、《林蘭香》找尋家庭記憶的可能性、《紅樓》女媧要補天，都是因為時間的經過，突顯了家庭結構的變化，同時時間的消逝也帶來個人的危急感、末世感、創傷感，因此家庭小說對於生命以及文化有了更多的體悟，同時，作為敘事文體的家庭小說，在敘事性上逐漸加強小說的抒情性。

# 第二章　明清家庭小說敘事時間的表現

## 第一節　關於小說的敘事時間

　　小說敘事時間的討論，首先要說明什麼是敘事，接著釐清時間在敘事文本中如何被建構，這是關於文本中敘事筆法的討論；進而討論明清家庭小說中，時間性議題所表現的敘事功能及象徵意義。小說的研究可以從作品的形式內容去探討，關注在小說創作技巧層面及藝術表現的展開，包括主題、語言風格、情節結構安排，以及探討小說的功能、價值、藝術性等。西方敘事學較之以往的小說理論及文本詮釋，對於敘事文本中的敘事語法、敘事時間、敘事空間有更多的討論，因此在解讀明清家庭小說的時間性問題時，將援引西方敘事學作為討論依據。

### 一、從敘事到敘事時間

　　什麼是敘事？敘事就是講故事，是作者通過講故事的方式把人生經驗的本質和意義傳達給他人。〔註1〕敘事，當動詞用時，就是敘述事件或故事；當名詞用時，它的意思是「對事件或故事的敘述。」〔註2〕海登・懷特（Hayden White）在闡釋歷史敘事時對於「敘事」時說明：

　　　　敘事完全可以看作是一個對人類所普遍關心的問題的解答，而這個

---

〔註 1〕　（美）浦安迪（Andrew Plaks），《中國敘事學──浦安迪教授講演》，北京：
　　　　北京大學出版社，1996 年 3 月初版，頁 5～6。
〔註 2〕　傅延修，《先秦敘事研究──關於中國敘事傳統的形成》，北京：東方出版社，
　　　　1999 年 12 月初版，頁 9。

問題即是：如何將了解（knowing）的東西換成可講述（telling）的東西。〔註3〕

敘事即是講述事件，在講敘的同時，我們也賦予被講述的事物深層的意義：「敘事與其被當作一種再現的形式，不如被視爲一種談論事件的方式。」〔註4〕談論事件時，使得事物在被講敘的過程，也重新被整理。

法國哲人保羅‧利科（Paul Ricoeur）在《時間與敘事》中對於敘事學的看法，他提到，敘事話語並非簡單地反映或被動地記錄著一個已經被虛構的世界；它精心整理在感知和反思中被給予的材料，塑造他們，並創作新的東西。〔註5〕因此，在小說敘事中重整與反思被給予的材料形成敘事話語。解構批評學者希利斯‧米勒（J‧Hills Miller）的觀點來看，「敘事」是重構已存在的事物：「敘事就是對已發生的事情進行整理或重新整理、陳述、或重新講述的過程。」〔註6〕敘事因此不只是「敘述」，而是進一步重組所要敘述的話語。然而，與其把敘事當作一種再現的形式，不如視爲一種談論事件的方式。〔註7〕

唯有通過「敘事」，才能進行故事的敘述。敘事，是對於所描述的事物有所闡釋，熱奈特（Gerard Genette）將此稱爲「敘事性的話語」〔註8〕。敘事也使得事件在被講述的過程中有了新的生命，並表達敘述者的情感和思想。在所講述故事的背後，都有著作者欲表達的意圖及宗旨，而閱讀／聆聽故事的讀者／聽眾，則是「期待故事中所蘊涵著的意義顯現」〔註9〕，這就是所謂的「敘事意圖」。對於任何一個民族來說，敘事活動是文化中重要的部份，事實上在米克‧巴爾（Mieke Bal）的《敘述學——敘事理論導論》一書裡明言，

〔註3〕 （美）海登‧懷特（Hayden White）著，董立河譯，《形式的內容：敘事話語與歷史再現》，北京：文津出版社，2005 年 5 月初版，頁 3。

〔註4〕 （美）海登‧懷特（Hayden White），董立河譯，《形式的內容：敘事話語與歷史再現》，頁 3。

〔註5〕 （法）保羅‧利科（Paul Ricoeur），王文融譯，《虛構敘事中的時間塑形——時間與敘事卷二》，北京：三聯書店，2003 年 4 月初版。

〔註6〕 張京媛等譯，《文學批評術語——Critical Terms for Literary Study》，香港：牛津大學出版社，1994 年，頁 95。

〔註7〕 （美）海登‧懷特（Hayden White），董立河譯，《形式的內容：敘事話語與歷史再現》，頁 3。

〔註8〕 （美）華萊士‧馬丁（Wallace Martin），伍曉明譯，《當代敘事學》，頁 102～103。

〔註9〕 高小康，《中國古代敘事觀念與意識型態》，北京：北京大學，2005 年 9 月，頁 8～9。

敘事研究是對於文化的透視，是「一種文化表達模式」，同時進行了「文化分析的細讀與文化研究」。〔註10〕

不論是文學或是歷史，在「敘述」的過程都記錄了時間，「敘事」的同時，不僅包含了時間，還包含了對於事件的解釋及文本的意喻。「每一個偉大的歷史敘事都是一種時間性的暗喻。」〔註11〕歷史成為現實世界的隱喻、借鑑或說明；文學敘事，則是在真實世界中創造出一個獨立的時空結構。

事件的發生從開始到結束，整個過程就是事件的時間，接著是作者的寫作時間。事件時間和敘事時間是可以虛構的，只有作者的寫作時間是真實的時間。時間是現代敘事學關注的問題之一，敘事文學透過時間展現文學的藝術性。

熱奈特（Gerard Genette）在它的《敘事話語》討論到小說的「閱讀時間」、「故事時間」、「敘事時間」等。其中，「閱讀時間」是指讀者閱讀小說時的時間，是主觀且個人的。「故事時間」是指故事發生的時間狀態，是指「事件、或者說一系列事件按其發生、發展、變化的先後順序所排列出來的時間。」〔註12〕大體上來說，「故事時間」、「閱讀時間」都是依著事件或個人的自然時序進行的時間。而作者將故事加工處理、再次舖排並呈現在敘事文本的時間狀態，形成所謂的「敘事時間」，在閱讀過程中，我們會根據日常生活邏輯的時間概念將它重建，〔註13〕敘事時間是作家的重要敘事話語和敘事策略，〔註14〕同時，作者在敘述故事時，可以通過突然加快或放慢敘述速度來控制讀者的閱讀心理。〔註15〕

小說的敘事時間並不是故事時間的摹仿與重複，而是一種再創造，是「在敘述本文中所出現的時間狀況，這種時間狀況可以不以故事中實際的事件發生、發展、變化的先後順序以及所需的時間長短而表現出來。」〔註16〕敘事時間，因此是一個雙重的時間序列，它將一種被講述的故事或事件的時間表

〔註10〕（荷）米克‧巴爾（Mieke Bal），譚君強譯，《敘述學》，頁266。

〔註11〕（美）海登‧懷特（Hayden White），董立河譯，《形式的內容：敘事話語與歷史再現》，頁245。

〔註12〕譚君強，《敘事理論與審美文化》，北京：中國社會科學出版社，2002年9月初版，頁151。

〔註13〕羅鋼，《敘事學導論》，昆明：雲南人民出版社，1994年5月一版，1995年7月二次印刷，頁131～133。

〔註14〕羅鋼，《敘事學導論》，頁132。

〔註15〕格非，《小說敘事研究》，北京：清華大學出版社，2002年9月初版，頁64。

〔註16〕譚君強，《敘事理論與審美文化》，頁151。

達出來，同時，又將其建構成爲被語言敘述、被藝術表現出來的時間。如同
敘事學家熱奈特所言：

> 被敘述的事情的時間和敘述這件事情的時間。這種雙重性，使一切
> 時間變成爲可能，它是敘述手法的組成部份……它使我們將敘事的
> 功能之一，視爲：將一種時間構建爲另一種時間。〔註17〕

小說的敘事時間是小說家所採取的敘事策略之一，敘事時間的安排推動了
情節，也建構小說的意義。當代敘事學的時間理論，對敘事作品的時間性
進行細緻的分析，〔註18〕對於小說敘事時間的關注，及對時間的各種不同
處理手法，成爲現代敘事作品的特徵之一。〔註19〕同時，作者透過敘事時
間的掌握，突然加速或放慢敘事速度來控制讀者的閱讀心理，〔註20〕這就
是在敘事文學中對於時間的再創造，這也是我們理解小說文本意義的重要
訊息。

　　在二十世紀的七〇年代，敘事學（narratology）已成爲西方文論中頗受關
注的領域，華萊士‧馬丁（Wallace Martin）在 1986 年發表的《當代敘事學》
（Recent Theories of Narrative）曾提及，敘事學理論已經成爲文學研究主要關
心的論題。〔註21〕

　　至於什麼是「敘事學」？簡單地說，敘事學即是對敘事現象的研究理論。
〔註22〕首次爲敘事學定名的是法國理論家茨維坦‧托多洛夫（Tzvetan Todorov）
在 1969 年出版的《十日談語法》裡提出：「這門著作屬於一門尚未存在的科
學，我們暫且將這門科學取名爲敘事學，即關於敘事作品的科學。」〔註23〕
敘述學也就是研究文學性的學科。〔註24〕或者說是「對敘事文的一種共時、
系統的形式研究，它探討的範圍是敘事文的敘述方式、結構模式和閱讀類型。」

〔註17〕（法）熱奈特（Gerard Genette），《敘事話語》，王文融譯，北京：中國社會科
　　　　學出版社，1990 年初版，頁 12。
〔註18〕（美）華萊士‧馬丁（Wallace Martin），伍曉明譯，《當代敘事學》，頁 120。
〔註19〕譚君強，《敘述理論與審美文化》，頁 194。
〔註20〕格非，《小說敘事研究》，北京：清華大學出版社，2002 年 9 月初版，2005 年
　　　　5 月二刷，頁 64。
〔註21〕（美）華萊士‧馬丁（Wallace Martin），伍曉明譯，《當代敘事學》，北京：
　　　　北京大學出版社，2005 年 3 月二版，頁 1。
〔註22〕徐岱，《小說敘事學》，北京：新華書局，1992 年初版，頁 7。
〔註23〕引自張寅德，《敘事學研究》，北京：中國社會科學出版社，1989 年，頁 1
　　　　～2。
〔註24〕董小英，《敘述學》，北京：社會科學院出版社，2001 年 6 月，頁 4。

〔註 25〕米克‧巴爾在《敘事學：敘事理論導論》書中，則明確指出「敘述學是關於敘述、敘述文本、形象、事象、事件以及『講述故事』的文化產品的理論。」〔註 26〕至於被敘述的文本則是「敘述代言人用一種特定的媒介，諸如語言、形象、聲音、建築藝術，或其混合的媒介敘述故事的的文本。」〔註 27〕這裡已將文本拆解成各種不同的結構單位，並由此重新理解小說文本所要表現的意義。

　　西方敘事學作為中國古典小說的討論，是作為支援並提供更多對自己文化理解方式，在小說的敘事研究上亦然，敘事學是西方近代以來展開的一個論題。然而，「敘」「事」二個字放在一起，成為一個詞組，是早見於《周禮》：

　　馮相氏掌十有二歲，十有二月，十有二辰，十日、二十有八星之位，辨其敘事，以會天位。

　　內史掌王之八枋之法，以詔王治。一曰爵，二曰祿，三曰廢，四曰置，五曰殺，六曰生，七曰予，八曰奪。執國法及國令之貳，以考政事，以逆會計。掌敘事之法，受訥訪，以詔王聽治。凡命諸候及孤、卿、大夫、則策命之。凡四方之事書，內史讀之。王制祿，則贊為之。以方出之，賞賜，亦如之。內史掌書王命，遂貳之。《周禮‧春官》

這裡的「敘事」，有「依序行事」的意思。所謂「掌敘事之法，受訥訪，以詔王聽治。」指按照尊卑次序行事的法則。傅延修在《先秦敘事研究》一書中，對於「敘事」有相當仔細的說明，他認為，在《周官》中，與「事」聯在一起的「敘」字，都有「依序而行之」的含義。〔註 28〕所謂「依序而行之」，即是沿著時間箭頭單向延展的連續性活動，因此，在同一時間內只能敘述一個事件，事件的敘述的次序便有了關係重要的意義。

　　「敘」在《說文解字》中的意思是「次第」——「古或假序為之」，「敘」與「事」兩字合成一詞後，意為「有秩序地記述」。狹義的「敘事」與「抒情」二者並列對舉，在今日的文體說明中，則把「敘事」和「抒情」當作不同的寫作內容，廣義的「敘事」之意，涵蓋了「抒情」。實際上，「抒情地敘事」

---

〔註 25〕胡亞敏，《敘述學》，湖北：新華書店，20014 年 12 月二版，頁 17。
〔註 26〕米克‧巴爾（Mieke Bal），《敘述學：敘理論導論》，北京：中國社會科學出版社，1995 年初版，2003 年二版，頁 1。
〔註 27〕米克‧巴爾（Mieke Bal），《敘述學：敘理論導論》，頁 3。
〔註 28〕傅延修，《先秦敘事研究——關於中國敘事傳統的形成》，頁 11。

與「通過敘事來抒情」是極爲常見的文學手段，敘事作品中摻雜一些抒情成分幾乎是不可避免的事情。〔註29〕

在中國典籍中，《春秋》開創了史傳編年體的先例，編年敘事，即是按照時間的自然秩序來安排記事。《春秋》這個名字也顯示出時間是這部史書中起紐帶作用的重要因素。〔註30〕敘事須「依時序而行」、「文字錘煉」、作者對所述事物「寓寄褒貶」，這三者構成中國敘事傳統的根本，成爲史家與文學家共同擁有的風格特徵。《春秋》筆法潛移默化地作用於後人的敘事思維，無論是在民間的口頭敘事，還是文人的案頭文學敘事，常常呈現出共同的開篇程式——「自從盤古開天地，三皇五帝到如今」，這種強烈的時序觀念起源於《春秋》。〔註31〕

編年體的本質是依時敘事，另外，史傳敘事當是依人敘事的紀傳體，編年體和紀傳體二者是「依時而述」與「依人而述」兩種結構。後世篇幅較短的小說多記「一人一事之本末」更接近紀傳體，當然這種一人一事之本末紀事的體例，其內在多半仍是依著人物年歲時間而敘寫。編年體在長篇小說的影響較大，因爲小說的故事時間較長，採用「依時而述」的辦法可以保持敘述的連貫與結構的穩定。大致說來，在中國古典長篇小說中，《三國演義》、《金瓶梅》與《紅樓夢》爲編年體，《儒林外史》、《官場現形記》爲紀傳體；二體並存的有《水滸傳》與《西遊記》——梁山好漢聚義前的紀傳體，唐僧師徒西行取經後爲編年體。二體並存乃至相互融合似乎是長篇小說結構演義的演進趨勢，在「依時而述」的總體框架中綴以關鍵人物的「列傳」，看來是發揮編年體二者之長的最佳組合。〔註32〕以家庭敘事爲小說主軸的《金瓶梅》、《醒世姻緣傳》、《林蘭香》及《紅樓夢》四書，則是以編年敘事載錄家庭種種。

小說敘事時間的藝術表現，展開了小說文本的結構及內容。當我們討論明清家庭小說的時間，小說敘事時間的形式表現是第一個被觀察到的，其中包含了小說敘事時間的節奏、敘事幅度以及小說中如何使用預敘、倒敘、概敘、追敘等敘事手法，以及對於家庭裡日常生活時間如何描寫。在《紅樓夢》及《金瓶梅》中都有時間錯置的現象，一直是令讀者費解的問題，若能從作者寫作意義上去理解這樣時間混亂的問題，也許更能接近《金瓶梅》及《紅

---

〔註29〕傅延修，《先秦敘事研究——關於中國敘事傳統的形成》，頁10～13。
〔註30〕傅延修，《先秦敘事研究——關於中國敘事傳統的形成》，頁178。
〔註31〕傅延修，《先秦敘事研究——關於中國敘事傳統的形成》，頁185～186。
〔註32〕傅延修，《先秦敘事研究——關於中國敘事傳統的形成》，頁225～226。

樓夢》等家庭小說的書旨。

## 二、小說的敘事節奏的表現

　　「節奏」這個詞是從音樂理論中借來的，指的是一首音樂演奏的速度。這裡藉以描述我們對時間的掌握，以作為時間測量的方式。英國小說家福斯特提出小說節奏的概念，利用同一事物在不同段落中出現，造成讀者似曾相識的感覺，藉此縫合故事將散落的情節串起，同時又會在整體的節奏中找到情節表現的個別自由。〔註33〕霍夫金曾經形容：「人類是唯一為時間所束縛的動物」，「我們所有對自身以及這個世界的認知，都是經由我們對時間的想像、解釋、利用，以及實踐來傳達。」〔註34〕敘事的節奏即是衡量時間速度的尺規。

　　文學作品有自身的敘事節奏，因為「語言的神奇，表現在它是自由地出現並做為純遊戲使用的時候，就自動擺脫了其他情況下牢固地統治它的任意性，遵循著一種與它的內容看似毫不相干的準則。這一準則就是節拍、韻律、節奏。」〔註35〕米克·巴爾在《敘述學》一書中說明：

　　　　把什麼當作是描述速度的尺度，也就是節奏這一問題。〔註36〕

小說情節鬆緊張弛的表現，就掌握在敘事節奏上。我們對時間的感覺是難以量化的，是如此難以掌握卻又能清楚感受它的流逝，對時間的節奏也是如此。事件時間長，敘事篇幅短，那麼敘事節奏則為快；事件時間短，敘事篇幅長，則敘事節奏為慢。這種快慢便構成了敘事文本的節奏。研究時距以及事件發展所述的篇幅多寡本身並無價值，然而，它所帶來的意義，在於可以幫助我們確認作品的節奏，並呈現敘事時間的效果。事實上，故事節奏的變化不僅關係到作品的敘事風格，有時也會關係到作品的成敗。〔註37〕

---

〔註33〕（英）福斯特（E. M. Forster），《小說面面觀》，台北：新潮文庫，1973年9月初版，2000年6月三刷，頁217。

〔註34〕（美）羅伯特·列文（Robert Levine），范東生、許俊農等譯，《時間地圖——不同時代與民族對時間的不同解釋》，合肥：安徽文藝出版社，2000年，頁96。

〔註35〕奧古斯特·威廉·史雷格爾，〈關於文學與藝術的講稿〉，摘自托多洛夫（Tzvetan Todorov），《批評的批評——教育小說》，王東亮、王晨陽譯，台北：桂冠出版社，1997年，頁10。

〔註36〕（荷）米克·巴爾（Bal.Mieke），譚君強譯，《敘述學》，頁116。

〔註37〕格非，《小說敘事研究》，頁67。

　　小說中的時間是重要的角色，一切的背景、場面、思緒和事件都被時間
所役使，空間同樣也在時間中變形。爲了使作品的情感流程有所交替變化，
作者和詩人把握連續和中斷的節奏，不僅能使詩文曲折波瀾，也與讀者心理
時間的節奏相應和。〔註 38〕至於家庭小說在節奏掌握上所使用的手法，則有
省略、概述、停頓、延長、場景等。

## （一）敘事時間的幅度——省略、概述、停頓、延長、場景

　　時間幅度是指敘事所跨越的時間距離，它們所表現的話題正是時間的流
逝及所橫跨的時長的問題，〔註 39〕在不同的敘事文本中會有不同的表現。如
傳記小說、成長小說以及家庭小說的時間幅度，往往侷限在一個較短的時空
中，表現了人的一生、一代或兩代家庭的興衰。至於歷史小說、神魔小說往
往需要較長的時間因此時間跨度也較大。

　　敘事節奏的快慢，在於小說被敘述的時間及涵蓋事件發生的篇幅及時間
長短，二者之間的比例，這就是所謂的敘事幅度。敘述時間短，篇幅少，所
涵蓋的事件時間卻長，那麼敘事的幅度就越大；〔註 40〕反之，敘事時間長，
篇幅多，但所涵蓋的事件時間短，敘事的幅度則較小。敘事幅度又關係著敘
事情節的疏密度，當情節密度小，則敘事的速度就越快，敘事的幅度也就越
大；相反的，當敘事的速度慢，敘事的幅度就越小，代表情節的敘述密度就
越大。文本的疏密度與敘事時間的速度形成敘事節奏感，〔註 41〕這是作家在
時間整體性的運用下所作的敘事策略，在不同的敘事文本中展現不同的時空
安排，變換著敘事時間的比例尺，這不僅牽動了敘事節奏的疏密張弛，同時
敘事者對於事件的觀察角度。

　　**省略**指的是，在敘事時有時對於所敘述的內容時，會省略某一段時間的
講述，而我們在上下文中觀察出某一段時間被跳過、被忽略，這段被省略的
時間可能是不重要的；有時省略的時間未必不重要，而能在後文某些敘述的
線索中被看到，或者在後文中敘述這一段被省略的時間。省略的作用使情節
進行的節奏加快，這和**概述**的作用有相似的地方。

---

〔註38〕楊匡漢，《時空的共享》，河北：河北教育出版社，1998 年 7 月，頁 195。
〔註39〕（荷）米克・巴爾（Bal, Mieke），《敘述學：敘理論導論》，頁 250。
〔註40〕董小英，《敘述學》，頁 125。
〔註41〕楊義，《中國敘事學》：《楊義文存》第一卷，北京：人民出版社，1997 年 12
　　　　月初版，2004 年二刷，頁 144。

　　**概述**的方式也是一個大的時間幅度，它可以對故事背景、事件、人物身世約略交代，同時也能將長度大的時間壓縮成簡單的敘述語言，以此加快敘事的速度與節奏。概述有時也包含介紹人物出場、預敘後文、預言未來的功能，因爲它常常是兩個場景之間過度的表現，或者在場景之前的鋪陳說明。〔註42〕

　　概述在整個作品中，往往具有連接和轉折的功能。概述多運用於對故事背景、事件全貌的介紹，或者對於人物身世的交代，然後在後文裡再對這些事件人物的情節加以展開，〔註43〕作爲時間過場的作用。概述即是表現「背景」，連接各種不同場景的手段。〔註44〕同時具有加快節奏、簡化情節變化，對故事的部分或整體作簡要的說明。家庭小說因爲多半是著墨於日常生活的細節，時間的過往多半是緩慢的，概述此一敘事時間的使用，得以使時間快速推移，透過概述觀看背景裡的人事物，是一種高跨度、敘事密度較小、幅度大的敘事手法。

　　還有一種是敘事時間的使用方法：**「停頓」**，故事時間暫時停頓，使敘事描寫集中某一因素，因而故事時間是靜止的，當故事重新啓動時，當中並無時間軼去，這一段描寫便屬於停頓。敘事文學中，停頓的出現十分頻繁，在時間停頓的描寫，如影片的定格特寫，因爲對於某些事物有深刻描寫，讀者並不會意識到故事的停頓，卻能因此更加掌握敘事文本的細節處。〔註45〕故事時間的停頓是指「在其中的故事時間顯然不移動的情況下，出現的所有敘述部份。」換句話說，這裡的時間跨度是零。〔註46〕

　　停頓在敘事節奏上是具有延緩的效果，〔註47〕這個在目的是描繪一幅眞實客觀圖象的自然主義小說裡是常使用的手法，在意識流小說裡亦然，外在時間的流動似乎靜止了，只呈現空間裡的一景，或人物的內心世界。然而，在寫實主義的家庭小說中，時間是與情節一起推移進展。因此，時間定格、敘事停頓，往往是要透過敘述者的眼光去觀察場景、對於某一個對象大量描

---

〔註42〕羅剛，《敘事學導論》，雲南：雲南人民出版社，1994年5月初版，1995年7月2版，頁148。

〔註43〕譚君強，《敘述理論與審美文化》，頁174。

〔註44〕（荷）米克・巴爾（Bal, Mieke），《敘述學：敘理論導論》，頁123。

〔註45〕羅鋼著，《敘事學導論》，雲南：雲南人民出版社，1994.5.一版，1995.7.第二次印刷，頁151～153。

〔註46〕譚君強，《敘述理論與審美文化》，頁178。

〔註47〕（荷）米克・巴爾（Bal, Mieke），《敘述學：敘理論導論》，頁127。

寫，或者是讓敘述者加以解釋或發表議論的時刻。〔註48〕在古典小說中「看官聽說」的敘事者加入議論便是使小說時間跨度等於零的敘事時間的停頓。

敘事時間中所指稱的「**場景**」，是指被描寫的時間與閱讀時間大致相同，詳細的描寫會使閱讀的時間長於事件時間，時間被**延長**。〔註49〕最純粹的「場景」便是對話，〔註50〕時間的進展與現實生活裡幾乎一致，至於延長，是時間的特寫，把一件迅速發生的事件作仔細的描述，使描寫的時間大於事件發生的時間，敘事時間因此被拉長了。家庭小說一日復一日的進行，寫生活起居及人物對話，並且對於事件的發生有詳盡的著墨，這就是場景的表現，這在明清家庭小說中被頻繁使用的。

上述所言的時間節奏中的「停頓」，其時間跨度是零，至於「概述」及「省略」時間的跨度大，敘事的幅度也就較爲大。明清家庭小說的敘事時間，是以寫實爲前提，事件時間的跨度通常較小，敘事的幅度也較小，因此敘事的密度便較大，小說敘事的節奏的表現，則必須視寫實時間中錯時的時間序列，以增加小說時間節奏的變化。

### （二）錯時的時間序列——預敘、追敘、補敘

以寫實爲前提的家庭小說敘事時間，事件發生的時間往往是不可逆轉的，是向前奔流的時間流程，在生活中的事件總是並時產生，然而並時產生的事件在小說中卻必須分開來敘述。小說敘事時間的安排，是可以任意錯置過去、現在及未來，這樣的時間序列處理方式使得事件的敘寫有不同的處置方式。對於敘事文本裡這些時間序列的安排，若以講述的「此時」爲一時間點，依著時間順序說明事件的發生，稱爲「順序」；對於未來發生的事件先行預告稱爲「預敘」〔註51〕；在事件發生之後才敘述所發生之事則稱爲「追敘」或「補敘」，或者因爲這是插入說明，又稱爲「插敘」。

情節時間的安排與故事發展的時間順序之間的差別，稱之爲「時間順序偏離」（chronological deviation），或稱爲「錯時」（anachronies）。〔註52〕在「錯

---

〔註48〕 譚君強，《敘述理論與審美文化》，頁178～179。
〔註49〕 （美）華萊士・馬丁（Wallace Martin），伍曉明譯，《當代敘事學》，頁120。
〔註50〕 譚君強，《敘述理論與審美文化》，頁176。
〔註51〕 （法）熱奈特（Gerard Genette），《敘事話語・新敘事話語》，北京：中國社會科學出版社，1990年，熱奈特解釋「預敘」爲：「事先講述或提及以後事件的一切敘述活動。」
〔註52〕 （荷）米克・巴爾（Bal, Mieke），《敘述學：敘理論導論》，頁97。

時」中，敘述的當下提到將來的時間點，預寫了未來的事物，這樣的內容即為預敘；提到過去的時間點，追述已發生的事物，則是對事件加以追敘、倒敘、補敘，這些都是「錯時」的時間表現，使情節敘述有更多變化，同時也能在情節進展中，作為補充說明，也能使人物不在場的情節亦得以被補足。

預敘，在小說的寫作中，是一種先行敘述，可以預告情節，提前講述某個後來發生的事件的敘述方法，使讀者能預先窺視情節，亦即「事先講述或提及以後事件的一切敘述活動。」〔註53〕在預敘的此時，讀者並不能馬上明白整個事件的完整過程，但可以造成讀者閱讀的期待心理。到後來，人物命運或事件出現轉變時，讀者恍然大悟，再回顧前文，原來，預敘中早已留下伏筆。預敘雖是提前將未來會發生的事件敘述出來，事先揭發故事的結果，卻反而能使讀者在閱讀時對於情節如何走向結局有著期待心理。

明清家庭小說中，敘述者的先行預告是一種普遍的表現方式，這使得敘述者預設了與讀者的互動、敘述者的聲音形成了「作者干預」或「敘述干預」的現象，〔註54〕然而對於某些強調善惡果報、因果輪迴的作品，敘述者現身於作品的預示未來，多半是作道德勸說或表達因果的概念，讀者因此對於情節預告是否減少閱讀期待並不在意，反而能加強作品所呈現的果報效果。

故事進行到某一時刻，連貫的敘事突然中斷，敘述時間讓位給「錯時」。〔註55〕「錯時」是時間表現上，以追敘、補敘或預敘的方式，使小說情節敘述有更多的變化。預敘，是預示了後文情節。所謂追述或稱為倒敘，則是指事件發生的時間之後講述所發生的事情。〔註56〕是敘述者用以說明或提醒讀者，關於小說的進展，並說出部份情節，或者補足人物不在場的情節空白。

---

〔註53〕 （法）熱奈特（Gérard Genette），《敘事話語・新敘事話語》，又見於譚君強，《敘述理論與審美文化》，頁14。

〔註54〕 趙毅衡，《苦惱的敘述者——中國小說的敘述形式與中國文化》，北京：十月文藝出版社，1994年3月一版，頁27：每一個敘述文本都呈現出敘述者的聲音，然而作者並不等於是敘述者，敘述者是作者安排的一個人物，有時能代表作者的意念，有時則傳遞作者的反諷或其他訊息。是書作者提及，韋恩・布斯在《小說修辭》中使用「作者干預」（authorial intrusion）一詞並不正確，因此更正成「敘述者干預」，因為在明清白話小說裡我們可以很明顯地看到，敘述者可能扮演的兩種角色，一個是「出場但不介入」的敘述者，也就是以第一人稱進行的「說書者」，他總是對著虛構存在的「看官」說解講述；另一個是隱藏的敘述者，隱藏在作品中化身成為作品中的一個人物而進行敘述。

〔註55〕 譚君強，《敘述理論與審美文化》，頁166。

〔註56〕 譚君強，《敘述理論與審美文化》，頁155。

不論是預敘或追敘的敘事手法，在明清家庭小說中的作用在於，描繪出變化的時空概念，使得直線時間中斷、回溯或前瞻。錯時的表現也補足小說人物「不在場」時的事件之時空背景。原來的敘事時間爲第一敘事時間。至於錯時——不論是追述「過去」還是預期於「未來」，都與「現在」有著或長或短的距離。也就是說，無論是倒敘或預敘，相對於它所躋身的敘事時間——「第一敘事時間」而言，稱之爲「第二敘事時間」。

錯時本身便具有一個或長或短的故事時長，這個時長有它的廣度，在敘事時間裡進行追敘的小說技倆，能夠加強故事氛圍、補足故事及人物背景的說明。〔註 57〕所倒敘的事件時間，若仍在講述的故事時間裡，稱爲內倒敘〔註 58〕，因爲追敘的時間沒有脫離故事敘事時間的範圍；若所追敘的時間，位於正在講述的故事時間之外，則稱爲外倒敘。〔註 59〕不論是內倒敘或外倒敘，其作用往往是補足前文所敘的情節，或對人物作背景作介紹。

# 第二節　明清家庭小說的敘事時間

## 一、明清家庭小說的敘事節奏

在明清家庭小說中，對於家庭生活的描述十分細膩，然而，對於與情節發展無關的事物多半省略不言，因而我們「只能在某種訊息基礎上邏輯地推出某些東西已被略去。」〔註 60〕例如在《金瓶梅》中，西門慶和元配陳氏的婚姻並沒有敘述，只提到「西門大官人先頭渾家陳氏早逝，身邊只生得一個女兒，叫做西門大姐。」（第一回）陳氏的這一段故事是被省略掉，主要是因爲她在文中並沒有作用也未出現。家庭小說中由於是描寫家庭瑣碎事件，小說的省略將能使情節聚焦於被敘述的事物上。

〔註 57〕譚君強，《敘述理論與審美文化》，頁 166。

〔註 58〕羅鋼，《敘事學導論》，雲南人民出版社，1994 年 5 月一版，1995 年 7 月第二次印刷，頁 137，提到內倒敘：它的時間起點發生在第一敘事的時間起點之內，它的整時間幅度也包含在第一敘事時間之間。功能是補充及重複的作用。補充，塡補故事中的空白。重複，通常意味著對過去事件的意義加以改變或補充，是既重複又有改變。過去描寫的事件用現在的眼光看，又具有新的意義。

〔註 59〕羅鋼，《敘事學導論》，頁 137，所謂外倒敘，是指：外倒敘的時間起點和全部時間幅度都第一敘事時間起點之外。如敘事時間 1979，倒敘時間幅度在 1949 ～1957。其功能通常用來回顧人物的歷史或經歷，好讓我們理解發生在第一敘事時間之內的事件。

〔註 60〕（荷）米克·巴爾（Bal, Mieke），譚君強譯，《敘述學》，頁 120。

　　但有時省略的時間也未必不重要，反而是在後文中某些敘述的線索中被看到，或者在後文中概述出這一段被省略的時間，例如在《金瓶梅》中，武松氣不過嫂嫂潘金蓮和西門慶聯合害死了哥哥武大郎，欲捉拿西門慶問罪，沒想到卻誤打死了和西門一起喝酒的皂隸李外傳，官府衙門最後將「武二往孟州充配去了，不題。」（第十回）往後的一大段時間在文中都已省略，沒再提及。直到八十七回才又提到武松殺嫂祭兄一事，並簡單回溯到武松充軍之後的時間。

> 按下一頭。單表武松，自從刺發孟州牢城充軍之後，多虧小管營施
> 恩看顧。次後施恩與蔣門神爭奪快活林酒店，被蔣門神打傷，央武
> 出力，反打了蔣門神一頓。不想蔣門神妹子玉蘭，嫁與張都監爲妾，
> 賺武松去，假捏賊情，將武松烤打，轉又發安平寨充軍。這武松走
> 到飛雲浦，又殺了兩個人，復回身殺了張都監、蔣門神全家大小，
> 逃躲到施恩家。施恩寫了一封書，皮箱內封了一百兩銀子，教武松
> 到安平寨與知寨劉高，教看顧他。不想在路上聽見太子立東宮，放
> 郊天大赦，武松就遇赦回家。（第八十七回）

武松充軍後的時間並沒有全部被省略掉，在後文仍略述其中的一小段事件，這如同米克‧巴爾（Mieke Bal）所說的：**省略**有時是一種「假省略」，[註61]因為在後文出現簡單說明，但所說明的仍只是某幾個事件，而不是在一段時間內完整的情節發展。舉例說明，如：「二年後，我回到這裡」，二年的時間被省略，但同時在此句話中說明了二年的時間過去了。再回到武公充軍到殺嫂事件上，武松充軍時間裡發生的事件大部份都省略，但仍留下「一百兩銀子」的伏筆，好讓後文裡武松能拿出百兩銀子以贖出嫂子潘金蓮，才有後文「殺嫂祭兄」的情節。

　　「省略」的作用使情節進行的節奏加快，這和概述的作用有相似的地方，不同的是，省略掉的時間是讀者閱讀時的發現，至於「概述」所略過的時間，則是作者透過敘述者講述出來。在明清家庭小說中，通常在第一回都會有情節概述，概述時代背景及人物生平等等的史傳手法。例如《金瓶梅》首回：

> 話說大宋徽宗皇帝政和年間，山東省東平府清河縣中，有一個風流
> 子弟，生得狀貌魁梧，性情瀟灑，饒有幾貫家資，年紀二十六七。
> 這人覆姓西門，單諱一個慶字。（第一回）

---

〔註61〕（荷）米克‧巴爾（Bal, Mieke），譚君強譯，《敘述學》，頁 120。

> 他父親西門達，原走川廣販賣藥材，就在這清河縣前開著一個大大
> 的生藥鋪……這西門慶生來秉性剛強，作事機深詭譎，又放官吏債，
> 就是朝中高、楊、童、蔡四大奸臣，他也有門路與他浸潤。所以專
> 在縣裡管些公事，與人把攬說事過錢，因此滿縣人都懼怕他。（第一
> 回）

這裡概述了西門慶的身世背景，同時寫出他的發迹是緣自於官商勾結，使得讀者對於西門慶行惡作壞的行逕有所理解及對後文的期待。接著進入西門慶家庭的敘述時，勾勒西門家妻妾的身份，以及西門慶淫色的形象：

> 這西門大官人先頭渾家陳氏早逝，身邊止生得一個女兒，叫做西門
> 大姐……只爲亡了渾家，無人管理家務，新近又娶了本縣清河左衛
> 吳千戶之女塡房爲繼室……又嘗與勾欄內李嬌兒打熱，也娶在家裡
> 做了第二房娘子。南街又占著窠子卓二姐，名卓丟兒，包了些時，
> 也娶來家做了第三房。（第一回）

短短幾段文字裡，以「概說」同時又間雜了「省略」的用法，將西門慶發跡的原由、官商勾結的關係，以及他的幾個妻妾作了快速的預覽。上文已述西門慶元配的陳氏的部份幾近省略地用一句話帶過，至於如何又娶了吳月娘作繼室，以及其他妾室的介紹都以概述的方式呈現。又如《林蘭香》首回：

> 內中一人，姓耿名朗字璘照，泗國公耿再成支孫也。慷慨廣交，揮
> 金如土，結識些善武能文之士……母康氏，中年寡居，治家有方，
> 五歲上即令讀書，又與他聘下御史燕玉之女。這燕玉字祖圭，世居
> 蘭田，進士出身。娶妻鄭氏，生一女二男。女名夢卿，自幼即受耿
> 朗之聘，卻與耿朗同年正月初七日生辰，比耿朗還長八個月。長男
> 名子知，次男名子慧，俱是夢卿之弟。夢卿自與耿家結親，已過十
> 個年頭，都皆一十六歲。（第一回）

這裡分別交代了耿朗及燕夢卿的家世，時間很快地敘述著，轉眼「已過十個年頭」，兩人準備要完婚，小說的情節從這裡正式展開：

> 康夫人原擇於洪熙元年春二月完婚，卻因耿朗錄用，忙亂間已蹧擺
> 梅……卻耿家擇於五月五日作賀，又定下十五日完婚，於是遍請親
> 朋，不覺得已至五月。（第一回）

首回這幾段迅速地將耿家、燕家以及兩家的關係，耿朗與夢卿的婚約都作了概述，時間也很快地移轉，在這二段敘述後，耿朗與夢卿都已成年並將完婚，

卻在此時傳來內旨，夢卿之父燕玉被問罪。此時敘事幅度大，時間的過場是
大幅度地進行，使情節節奏顯得更加明快。

> 世間不乏林蘭香之人，亦不乏林蘭香之事。特以為有，則世之耳所
> 耳、目所目者，未免為耳目所使。若以為無，則世之耳不耳、目不
> 目者，又未免失耳目之官。**總之經洪熙、宣德、正統、景泰、成化、**
> **弘治、正德、嘉靖八朝，一百餘年，特為兒女子設一奇談。**（六十四
> 回）

小說末回概述了《林蘭香》小說文本所歷經的百餘年時間，表現出長時間、
大幅度的時間過場，總結了《林蘭香》故事始末，分別在文章的第一回及最
後一回，成為文首概說及文末總結之語。

在這裡「概述」的作用不僅僅是時間的過場，作者將百餘年的歷史時間
長河壓縮在這麼幾句話語中，加速了場景裡時間的速度，百年與一瞬似乎也
沒有差別，被壓縮的時間產生了一種「將故事設置在歷史的風雲變幻之中」
的敘事節奏。敘事文學中那些「須註明卻又不是主旨所在的地方」，一般是用
概述的方式把情節快速又簡略地交代過去，〔註62〕例如在《醒世姻緣傳》首
回：

> 當初山東武城縣有一個上舍，姓晁，名源。其父是個名士，名字叫
> 做晁思孝，每遇兩考，大約不出前弟。只是儒素之家，不過舌耕糊
> 口，家道也不甚豐腴。將三十歲生子晁源，因係獨子，異常珍愛。
> 漸漸到了十六七歲，出落得唇紅齒白，目秀眉清。（第一回）

這裡概述了晁源家庭及生活背景，除了在首回的人物介紹外，在第二十回對
於小說人物的結局的概述：

> 縣尹把趙氏楞了一楞，……拔了四枝籤，打了二十板，將趙氏領了
> 下去。監中提出小鴉兒來，也拔了四枝籤，打了二十板，與他披出
> 紅去。小鴉兒仍到莊上，挑了皮擔，也不管唐氏的身尸，佯長離了
> 這莊。後來有人見他在泰安州做生意。（第二十回）

作者在此跳出來向讀者設問，同時也將事件作了簡要說明。小鴉兒離開了這
裡，「後來有人見他在泰安州做生意」，時間已不知過了多少，距離也不知離了
多遠，然而這樣一段文字的概述，也使得小鴉兒這個人物從此自小說中退場。

---

〔註62〕胡亞敏，《敘事學》，武漢：華中師範大學出版社，2004 年 12 月第二版，頁
79。

　　另外，在《紅樓夢》裡對於人物、背景的概述更是隨處可見，或因《紅樓夢》所敘及的人物眾多，因此概述的方法是敘述者現身，將新出場的人物介紹給讀者得知的方式，例如在第一回作者敘說撰文由來，概說了寶玉自大荒山青埂峰到成為一塊美玉以及到人間歷了一回的種種，這裡表現出大幅度的時間過場，在第二回中，作者則是透過冷子興之口說演賈府背景，冷子興成為隱藏的敘述者，他也是作品裡的一位人物，同時敘述著情節概要：

> 當日寧國公與榮國公是一母同胞弟兄兩個。寧公居長，生了四個兒子。寧公死後，賈代化襲了官，也養出了兩個兒子：長名賈敷，至八九歲上便死了，只剩了次子賈敬襲了官，如今一味好道，只愛燒丹煉汞。幸而早年留下了一子，名喚賈珍……這珍爺倒生了一個兒子，今年才十六歲，名喚賈蓉。（第二回）

接著對於賈家二府榮國府、寧國府裡的人物及人物背景作了交代，概說人物中，最重要的是生於大年初一，令人覺得「奇了」的賈元春，以及「更奇」的銜五彩玉而生的寶玉，小說情節就從概述裡這兩次的「奇」字展開：「自榮公死後，長子賈代善襲了官，娶的也是金陵世勛史侯家的小姐為妻，生了兩個兒子：長子賈赦，次子賈政。如今賈代善早已去世，太夫人尚在，長子賈赦襲著官；次子賈政，自幼酷喜讀書，祖父最疼……這政老爺的夫人王氏，頭胎生的公子，名喚賈珠，十四歲進學，不到二十歲就娶了妻生了子，一病死了。第二胎生了一位小姐，生在大年初一，這就奇了，不想後來又生一位公子，說來更奇，一落胎胞，嘴裡便銜下一塊五彩晶瑩的玉來，上面還有許多字跡，就取名為寶玉。」（第二回）對於賈元妃和賈寶玉姐弟深刻情感的緣由，也以一段文字帶出：「當日這賈妃未入宮時，自幼亦係賈母教養。後來添了寶玉，賈妃乃長姐，寶玉為弱弟，賈妃之心上念母年將邁，始得此弟，是以憐愛寶玉，與諸弟待之不同。且同隨祖母，刻未暫離。」（第十七~十八回）這一段交代了賈妃與寶玉雖是姐弟，卻親如母子，他們之間的情誼，在後文裡元妃省親時也有深切的表現。

　　又如在第四回概述了薛蟠及寶釵二兄妹：「且那買了英蓮打死馮淵的薛公子，亦係金陵人氏，本是書香繼世之家。只是如今這薛公子幼年喪父，寡母又憐他是獨根孤種，未免溺愛縱容，遂至老大無成」、「當日有他父親在日，酷愛此女，令其讀書寫字，較之乃兄竟高過十倍。自父親死後，見哥哥不能依貼母懷，他便不以書字為事，只留心針黹家計等事，好為母親分憂解勞。」

（第四回）　敘述者在這裡概述著薛蟠的身世，提醒讀者薛蟠橫行霸道的作為是母親溺愛縱容的結果，同時也對比薛蟠和妹妹薛寶釵二人極大的差異。

　　小說往往聚焦在主要的敘事情節上，過多的枝節描寫會將小說帶離主題，因此小說在剪裁上，使用省略及概述的方法能去蕪存菁，能將所要表達的主題及情節的敘述更清楚地表現。在其他主題類型的小說裡，如歷史小說、神魔小說、英雄傳奇小說，同樣也使用概說的方式推進情節、或以概說的方式簡述人物生平。然而，不論是英雄事蹟或歷史演義故事，敘事的焦點多放在「事件」上：在概說時，往往是把一段長的歷史時間濃縮在一小段敘事時間裡，而講述的重點正是「事件」。〔註63〕明清家庭小說描述的重點，在於家庭人物的生活細節上，因而在概說情節時，敘事重心轉移到「人物」或「家庭生活」的細節描寫。

　　家庭小說的敘寫往往因著墨在日常生活裡，時間的進展顯得緩慢，日常生活的細節則是蔓蕪冗長，以**概說**的方式濃縮一段長的時間，或者省略某些不斷重複的細節，剪裁情節，使得時間得以快速的推移，透過概述觀看小說裡的人事物，則呈現一種高跨度的敘事手法，使小說時間的節奏有所張弛。

〔註63〕 例如，《水滸傳》第二十二回武松的出場，宋江見武松這表人物，心裡歡喜，但問起武松何以在此之故，武松答道：「小弟在清河縣，因酒後醉了，與本處機密爭了，一時間怒起，只一拳打得那廝昏沈，小弟只道他死了，因此，一逕地逃來，投奔大官人處來躲災避難。今已一年有餘。」1又如第六十四：「卻說宋江軍中因這一場大雪，定出計策，擒了索超。其餘軍馬都逃入城去。」又例如，在《三國演義》第七回回首言：「卻說孫堅被劉表圍住，虧得程普、黃蓋、韓當三將死救得脫，折兵大半，奪路引兵回江東。自此孫堅與劉表結怨。」在第八十七回裡同樣地快速瀏覽了諸葛亮的事蹟：「卻說諸葛丞相在於成都，事無大小，皆親自從公決斷。兩川之民，忻樂太平，夜不閉戶，路不拾遺。又幸連年大熟，老幼鼓腹謳歌，凡遇差徭，爭先早辦，因此軍需器械應用之，無不完備，米滿倉廒，財盈府庫。」至於在《西遊記》在第二十七回回首：「卻說三藏師徒，次日天明，收拾前進。那鎮元子與行者結為兄弟，兩人情投意合，決不肯放；又安排管待，一連住了五六日。那長老自了草還丹，真是脫胎換骨，神爽體健。他取經心重，那裡肯淹留，無已，遂行。」這些概說講述的重點在於人物所發生的「事件」上，家庭小說則注重「人物」的白描手法，如《金瓶梅》第一回武松的出場：「單表迎來的這個壯士怎生模樣？但見：雄軀凜凜，七尺以上身材，闊面稜稜，二十四五年紀。雙眸直豎，遠望處猶如兩點明星，兩手握來，近覷時好似一雙鐵硾。腳尖飛起，深山虎豹失精魂；拳手落時，窮谷熊羆皆喪魄。頭戴著一頂萬字頭巾，上簪兩朵銀花；身穿著一領血腥衲襖，披著一方紅錦。這人不是別人，就是應伯爵所說陽谷縣的武二郎。只為要來尋他哥子，不意中打死了這個猛虎，被知縣迎請將來。」

家庭小說中，寫實的時間是與情節一起推移前進，小說中常常出現敘事時間的**停頓**，時間定格在人物形象的描寫上，特別是主要人物的出場或介紹，使敘事時間中斷，這也使得讀者能通過敘述者的眼光去觀察小說呈現的人物、空間或事件。例如《金瓶梅》中西門慶初次見到潘金蓮的描寫，便是寫實時間描寫被中斷，小說敘述著：

> 一日，三月春光明媚時分，金蓮打扮光鮮，單等武大出門，就在門前簾下站立。約莫將及他歸來時分，便下了簾子，自去房內坐的。（第二回）

這裡的故事時間是寫實時間的表現，文字呈現出時間推移之感，接著描寫：

> 婦人（按：潘金蓮）正手裡拿著叉竿放簾子，忽被一陣風將叉竿刮倒，婦人手擎不牢，不端不止打在那人（按：西門慶）門上、婦人便慌忙陪笑，把眼看那人，也有二十五六年紀，生得十分浮浪。頭上戴著纓子帽兒，金鈴瓏簪兒，金井玉欄杆圈兒，長腰才，身穿綠羅褶兒；腳下細結底陳橋鞋兒，清水布襪兒；手裡搖著灑金川扇兒，越顯出張生般龐兒，潘安的貌兒。

> 這個人被叉竿打在頭上，便立住了腳，待要發作時，回過臉來看，卻不想是個美貌妖嬈的婦人。但見她黑鬒鬒賽鴉鴿的鬢兒，翠彎彎的新月的眉兒，清冷冷杏子眼兒，香噴噴櫻桃口兒，直隆隆瓊瑤鼻兒，粉濃濃紅豔腮兒，嬌滴滴銀盆臉兒，輕嫋嫋花朵身兒，玉纖纖蔥枝手兒，一捻捻楊柳腰兒，軟濃濃粉白肚兒，窄星星尖趫腳兒，肉妳妳胸兒，白生生腿兒……（第二回）

人物出場樣貌的細細描寫，便得小說敘事時間停頓。又如《紅樓夢》中黛玉初入賈府，見到賈母時，賈母摟著黛玉在懷中，傷心憶起黛玉的母親，眾人忙寬慰賈母，「一語未了，只聽後院中有人笑聲，說……」，這是王熙鳳人未到話語聲音先到的描寫，時間慢慢推進，當僕婦丫頭們簇擁著鳳姐走入屋內，從黛玉眼中看到鳳姐的描述，這時，時間**停頓**：

> 只見一群媳婦丫鬟圍擁著一個人從後房門來。這個人打扮與眾姑娘不同，彩繡輝煌，恍然神妃仙子：頭上戴著金絲八寶攢珠，綰著朝陽五鳳掛珠釵；項上帶著赤金盤螭瓔珞圈；裙邊繫著豆綠宮絛；下著翡翠撒花洋縐裙。一雙丹鳳三角眼，兩彎柳葉吊梢眉，身量苗條，體格風騷，粉面含春威不露，丹唇未啓笑先聞。黛玉連忙起身接見。

（第三回）

對於鳳姐的敘述使時間暫停，但到文末黛玉起身迎接鳳姐時，暫停的時間恢復了流動，一切又如常進行。在《金瓶梅》及《紅樓夢》中時間的停頓多作為人物的描寫，在《林蘭香》及《醒世姻緣傳》中則少有人物的細寫，小說敘事時間的停頓多半因為敘述者議論的插入。

家庭小說的時間進展與現實生活裡幾乎一致，這是寫實時間的表現，然而在描寫中，把一件迅速發生的事件作仔細的描述，使描寫的時間大於事件發生的時間，敘事時間因此被拉長了，這就是對於時間的特寫，敘事時間的進行似乎緩慢了下來，也被延長了。例如在《紅樓夢》中因元妃省親興建了大觀園，待大觀園完峻後，賈政和賈珍找來寶玉和眾清客們在園裡提字。這裡寫園子裡細雕花樣，小徑逶迤，佳木龍葱，假山涼亭，一山一石，以及上面所要提寫的對聯匾額，不過「逛了半日」，賈政對寶玉喝道：「你還不去，難道還逛不足，也不想逛了這半日，老太太必懸掛著。」（第十七回至十八回）這裡寫半日的時間，但在書中的描寫花了十來頁的篇幅，敘述節奏變得緩慢，敘述時間被延長，小說敘事時間的幅度變小。

時間的延長在小說中的表現，特別是在情感描述的部份，作者描寫人物情感，內心的種種糾葛情思，外在時間是恆常的流逝，但在小說中卻對比成二重時空：人物心裡講述的故事時間，以及小說裡的敘事時間。時間的進行實則並沒有停留或延緩，但並比人物情感的奔流，二者的時間有很大的落差，一如意識流小說的時間進行。威廉‧詹姆斯（William James）認為：人過去的意識會和現在的意識在思緒裡交織在一起，過去的、現在的時間因而是重疊的，人物左思右想的短暫時刻中，內心思緒的情感及時間，交融了過去與現在，可以是一生一世的時間。普魯斯特（Marcel Proust）在《追憶似水年華》曾提到的：一個小時不只是一個小時，在一個小時裡可以裝載更多的時間空間的描寫。

在中國古典小說中，關於人物內心意識的描寫並不多，多半是由人物外在的形象、動作、語言表現人物內在思緒及情感。在明清家庭小說中，對於人物內在情感的描寫並不若當代意識流小說般深刻細膩的描寫，往往是透過對人物動作的描寫展現情感，同時使時間的進行被延長，《紅樓夢》黛玉葬花的情節即為一例。黛玉因晴雯鬧情緒，夜裡不肯為自己開門而自傷，雖然晴雯並不知道來訪的是黛玉，然而黛玉不免思緒起自己寄人籬下的身世，如今

父母雙亡無依無靠，因此哀傷自憐。又因這日是交芒種節，眾花皆卸，花神退位，因此園裡的女孩們作餞花會爲花神餞行。在眾人熱鬧穿梭於百花之中時，黛玉卻獨自一人來到桃花塚，兀自哽咽葬花，想起自己的身世坎坷，並爲自己的未來悲歎，於是寫下極爲著名的葬花詞：「儂今葬花人笑痴，他年葬儂知是誰？試看春殘花漸落，便是紅顏老死時。一朝春盡紅顏老，花落人亡兩不知。」（第二十七回）小說的敘事時間在此緩慢了下來，時間慢慢地延展，同時呈現人物深刻的情感。

家庭小說一日復一日的時間推進，寫生活起居及人物對話，並且對於事件的發生有詳盡的著墨，或者對於景物有細緻的描寫，在此感受不到時間的經過，這就是場景的表現，這在明清家庭小說中被頻繁使用的。場景的敘寫在《紅樓夢》中，表現在寶玉、黛玉等人的吟詩結社中。第三十七回以半回的篇幅寫黛玉、李紈等人成立詩社，並爲自己起個別號：探春爲「秋爽居士」、李紈爲「稻香老農」、黛玉爲「瀟湘妃子」、寶釵爲「蘅蕪君」、寶玉爲「富貴閒人」（第三十七回）這一群女子在大觀園裡起詩社、作詩、賞花和韻。在結社吟詩時似乎感受不到時間的進展，看到的是人物的對話、事件的說明、詩作的表現。然而，在《紅樓夢》中幾次的詩社詩作表現，時間便在空間的置換中流轉，這是在本文第五章裡所要論及的空間時間化的問題。

場景的描寫、敘事時間的延長、停頓、省略或概述，這些都是敘事文學中常用的手法，但在家庭小說中卻有更積極的意義：上述敘事時間的手法，都打破了家庭日常時間的進行，跨越了時間的寫實性。

「省略」，可歸納出幾種使用的方法及在明清家庭小說中的作用：

1、時間的快速推移，取消了某些情節的描寫。時間敘事上是完全空白。
2、在省略的使用上，有一種「假省略」，是接近概述的觀念，把一段時間長河，以一、二語帶過。
3、省略濃縮了某一段時間，以修剪日復一日冗長的記錄，進而使讀者能聚焦在某些被作者強調的事物上。這個方式有時類似於作者介入敘述的概說方式，但重點仍在於被省略的時間，例如「光陰迅速」及「一宿晚景題過」的時間過場。

「概述」，在明清家庭小說中可歸納出幾種使用的方法：

1、「概述」通常在首回，說明情節及人物介紹的敘述方式，同時又極爲簡約地交代許多事物的來龍去脈，如詩詞判文或首回預告。

2、在某些回的內文中，作者現身介入說明，通常以「看官聽說」、「卻說」、
　「話說」的方式來呈現。

3、時間上以定格的方式作場景的概述描述。

4、概述，通常表現出較大的時間跨度。

　　在日常時間的進行中，使用概述、省略、停頓、延長、場景等超越寫實時間的手法的用意在於：情節是由事件堆疊而成，事件的留白或補滿，即使用概述或省略的手法，控制小說情節的張弛。空間、人物形貌的表現、對話、場景的描寫，都使得小說的時間暫時停止，或可使時間流逝之感拉長。可知概述、省略、停頓、延長及場景中由空間呈現的時間感，建構了家庭小說豐富的時間性。

　　在小說整體的敘事時間而言，中國古典小說與西方小說的敘事傳統不同。西方小說往往以一人一事一景寫起，中國古典小說多半是先展示一個廣闊而超越的時空結構，家庭小說更是如此，因為家庭小說是以「族」、以家庭群體為單位。中國古典小說往往在一開始時便展現出一個超越的時空，因此小說的敘事時間，多以時間的整體性及超越性為關懷角度。敘事的方式多是由整體到細節，時間也由大的跨度展開，再聚焦到小的事件及時間上。

　　中國古典文學中，神話的時間跨度最大，往往從盤古開天闢地、女媧煉石補天寫起；歷史小說則寫三皇五帝、商周列朝，這使得中國小說多半進行高速度大幅度的時間敘事；神魔小說更不待言，寫神話融合廣闊的想像時間和空間，想像縱橫飛越古往今來，或從天地混沌未明的遠古寫起，或是交織著神話與歷史的三皇五帝，展現了半神話、半歷史的高時間大幅度。〔註64〕

　　無論是神話小說、歷史演義小說或者是神魔小說，都有著較大的時間幅度。明清家庭小說與此不同，家庭小說的時間幅度較小，時空背景短則十多年，最長也只是一個家庭的百年時光。

　　明清家庭小說寫一家族的百年興衰史，與當代文學中大河小說（roman-fleuve）有相似的架構，因為它們寫家族興衰史，也把整個時代也寫入小說敘事主題中，並且對於時代以及文化有所褒貶。明清家庭小說與大河小說又不盡相同：大河文學一詞起源於法國，指極長篇小說，字數在數十萬到上百萬字。小說多半寫一長時間的家族故事，小說的敘述如將河水滔滔不絕地奔流，

〔註64〕楊義，《中國敘事學》，頁130～136。

在敘述的過程中，許多小的主題如支流般加入流洩不已的河水／大主題之中，形成一個長時間的、主題豐富、人物眾多的小說，然而，大河文學更多的時候是描述人物對於所經歷過時代的反抗，〔註65〕葉石濤曾說：

> 凡是夠得上稱爲「大河小說」（Roman-fleuve）的長篇小說必須以整個人類的命運爲其小說的觀點。要是作者缺乏一己的世界觀和獨特的思想，對於人類的理想主義傾向茫然無動於衷，那麼這種小說就只是一連串故事的連續，充其量也不過是動人心弦的暢銷讀物而已。〔註66〕

首開台灣大河小說先河的鍾肇政，則以小說內涵來界定大河小說，他認爲：

> 大河小說可分：一、以個人生命史爲主，二、以若干世代的家族史爲主，三、以一個集團的行動爲主等三種類型，內涵則或首重個人精神之發展與時代演變遞嬗的關係，或以集團行動與時代精神之互動爲探討之中心。

也就是說，大河小說以個人生命史、家族史或社會集團的發展史，同時也展現出與時代互爲嬗遞的表現，就此，大河小說是表現群體的命運及與時代的關係。明清家庭小說也寫出時代的現象，反映當時代人們存在的課題，然而敘述的焦點則是以家庭人物及家庭事件爲敘述核心，聚焦在較短的時間、較爲個人的生命事件，書寫時間長度相較於大河小說而言較短，並且對於當時代所經歷的苦難生命作深刻的反省。大河小說敘事時間的幅度較家庭小說更爲廣闊綿長，家庭小說寫一家庭興衰，而大河小說則寫一民族、族群的發展

---

〔註65〕 例如鍾肇政，他是日據後第一代台灣作家，也是開啓台灣大河小說創作第一人，鍾肇政的《濁流三部曲》與《台灣三部曲》均爲超過八十萬字的重量級小說。書寫民族苦難，並回顧父執輩那段辛酸、屈辱、迷惘，卻又隱約摸索，企盼未來的時代。
李喬的《寒夜三部曲》也以台灣日據時代五十年的史實爲背景，寫出台灣人反抗日人的經驗，而其更大的訴求在於土地。《寒夜三部曲》裡一代接著一代做爲這塊土地的主人，是誠惶誠恐地願爲土地付出、犧牲，而不是佔有及奪取，同時詮釋了作者對於人生、苦難的歷史感受。
東方白的《浪淘沙》則有一百三十七萬字，寫二十世紀八〇年代，空間則從台灣、日本、中國大陸、菲律賓、新加坡、馬來西亞、緬甸、加拿大、美國等地。主要是面對「身份認同」的掙扎與困惑。參見歐宗智，〈自序：台灣文學的歷史長流〉，《台灣大河小說家作品論》，台北：前衛出版社，2007 年 6 月出版，頁 11、40、66。
〔註66〕 葉石濤，〈鍾肇政論〉，《台灣鄉土作家論集》，台北：達景出版社，1979 年 3 月初版，頁 148。

史。〔註67〕

　　至於小說敘事時間的幅度，則是小說敘述的時間及涵蓋事件發生的篇幅，二者之間的比例，這就是所謂的敘事幅度。敘述時間短篇幅少，所涵蓋的事件時間卻長，那麼敘事的幅度就越大，敘事幅度是依照事件的描寫時間與篇幅的比例而有不同。明代的四大奇書分別爲歷史演義小說、英雄小說、神魔小說，及家庭小說四種類型。敘事時間的幅度有著極大的不同：《三國演義》、《水滸傳》、《西遊記》都在一個廣濶的時空背景中開展出來，時間的跨越的幅度都較大；《金瓶梅》則聚焦在一個家庭內，時空背景被侷限在較小的場景及較短的時間長度中，時間跨越的幅度較短。

　　至於它們的敘事時間的幅度，則因其對於事件的敘事意圖不同，而有不同的表現：寫歷史人物的《三國演義》，敘事的主幹是漢末群雄角逐及三國鼎立，全書一百二十回，寫漢靈帝建寧元年（168 年）到晉武帝太康元年（280 年），約寫一百一十二年之事。平均每一回敘述一年故事，但首回及末回的時間跨度最大：首回寫歷史時間十六年之事，第二回寫五年之事，末回寫十五年之事。第一百零六回則寫十一年間事件。劉備第三次訪諸葛亮以及隆中對策，只有半天之事竟用去了半回的篇幅，而諸葛亮舌戰群儒，只不過三、四天之事也用去了二回。〔註 68〕另外，描述歷時一年三個月的官渡之戰便寫去了八回，寫一年多一點的赤壁之戰則用了十七回的篇幅。〔註 69〕敘事時間在概述的高跨度時間中，在包含解釋意圖、歷史評判的敘事時間中交錯進行，這是因爲作者變換著敘事時間和歷史時間之間的比例尺，不僅牽動敘事節奏

〔註67〕二者的比較，表列如下：

| 大河小説 | 家庭小説 |
| --- | --- |
| 以個人生命史、家族史或社會集團的發展史。<br>展現出與時代互爲嬗遞的表現。 | 寫出時代的現象，反映當時代人們存在的課題，對於當時代所經歷的苦難作深刻的反省。<br>以家庭人物及事件爲敘述核心。 |
| 表現群體的命運及與時代的關係。 | 聚焦在較短的時間，書寫個人的、家庭的事件。 |
| 敘事時間的跨度較家庭小説更爲綿長。 | 書寫時間長度相較於大河小説而言較短。 |
| 寫一民族、族群的發展史。 | 寫一家庭的興衰。 |

〔註68〕楊義，《中國古典小説十二講》，香港：三聯書局，2006 年 6 月初版，頁 41。
〔註69〕楊義，《中國敘事學》，頁 147。

的疏密張弛，同時，敘事時間的取捨，也關乎著作者對於歷史人物及歷史事件的選擇及評價。〔註70〕

　　《水滸傳》全書一百回，自宋仁宗嘉祐三年（1058年）始，又寫及五代十國末，至宋徽宗宣和五年（1123年）。約莫一百六十多年。明代容與堂百回本《水滸傳》卷首「引詩」，概述了五代十國到宋朝，在不到五百字的簡述裡跨過了近百年的時間。第一回跨越了四十餘年，在開頭一回半中共跨越了一百四十年，這個部份的時間跨度為一個王朝，這樣高跨度的時空「不僅是帶整體性的敘事時間的開始，而且是時間的整體性和超越性所帶來的文化意蘊的本原。」〔註71〕在高速的時間流速中，反省了王朝的盛衰。其餘九十八回從宋哲宗末年（1089～1101年）到宋徽宗宣和五年（1123年），共二十四年。全書的寫一百六十多年事。這樣的高跨度的歷史時間在情節中展開，第一回以概說的方式綜言時代背景，其餘的九十八回的情節時間包含對於人物、事件的敘述、敘述者對於時政的觀點、看法及評價。

　　《西遊記》這部神魔小說，從天地混沌未明寫起，提到了盤古開天闢地的神話、及神話與歷史中都有的三皇五帝，展現了半神話、半歷史的時間跨度。〔註72〕小說的歷史時間自貞觀十三年（639年）至二十七年（653年）事，歷時十四年，五千零四十八天，共計一百回。神話時間貫穿小說內容，自石頭中迸出來的孫悟空，從出生到進入冥間強銷死籍的時間跨度是三百四十二年，敘事時間幅度大，又例如在故事時間中，孫悟空被佛祖壓制伏於五行山，及至佛祖傳經東土的時間約五百年。這裡我們可以看到神魔小說、英雄小說或歷史小說，往往很難把目光投注到現實生活的細節，而是在敘事時間幅度

---

〔註70〕楊義，《中國古典小説十二講》，頁131。

〔註71〕楊義，《中國敘事學》，頁130，楊義在此用了「敘事元始」一詞，因為他認為，中國古典文學不論是話本或章回小說等作品的開頭，往往有一種獨特的存在的形式。比如話本的「入話」或「得勝頭回」，章回小說的「引首詩」或「楔子」，元雜劇的「楔子」，以及明傳奇的「副末開場」或「家門引子」等等，都有專門的術語用詞。然而這個開始的結構和正文並不相同，在開始的部份往往有著時間整體性的表述，同時也表現出中國敘事文學對小說起始異乎尋常的重視，因此楊義以「敘事元始」這個名稱，來稱呼文學作品中這樣的時間起始。中國敘事作品往往會用一個「開宗明義」的方式對作品作一概說，在這個概說中包含作者的寫作意圖或評論。

〔註72〕呂素端，《《西遊記》敘事研究》，2001年，台灣大學中文博士論文，頁288。作者在此文的第六章〈《西遊記》敘事時間〉，敘述了《西遊記》的敘事時間包含了：「宇宙時間」、「神話時間」、「傳記時間」、「歷史時間」與人物的「歷難時間」等。

大的神話或歷史架構下的書寫，至於敘事時間的幅度與密度則因個別文本對於事件重視程度的不同，而有不同的描寫。相較於前所敘述的神魔、英雄傳奇及歷史小說，家庭小說時間敘事的重點在於小說日常生活的現實面，進行的是時間幅度小描寫事件時密度較大的家庭時間。

《金瓶梅》共一百回，寫自宋徽宗政和年間（1100～1125 年），至高宗皇帝即位（1127～1129 年），約二十年左右之事，書中寫一個家庭的故事。敘事時間多半是數日、數月的更迭，更多的是日復一日的時間記載，家庭小說在此強調了家庭的日常記事，時間的幅度寫一個家庭的起落，約莫二十年之事，從《金瓶梅》以降的家庭小說寫一家庭或家族故事，因此敘事時間大概都只有數十年到百年光陰的時間幅度。

《醒世姻緣傳》全文共一百回，寫前世今生兩代的故事。故事時間自明英宗正統年間（1436～1449 年）至成化年間（1465～1487 年）。所寫的二世輪迴時間，第一世共五十四年，第二世共三十七年，〔註73〕約寫九十年之事。其中，第一回到第二十二回寫六年間事，前二十二回敘事時間幅度較小。第二十五回到第九十三回寫五十四年事，敘事時間的幅度相對的較大，然而相較於神魔小說或歷史演義小說，《醒世姻緣傳》等家庭小說的時間幅度仍是較小。

《林蘭香》全文六十四回，寫自大明洪熙元年（1425 年），至嘉靖八年（1529 年），共一百零四年，這裡是一個家族百年歷史。在六十四回裡，刻記著家庭裡瑣碎生活，人物在這裡歷經生、老、病、死，看盡世間繁華，也歷經人事的悲歡離合，百年家庭記憶終將淹沒在浩瀚的時間洪流中，《林蘭香》寫日常家庭生活，文中雖不言輪迴時空，卻仍有著神話時空。在文末，耿順終於能跨越時空，在天上人間，再見到他的嫡母及繼母。

至於《紅樓夢》一百二十回敘寫的家庭時間與《金瓶梅》、《醒世姻緣傳》、《林蘭香》相同，都是不斷前行且永不回返的直線時間。然而《紅樓夢》裡雖寫家庭生活，但仍透過夢境寫現實以外的神話時間。在《紅樓夢》中，神話時間與日常生活時間是並存的，在神話時間裡呼應人間情事，在天上與人間不斷地彼此映照中，展現一個充滿隱喻的世界，並且是在神話、夢幻、現實的囈語中前進著。首回寫寶玉是大荒山無稽崖邊的一個棄石，後來經歷了

---

〔註73〕夏薇，《《醒世姻緣傳》研究》，頁 202，此書第六章〈《醒世姻緣傳》故事編年〉將《醒世姻緣傳》作編年整理。

幾世幾劫來到人間，這裡藉由神話時間來表現。「幾世幾劫」的時間是無終止的一種圓形時間歷程，亦即是高跨度的時間展現。石頭自大荒來又回到大荒去，小說的時間架構是兼具了神話時空、及家庭的寫實時間。

　　神話時間是高速的、大幅度的時間，在時間意義上，神話的敘寫展開對於「永恆」的企慕。神話時空不同於現實人生：日常的時間是不斷流逝、刹那生滅，一去不復返的時間；而神話時間則不受規範，無過去與將來，且不能以日曆時鐘來衡量，是「非時間性」的時間，〔註74〕同時也是可循環、可重覆可被實現的，神話因此指涉了永恆的時間。〔註75〕相較於神話指出的永恆時間，人間的輪迴時間，則是意欲把天上的永恆在人間裡實踐。永恆指涉時間的恆久及圓滿，取消了過去、現在、未來的時間限制，或在沒有過去和未來的境界中，圓滿地擁有時間的整體性。〔註76〕

　　明清家庭小說的時間幅度以《金瓶梅》最小，只有短短二十年左右；關於家庭時間幅度較大的《林蘭香》，也只述及家庭時間約一百年左右的敘事時間，至於《紅樓夢》雖寫自女媧煉石補天，接著時間迅速過了幾劫幾世，才到人間時間的書寫，但在人間現實時間的描寫，則不過十多年的光景罷了。

　　自東漢末佛教傳入中國後，輪迴的描寫已是中國古典小說重要的主題之一，在唐人傳奇中已有大量的描寫，到了明清家庭小說中的《金瓶梅》與《醒世姻緣傳》皆言果報輪迴，小說中必然書寫了輪迴時間。至於不言果報思想的《林蘭香》及《紅樓夢》，則在日常時間外創造了神話時間。《林蘭香》對於神話時間的描寫不多，只在文末寫及耿順與成爲神仙的嫡母燕夫人與繼母田夫人相會，藉此表明人間的時分不過百年瞬息。然而，耿順此時所見的燕夫人神色仍維持在她去世的年歲，仍是二十餘歲的容貌，在此對比了人間的時間與神話時間，唯有神話裡的時間才能永恆。《紅樓夢》在神話的敘事時間上幅度最大，從天上寫到人間，自女媧煉石補天到賈府生活。《紅樓夢》敘事時間便在人間、天上，日常與神話一張一弛的時間中展現故事的張力。

　　家庭小說著眼於細微的事件，在現實生活裡透過夢境的描述，書寫了現實人生以外的虛幻世界，脫離了家庭小說的寫實時間；另外，在家庭小說中往往又建構了另一個虛幻的神話時空，或爲輪迴時空；神話時空及輪迴時空

---

〔註74〕非時間性：指不受歷史時間的規範、無過去與將來，不能以日曆、時鐘來衡量。

〔註75〕關永中，《神話與時間》，台北：學生書局，2007年9月初版，頁114。

〔註76〕關永中，《神話與時間》，頁151。

都形成了人世裡的永恆時間。這是因為人終究必須在時間裡度過生、老、病、死，人們因而企慕長壽，希冀能羽化登仙，體驗超越世俗的永恆圓滿。又因為人們總是渴望跨越圍困在我們周圍的現實的藩籬，因此也只有在小說的神話情節裡，才能使我們能跨越了現實和理性的精神。

在此，所有被理性和現實規範的種種不可能的事物，如超現實人生、不死亡的生命、永恆的理想境地都能被實現。但是人們終必回返人間，回返生命的有限性的，這是人間的缺憾，卻也更突顯人們對於永恆圓滿存在的想像。不論是夢境、神話或輪迴的時空，都是超越家庭日常的、寫實的時間，使小說的敘事時間展現較大的可能，得以自寫實的時間超脫出，而有對於過去、現在、未來的想像。這樣的描寫使家庭小說的時間脫離自時間進行的常軌，形成超現實的時間表現。這裡跨越出去的超寫實時間，使得家庭小說有整體性時間的觀照，日常的、瑣碎的時間，往往展現出事件的部份，而永恆的、時間跨度較大的永恆或神話時間，觀照了家庭時間的不可回復性，也更突顯了人面對生命短暫的永恆遺憾。

明清家庭小說的時間幅度，在家庭日常的時間，刻劃生命中的某一個面向與某一個時刻，描寫著日復一日的家庭生活，卻不得不看到與家庭聯繫著的歷史時間，涉及了隱喻皇帝年號背後的社會景況，並延展出描寫果報輪迴的時間以及更大更廣濶的神話時間。

另一方面，文中託寓人生如夢的主題，同時也暗示古典小說已然跳脫因果報應的宗教輪迴觀念，對於人存在的命題有更深刻的反省。也就是說家庭小說關於時間的描寫，在小說的發展史上，不僅自成一個主題類別，同時融合了前行者的書寫成就，使得小說時間的書寫有著更多的變化，以及更細緻的描寫，這也是《紅樓夢》較之前面三本明清家庭小說更為突出的地方，因為《金瓶梅》、《醒世姻緣傳》到《林蘭香》藝術成就並未到達《紅樓夢》的境界，對於家庭的描寫仍聚焦在今生今世或與來世前世的關係，至於《紅樓夢》將人間的時間往上跨越與天上的時間一併敘寫，使得小說裡的現實與神話時間相應和。

## 二、敘事時間的錯時——追敘、補敘、插敘

小說的篇幅通常較長，同時，小說所呈現的時空方式是平面的、單線式的敘述方式，人物事件往往難以並時演出。家庭小說同樣是用寫實時間進行

敘述，編年體是時間前行的手法，也因爲編年體例，使得並時發生的事件，不能在時間直線中被清楚的表現出來，這時得要藉助補敘、追敘、插敘的敘事手法，補充情節或寫出人物身世背景，並具有提醒讀者情節敘述的作用。《金瓶梅》第一回以補敘的方式介紹人物的出場，伯爵道：「昨日在院中李家瞧了個孩子兒，就是哥這邊二嫂子的姪女兒桂卿的妹子，叫做桂姐兒。幾時兒不見他，就出落的好不標緻。」（第一回）這裡說明桂姐出落地的美麗動人，也描寫了桂姐的出身，同時也補述了西門慶第二房妾李嬌兒與桂姐的親戚關係。同時，也令讀者聯想到，西門慶及友人應伯爵必然都喜好在青樓出入。

另外在《金瓶梅》第一回中，西門慶和應伯爵的對話裡，西門慶說著：「昨日便在他家，前幾日卻在那裡去來？」伯爵說道：「便是前日卜志道兄弟死了，咱在他家幫著亂了幾日，發送他出門。他嫂子再三向我說，叫我拜上哥，承哥這裡送了香楮奠禮去，因他沒有寬轉地方兒，晚夕又沒甚好酒席，不好請哥坐的，甚是過不意去。」西門慶回答：「便是我聞得他不好得沒多日子，就這等死了。我前日承他送我一把眞金川扇兒，我正要拿甚答謝答謝，不想他又作了故人！」（第一回）這裡追敘著小說講述的故事時間以外的情節。不斷地在昨日、前日中來來回回，所描寫的不過生活裡的細節罷了。

《醒世姻緣傳》在前一世裡，晁源死去後小珍哥在牢房裡依舊和獄卒獄官糾纏不清。後來，牢房失火，將小珍哥住的牢房燒成灰燼，晁家爲她治了喪，文末寫著：「從古至今，這人死了的，從沒有個再活之理。但這等妖精怪物，或與尋常的凡人不同，或者再待幾年重新出世，波及無辜，也不可知。再聽後回，且看怎生結果。正是：好人不長壽，禍害幾千年。再說還魂日，應知話更長。」（第四十三回）這裡敘述者評論著小珍哥的死亡，並且提醒讀者，不論是透過還魂或投胎的方式，小珍哥將會「禍害遺千年」，但也留下「還魂日」的伏筆，從現在到未來，留予讀者更多的想像。

到了第五十一回，則使用追敘的手法使眞相出現，讀者同時恍然大悟，原來，當年被火燒死的女子並不是珍哥，事實上季典史早已乘亂把珍哥帶出獄中，珍哥最後則是和曾有過關係、當時的獄卒張瑞風在一起：「（張瑞風）招稱：九年前一個季典史，叫是季逢春，每日下監，見珍哥標致，叫出一個門館先生到監裡與小珍哥宿歇，又叫出一個家人媳婦到監伏事。一日，女監裡失了火，那家人媳婦燒殺了，小珍哥趁著救火人亂，季典史就乘空把他轉出去了，那燒殺的家人媳婦就頂了小珍哥的屍首，尸親領出去埋了。後來季

典史沒了官回家，小珍哥不肯同去，留下小的家裡。」（第五十一回）「九年前」便是以倒敘的手法回溯到過去的時間，在追敘的回時也把事實真相說出，使得讀者恍然大悟，理解前文所伏寫的部份。

又如《林蘭香》第四十二回，耿朗在飲酒時追敘著：「記得**前歲九月**與二娘賞菊，今日物在人亡，風景不殊，而感慨繫之矣！」（第四十二回）時移過往，追憶前塵，「前歲九月」當時花好人團圓，而今物在人亡。另外一個事件在第四十三回，童觀和任香兒商量欲以巫術傷害田春畹，將春畹繡鞋一雙、木人一個，七孔插針，作為鎮壓之物，但陰錯陽差之間為春畹婢女采艾發現拾給了春畹，使法力失效。後來，童氏心裡疑惑著：「自想鎮壓之法，百發百中，如何到春大姐卻不靈起來？**從去年六月到今年六月，已經一年有餘**，毫無動靜，莫不被人解破了？」（第四十四回）這裡追述了巫咒的這一段往事，以提醒讀者的記憶，回到一年前上文所述之往事，並接續著情節的發展。

《紅樓夢》第二回賈雨村在客棧裡遇舊識冷子興，冷子興向賈雨村敘說榮國府種種，提到銜玉而生的賈寶玉，賈雨村說起甄寶玉和賈寶玉是一模一樣的：「**去歲**我在金陵，也曾有人薦我到甄府處館。我進去看其光景，誰知他家那等顯貴，卻是個富而好禮之家，倒是個難得之館。但這一個學生，雖是啟蒙，卻比一個舉業的還勞神……其暴虐浮躁，頑劣憨痴，種種異常。只一放了學，進去見了那些女兒們，其溫厚和平，聰敏文雅，竟又變了一個。」（第二回）這裡以賈雨村和冷子興追敘往事的方式，寫出去年的際遇，以及他們所遇見的真「甄（真）、賈（假）寶玉」，同時說明二人的家世背景、行為舉止都相仿，然而，一個名為「真」寶玉，一個名為「假」寶玉，「真」、「假」究竟相對於什麼而言？二人未來會如何，留予讀者許多想像空間，當然也已暗示真真假假在《紅樓夢》中是一再辯證的主題。

在《紅樓夢》第四回李紈出場時，因黛玉初入府，同姐妹們至王夫人處，後又至寡嫂李紈房裡，行文至此，插入說明，追敘起李紈身世：「原來這李氏即賈珠之妻。珠雖夭亡，幸存一子，取名賈蘭，今方五歲，已入學攻書……李紈雖青春喪偶，居家膏粱錦繡之中，竟如槁木死灰一般，一概無見無聞，惟知侍親養子，外則陪小姑等針黹誦讀而已。」（第四回）這裡**補敘**李紈身世際遇，也帶出其子賈蘭。《紅樓夢》第二回則講述賈雨村送了銀兩、錦緞答謝甄家，並把丫鬟嬌杏迎為二房，一年生了一子，半年後正室病逝，於是被扶為正室。賈雨村因著嬌杏丫鬟當年偶然一個回眸，便生出這樣一段故事。在

這樣一段概述的後，下文追敘著：「原來，雨村那年士隱贈銀之後……」賈雨村如此這般地入京考試，後來升了知府，又因貪酷之弊，恃才侮上，被參了一本，只好回鄉。在敘述中同時引出林黛玉身世，所以這是在第一敘事時間裡的倒敘，並且補敘人物身世的說明，這樣的追敘交代了許多人物的故事背景，將所敘述的情節在不知不覺中往前推進一步，或對人物作背景介紹，並且補足前文的描寫。

另外，在賈瑞夜會王熙鳳的情節中，先說明這是王熙鳳「毒設相思局」：賈瑞摸黑進入賈府，卻上當等到天亮，直到一個婆子開門，賈瑞才一溜煙跑回家。行文至此，插入了賈瑞身世的說明，這裡**追敘**著：「賈瑞父母早亡，只有祖父賈代儒教養。那代儒素日教訓最嚴，不許賈瑞多走一步，生怕他在外吃酒賭錢，有誤學業。」（第十二回）因此，當賈瑞夜不歸營，「當然」換來了祖父一頓好打，「當然」不許吃飯、跪在院子裡讀文章。在故事進行中補敘賈瑞祖父過去嚴屬的教養方式，這裡的補敘情節的說明，使得小說情節的安排更合理也更完整。緊接著是賈瑞回家後的行爲及心理，「此時賈瑞前心猶是未改，再想不到是鳳姐捉弄他」。二日後仍找鳳姐，這回鳳姐派兵點將，設下圈套，將鳳姐狠毒的作風淋漓盡緻的展現。賈瑞不僅寫下借契，還淋了一身屎尿，讓夜會鳳姐的賈瑞擔心不已，再加上擔心賈蓉、賈薔來索討銀子，一重又一重的憂心，終至重病。在鳳姐所設的相思局下，賈瑞因祖父賈代的責難處罰，使賈瑞傷風重病的內容更具合理性，更將敘事情節推上了高潮，最後賈瑞死於虛幻的風月寶鑑的邪思淫想中。

無論是倒敘或追敘，都是敘述故事時的一種錯時，一種敘事手法，把時間倒裝剪裁，往往可以補充故事發展的細節，對於人物遭遇有補敘或加強的效果，使得家庭小說在時間敘事的寫作技巧上能有更多的變化，使情節的鋪陳更細膩。

家庭小說不若歷史小說的大敘事，歷史小說事件紛陳，在演說故事時必難以單線時間前進。家庭小說寫一家庭種種，事件瑣碎，時間更是隨著時序遷移，順敘的寫法爲其主筆，對未來預留伏筆或者事先說破，則有著情節敘事及命定的文化意義。明清家庭小說中使用的追敘、補敘較少，主要是因爲家庭小說的重要特質是其直線敘述的時間特質。

張竹坡在評點《金瓶梅》第一回回評中提及：「一部一百回，乃於第一回中，如一縷頭髮，千絲萬縷，要在頭上一根繩兒繫住；又如一噴壺水，要在

一提起來，即一線一線同時噴出來。」這裡說明家庭小說在首回概敘時，已寫出全文要旨及主要敘事架構，預告情節或結局是概敘時常使用的敘事方式。接著的情節敘事是如一壺噴洩而出的水，如果要「一線一線同時噴出」，分敘人物事件時當然主要是使用順序的手法為多，「然卻是說話作事，一路有意無意，東拉西扯，便皆敘出。」〔註77〕這裡的東拉西扯則使用了線索模糊，但接近生活原貌的敘事口吻，追敘、補敘是其中可用之法，然而追敘、補敘等插敘手法，會使時間的直線性被破壞，時間的直線性自是作為家庭小說最重要的特質，因此，追敘、補敘只作為補充的敘事手法。

寫實小說的手法使家庭小說的時間進行應該是日常的、均速的，但日常且均速的時間，不能使小說的事件被完整呈現。同時，也不能表達家庭事件並時性的發生及發展。因此，小說中以變形的時間：倒敘、插敘、補敘、追敘為情節發展的補充說明，它們都超出敘事中心／正在進行的日常時間，這和小說預敘互為補充的作用。預敘，使得時間的描寫超越了此刻，這是在小說敘述時先見敘述內容的整體性，預敘同時是在敘述中展現較為宏觀且整體的「未來情節」；倒敘、補敘、追敘同樣也是超出了「此刻」的時間，但卻是把時間暫時拉回過往，在此刻的時間之上，還有一個早已發生的過去的時間，倒敘、補敘及插敘，不僅在補充正在進行的故事的不足，同時也展現出小說較為枝節的演出。

預敘，是在直線敘述的家庭時間外，所見較為宏觀且整體的敘事內容；倒敘、補敘、插敘則是在整體的時間中，看到較為枝節的內容。它們同樣是在小說進行的時間順序中的錯時，就小說創作的內容來看，預敘預告著故事的結局，卻已指出情節最後的走向。其他的錯時時間，倒敘、補敘及追敘，則使得原本直線前行的家庭時間，不斷地歧出，也不斷地增擴小說所觀察到的面相。

## 三、預敘情節的時間意義

正因為中國敘事文學中所重視的不是一人一事的描寫，而是整體時間架構下的反省，使得明清家庭小說的預敘，往往是對於歷史、人生的透視及預示，並宣稱宗教的果報思想：一個預先形成的未來、一個終局已被寫定的人生，在此意指人們接受了「命定」的觀念，顯示了文化中某部份的喻指——

---

〔註77〕黃霖編，《金瓶梅資料彙編》，頁93。

命定、果報的意涵。

當敘事的時間早於事件發生的時間，便是所謂的「預敘」。小說敘事時間的預敘有許多方式，其中有明言也有暗示的，明清家庭小說中預敘的可能方法，如首回的詩詞判文、看官聽說等概說情節的方法，或以占卜、燈謎、預示後文的方式、隱喻未來伏寫後文情節的寫作手法，在小說情節進行之前，預敘結局的走向。

情節的預告往往使小說的時間進行被中斷、停頓，家庭小說書寫不斷直線進行的時間被中斷，使讀者更能關注及凝視未來可能發生的事件；有時，情節的預告，反而能使小說的時間超越當下的時空。然而不論那種情節預告，都是作者介入了家庭小說寫實的、日常的、均速且直線前行的時間，使得寫實的時間性被扭曲破壞。然而這些作者介入的預敘手法，除了使讀者先窺的閱讀期待心裡之外，同時帶有史家評判或說書人現身評論的意味，同時也將家庭小說所要傳達的主題思想，及背後隱喻的民族情感及文化意涵，不斷地被說明及傳達。

明清長篇白話小說雖爲書面閱讀的小說，但敘述者仍是採取「虛擬的說書人向著假定的聽眾說故事」的形式，保留著說書體小說的語式。〔註78〕明清小說虛擬的說書人（敘述者）向假想的觀眾（讀者）講說故事，小說敘述之始是詩詞判文或講述一段類似入話的小故事，概說故事旨意。接著，敘述者以說話人的身份介入故事情節中，同時作爲一個觀察者評判故事，表明敘述者主觀的價值判斷和道德意識，同時發揮詮釋文本的作用。以設問、提問的語規，提供故事背景材料，強調或突出某種人物和事件。家庭小說的情節敘述中，如以詩詞判文及首回預告作爲介入小說寫實時間的進行，又或如下一節將提到的「看官聽說」、「光陰迅速」等等時間過場的敘述語句，這些都使得家庭小說的寫實時間被中斷或快速前進。

## （一）詩詞判文及首回預告

在中國小說裡，首回預告的方式是十分普遍的預敘方法。在這四部明清家庭小說中，首回都寫著對於情節及終局的預告，在這裡的預敘架構了文化思維，指稱生命彈指而過、人生一瞬、欲望情感到頭來一場空的思想。同時，在佛教進入中國文化後，果報及命定說，成爲一般百姓所信奉的生命守則，

---

〔註78〕魯德才，《古代白話小說形態發展史論》，天津：南開大學出版社，2002 年 12月初版，頁 226。

並建構家庭小說的基本概念。這些首回預告不僅回應了佛教傳入中國後便形成的果報思想，進而指出人存在的有限性，人生彈指而過，現實人世不過是人暫居的他鄉。生命的短暫形成了存在的困境，因此，人必須把握住當下，才能提昇存在的價值，否則只是不斷地在情色欲海裡翻騰，流離在一次又一的次欲望中。在明清家庭小說的首回預告如下：

| 《金瓶梅》 | 跳不出七情六慾關頭，打不破酒色財氣圈子，到頭來同歸於盡。 |
| --- | --- |
| 《醒世姻緣傳》 | 曾有人家一對夫妻（人物），卻是前世傷生害命（前因），結下大仇。如此因由果報？這便是惡姻緣 |
| 《林蘭香》 | 天地逆旅，光陰過客，後之視今，今之視昔，不過一梨園，一彈詞，一夢幻而已 |
| 《紅樓夢》 | 瞬息間則又樂極悲生人非物換，究竟是到頭一夢，夢境皆空 |

《金瓶梅》首回寫著：「二八佳人體似酥，腰間仗劍斬愚夫，雖然不見人頭落，暗裡教君骨髓枯。」（第一回），詩文預告了小說男女主角的未來發展及下場。小說的起首詩說明這是大唐時呂岩祖師所作，因為這世上的人，多是「營營逐逐、急急巴巴，跳不出七情六慾關頭，打不破酒色財氣圈子，到頭來同歸於盡」。說明西門慶一家是如何地富貴，如何地在欲望情色及酒食中翻滾，到後來，又是何等地淒涼，一切都化成空，親友兄弟至終一個也靠不住，權謀才智到頭本點也用不上，享受不過幾年的榮華富貴，只留下善惡果報天網恢恢的話頭，有道是：

> 內中又有幾鬥寵爭強，迎姦賣俏，起先好不妖嬈嫵媚，到後來也不
> 免屍橫燈影，血染空房。正是，善有善報，惡有惡報；天網恢恢，
> 疏而不漏。（第一回）

這裡預言故事的始末，在西門家庭內上演著鬥寵爭強、食色姦淫，故事最後收束在小說果報思想的宗旨上。首回預言最終的結局，再回到起始點開始敘述，然後，正文開始：「話說大宋徽宗皇政和年間……」帶出故事時間，接著再描述西門慶家庭的故事，這裡寫出亂世裡貪官污吏。善有善報、惡有惡報的話頭，則是呼應了中國古代的命定觀。

《醒世姻緣傳》的作者在小說之前的本事裡，寫下〈《姻緣傳》引起〉一文，作為此書的本事：

> 只因本朝正統年間，曾有人家一對夫妻，卻是前世傷生害命，結下
> 大仇。那個被殺的女的托生了女身，殺物的那人托生了男子，配為

> 夫婦。那人前世又寵妾凌妻，其妻也轉世托生了女人，今世來反與
> 那人做了妻妾，俱善凌虐夫主，敗壞體面，做出奇奇怪怪的事來。
> 若不是被一個有道的眞僧從空看出，也只道是人間尋常悍妾惡妻，
> 那知道有如此因由果報？這便是惡姻緣。

這裡預告故事時間、人物、情節的發展，以及結局所指向前世今生的果報循環，在正文第一回回首開場詞裡也說明著：「放利兼漁色，身家指日亡」，預告死亡的結局。這裡所用的方式和《金瓶梅》一樣，先來個大敘事，作故事整體概說及預言，並爲小說文本作總結，這樣的方式其實還是延續說書的形式，好讓聽眾／讀者知故事梗概，然後才是正文的開始。形式上延續著說書的口語表現，內容上也依循著說書人講述忠孝節義的果報思維。

《林蘭香》在首回詩詞：「天地逆旅，光陰過客，後之視今，今之視昔，不過一梨園，一彈詞，一夢幻而已。林耶？蘭耶？香耶？有其人耶？無其人耶？何不幸忽而生，忽而死，等於蜉蝣？又何幸而無賢無不肖皆留字於人間耶？」這裡指出人生一瞬，時光匆匆，生命裡的一切或能留下雪泥鴻爪，都不過是如夢一場，這裡並不強調因果報應。事實上，《林蘭香》全文並不指向果報的概念，反而聚焦在「時間」的論題上。在時間的洪流裡，我們都是不斷向前奔流而去的過客，沒有什麼事物可以被留下，可以直到永遠，一切都是短暫有限的，然而人們感受不到不斷前行的時間，總必須在過往以後回頭看才能望見時間的流逝。

《紅樓夢》首回有豐富的情節預敘，首先是神話時空裡的僧道與頑石，他們敘說人生最終只是一場空，接著寫甄英蓮（後來的香菱）一生際遇的預言。首先，大荒山無稽崖青埂峰下相遇的二位僧道已向頑石說著：

> 那紅塵中卻有些樂事，但不能永遠依恃；況又有「美中不足，好事
> 多磨」八字緊相連屬，瞬息間則又樂極悲生，人非物換，究竟是到
> 頭一夢，夢境皆空。

在這裡已明白揭示：好事不僅多磨，到頭來還是萬境皆空，紅樓一夢的結局。跛足道人曾對著甄士隱要求把女兒甄英蓮捨給他，他說：「施主，你把這有命無運、累及爹娘之物，抱在懷內作甚？」，並念道：「慣養嬌生笑你痴，菱花空對雪澌澌。好防佳節元宵後，便是烟消火滅時。」果然英蓮在元宵後，讓小廝給弄丟了。英蓮在長大後改名香菱，「生不逢時，遇又非偶」〔註79〕，

---

〔註79〕參見脂評。陳慶浩，《紅樓夢脂硯齋評語輯校》，香港：人文印務公司，1972

一生際遇堪悲。首回裡「好了歌」，更是提點人生一切不過是如夢一場，許多的在意和堅持，到頭來不過是為他人作嫁。功名、金銀、妻妾、兒孫在生命終了時，不過只是過眼煙雲，世上萬般種種，好便是了，了便是好。唯有不執著，才能參透徹悟，因為現實人生不過是暫居的他鄉，死後一切皆成空。

《紅樓夢》除了首回詩詞判文外，在寶玉遊太虛時，作者安排寶玉在幻境裡看到「金陵十二金釵曲」及副冊、又副冊等，其中的詞曲預言人物乃至於賈府的結局。〔註80〕在「金陵十二金釵又副冊」裡寶玉看見「水墨滃染的滿紙烏雲濁霧而已」，其後寫著：「霽月難逢，彩雲易散。心比天高，身為下賤。風流靈巧招人怨。壽夭多因毀謗生，多情公子空掛念。」（第五回）這裡預告著晴雯的死亡，暗示著晴雯和寶玉的情感是超越主僕之情。心高氣傲及容貌與黛玉有幾分相似的晴雯，她的死亡終究暗示著「寶、黛」的愛情終究是個悲劇。除了金釵詞曲外，第五回的〈收尾·飛鳥各投林〉唱道：

> 為官的，家業凋零；富貴的，金銀散盡；有恩的，死裡逃生；無情的，分明報應。欠命的，命已還；欠淚的，淚已盡……看破的，遁入空門；痴迷的，枉送了性命。好一似食盡鳥投林，落了片白茫茫大地真乾淨！

《紅樓夢》裡幻化時間與世俗時間共同存在的，在夢幻迷離的同時預告故事結局的曲子，並呼應第一回「好了歌」的「荒塚一堆草沒了」。這一干兒女或入空門、或情痴如黛玉枉送性命，而寶玉也在白雪蒼茫中告別父親，飄然遠去。在幻化時間裡先行預敘，世俗時間逐步將此預示中完成，使故事走向悲劇，無可奈何之感更加深刻。

《紅樓夢》裡有各式預示未來情節的方式，最溫柔美麗的預敘想像大概就屬「占花名兒」這一個遊戲了。在賈寶玉生日時，寶玉和姐妹們在怡紅院夜宴，著籤筒擲骰子占的花名，籤上畫著花朵、題字並注解。〔註81〕大觀園

---

初版。

〔註80〕楊義，《中國古典小說十二講》，頁222，楊義提到：《好了歌》以及《太虛幻境》的「金陵十二金釵」圖冊判詞和《紅樓夢十二曲》以及禪門機鋒，或者拆字、諧音、隱語、詩謎方式，給全書以主題曲和哲學精魂，並預示了一個家庭和一群女子的命運。

〔註81〕「占花名兒」，參《紅樓夢》第六十三回：

| 人　物 | 所占之花 | 題　著 | 題　詩 |
|---|---|---|---|
| 薛寶釵 | 牡丹 | 豔冠群芳 | 任是無情也動人 |

裡女兒們行令占花名遊戲著，在這裡的花名注解其實都指向女兒們的現在或未來，描述女兒們的情態，花名注解亦即是一種詩籤。寶釵的占花名兒是「牡丹」：「任是無情也動人」，寶釵的情是「無情」之情，[註82] 最後她終於能豔冠群芳，成爲寶二奶奶；黛玉卻是風露清愁，自是如朝露晚風，生命清淺而倚暫，終是含恨離世；李紈的霜曉寒姿，象徵她早年孤寡，一生守者兒子賈蘭，倒也清心寡欲，不爭不欲，等到賈蘭求得功名，不枉一生守節自持的尊榮；襲人的「武陵桃花」，在寶玉離去後，成爲蔣玉函的少奶奶，備極寵愛，生命自是有另一番風光，所以言：「桃紅又是一年春」。

| 林黛玉 | 芙蓉 | 風露清愁 | 莫怨東風當自嗟 |
|---|---|---|---|
| 探春 | 杏花 | 瑤池仙品 | 日邊紅杏倚雲栽 |
| 李紈 | 梅花 | 霜曉寒姿 | 竹籬茅舍自甘心 |
| 史湘雲 | 海棠 | 香夢沈酣 | 只恐夜深花睡去 |
| 麝月 | 荼蘼花 | 韶華勝極 | 開到荼蘼花事了 |
| 香菱 | 並蒂花 | 聯春繞瑞 | 連理枝頭花正開 |
| 花襲人 | 桃花 | 武陵別景 | 桃紅又是一年春 |

［註82］《紅樓夢》有一「情榜」來說明對於寶玉「情不情」、黛玉的生命情態「情情」，對於寶釵在脂評中雖未加以明說，但在此占花名兒時則點出寶釵是「任是無情也動人」。寶釵以無情應世，然而，生命也回應了她對萬事不顯情的要求：女子應守禮法。得到的卻是情極之人—寶玉不情／無情的對待，終至得守著禮法過一生。

甲戌本眉批日：「按警幻情榜，寶玉係「情不情」。凡世間之無知無識，彼俱有一癡情去體貼。」（第八回）至於情榜，在《脂硯齋重評石頭記・庚辰本眉批》第十八回眉批裡寫著：「至末回警幻情榜，方知正、副、再副、及三、四副芳諱。壬午季春，畸勿。」在《脂硯齋重評石頭記・庚辰本》第十九回：「後觀情榜評日，寶玉『情不情』，黛玉『情情』。」上述引自陳慶浩，《紅樓夢脂硯齋評語輯校》，香港：人文印務公司，1972 初版。

同時，也有學者認爲可能這只是脂評的設想，原著未必眞有一榜。《紅樓夢情榜》作者詹丹對於「情榜」、「情史」、「情文化」有許多著墨，在此書後記的部份，詹丹提出一個設問，是否也許本來就沒有什麼情榜？他說：「《紅樓夢》現在的續作並無『情榜』，說原書結尾有一個『警幻情榜』的存在，那只是脂硯齋透露給我們的信息……或許本來就沒有什麼情榜呢？或者這本來就只是一個設想，而根本沒有具體地實現呢？不然的話，何以脂硯齋提到情榜中人的評語，說來說去就只舉得出『情情』、『情不情』呢？會不會是脂硯齋故意佈下的迷陣呢？」作者提出這些設問，但沒有進一步再說明，只說「這樣一想，頭冒冷汗，趕快打住」。不論《紅樓夢》在原書裡是否有「警幻情榜」的榜文，但從小說裡看人物的情感確有品評，作者是有所寄託。

　　從《金瓶梅》、《醒世姻緣傳》到《林蘭香》，在首回詩詞判文中清楚地描述了關於小說結局的指向，也指出情節概要。《紅樓夢》延續了《林蘭香》「一彈詞、一夢幻」，人生如夢一場的敘事主題，同時勘破生命大限，「究竟是到頭一夢，夢境皆空」，如此一來，詩詞判文或首回所預敘的，不只是情節的終結或故事的走向，它更指向人們必須勘破生命存在的困境，也就是生命存在時光的有限性。

　　這四部明清家庭小說，都是以整體情節交代的大敘事方式，在首回中清楚地描述了小說的主旨大意、提點讀者小說的結局、指出情節概要。在概說全文主旨時或引詩爲證的敘事手法，是承襲自宋元講史平話的傳統，具備了史傳品評人物事件、以及向聽眾（讀者）說講的功能。宋元時期，說書人面對聽眾講說時，現身設問、提示、提醒聽眾關於情節中的事件，在講述的同時，說書人也不斷加入自己的評價，也不斷提醒著讀者，認清小說人物面對的困境／讀者存在的困境，時而又隱身於故事之後繼續講說故事。

　　在明清家庭小說中，這樣的敘事方式，使小說所要勾勒的果報思想或寓寄人生如夢的主旨，不斷地重複並提醒讀者。雖然預告情節或結局可能會降低讀者的閱讀好奇心，然而，預敘卻展現文化的深層意涵，不論是命定的思想，或者人生繁華一夢的存在困境，都使得家庭小說中的預敘手法有更深刻的文化意義。明清家庭小說從《金瓶梅》、《醒世姻緣傳》、《林蘭香》到《紅樓夢》，在首回詩詞判文中都概述了整體情節的發展，交代大敘事的發展，同時也勾勒了小說結局的方向。

## （二）占卜算命

　　《金瓶梅》多次以算命、卜卦或面相的方式來預言人物的命運。在第五回中劉婆子的瞎子丈夫爲潘金蓮算命，預言潘金蓮與西門慶的其他妻妾不和，她將使家庭不寧，比肩不和：

> 娘子這八子，雖清奇，一生不得夫星濟子上有些妨碍。主爲人聰明機變，得人之寵。只有一件，今歲流年甲，歲運併臨，災殃立至。命中又犯小耗勾絞，兩位星辰打，雖不能傷，卻主有比肩不和，小人嘴舌，常沾些啾唧不寧之狀。（第五回）

另外，第二十九回周守備差人送一位面相先生吳神仙到西門慶家，爲其妻妾、女兒及寵婢論命。吳神仙的相命，爲後文作了伏筆也作了預告。〔註83〕他預

---

〔註83〕參附錄五。

告了西門慶活不過三十六歲，因爲他「不出六六之年」，西門慶死時才不過三十三歲（第七十九回）；他也預言了李瓶兒「三九前後定見哭聲」，後來李瓶兒死時正是二十七歲（第六十一回）；潘金蓮的預言則是：「終須壽夭」，「雖居大廈少安心」，潘金蓮果然早夭。

因爲潘金蓮居心不定，才給了武松殺嫂祭兄的機會；吳月娘則因生子而貴；預言孫雪娥是「不爲婢妾必風塵」，最後孫雪娥從西門家被贖出後果然淪入風塵；孟玉樓則是「晚歲榮華定取」、「終主刑夫兩有餘」，她果然剋夫二回，晚年確實也享富貴榮華；西門大姐則「不過三九，當受折磨」，最後受不了陳敬濟的折磨，自縊時不過才二十四歲（第九十二回）；龐春梅是命中注定要「戴珠冠」、「益夫而祿」、「一生受夫愛敬」、「三九定然封贈」，果然她深受夫君寵愛，但在夫婿周統制邊關陣亡，皇帝墓頂追封爲都督一職，作爲都督夫人的龐春梅卻也「淫情愈盛」，「貪淫不已」，生出骨蒸癆病症，死時才二十九歲。

第四十六回、六十一回的卜卦或九十一回的批命，大抵和第二十九回相去不遠，再次印證相命師父的預言，並將情節向結局處推展。例如在第四十六回「鄉里卜龜兒卦兒的老婆子」爲月娘等人卜卦，說道月娘長壽，「往後有七十歲活」，至於兒女命上「往後只好招個出家的兒子送老罷」，伏寫了月娘的兒子將會出家。有意思的是在這回裡潘金蓮卻不肯卜卦算命，她說：

> 我是不卜他。常言：算的著命，算不著命。想前日道士說我短命哩，
> 怎的哩，說的人心裡影影的。隨他明日街死街埋，路死路埋，倒在
> 洋溝裡就是棺材。（第四十六回）

潘金蓮之所以不肯算命，當然不是因爲她不迷信，要不她也不會因爲前日道士說她短命，她就感到「說的人心裡影影的」，有所不安。正因爲她對於論命結果是相信且畏懼的，因此她寧可不聽不算，「隨他明日街死街埋」，完全符合她縱欲享樂的初衷，果然，不須占卜，潘金蓮也爲自己論了個命，她的下場果真是「路死路埋，倒在洋溝裡就是棺材」，沒個善終，這也符合了《金瓶梅》「蓋爲世戒」的寫作書旨，[註84] 同時，不肯算命的潘金蓮，其實也爲自己卜了命，作了預言。

---

〔註84〕東吳弄珠客題，〈金瓶梅序〉，《新刻繡像金瓶梅序》，頁1，文中所言：「《金瓶梅》，穢書也。袁公亟稱之，亦自寄其牢騷耳，非有取於《金瓶梅》也。然作者亦自有意，蓋爲世戒，非爲世勸也。如諸婦多矣，而獨以潘金蓮、李瓶兒、春梅命名者，亦楚《檮杌》之意也。蓋金蓮以姦死，瓶兒以孽死，春梅以淫死，較諸婦爲更慘耳。」

　　《醒世姻緣傳》卻只在第三回、第四回處提及算命一事,晁大舍提到:「一個算的星士前來投我,現在對門禹明吾家住下了。」珍哥道:「來的正好,我正待替我算算命哩。實實的你也該算算,看太歲在那方坐方,你好躲著些兒。」第二天珍哥忙問星士算得準不準,但是晁大舍只笑著道:「他倒沒替我算,他倒替你算了一算,說你只一更多天就要大敗虧輸哩!」當珍哥搶著要看星士爲她算的「一年四季四本子」的命本時,晁大舍道:「一個錢的物兒,你可看的。」(第四回)後文再沒提起這件事,至於星士是如何爲珍哥論命,也沒再提及。

　　而其後的《林蘭香》一書裡雖仍有神仙之事,但對於算命占卜一事亦少提及。燕夢卿過世後,管門戶的索媽媽在東一所九畹軒看見她的靈魂出現,一驚得病身亡,同時順哥又染瘟疫,香兒借這個緣由,說道東一所與六娘春畹及順哥的年命不合,若不遷移必有大害,並將原因推至夢卿葬地不利的因素。耿朗聽聽信香兒之言,認爲夢卿葬地不好,卻找了個有名無實的地理師看風水,並卜以《周易》,以求平安。但是地理師只一味奉承耿朗,說葬地大吉,只是居所方位不利二夫人及順哥。因此香兒得以順利進住東一所,有意思的是,當香兒要遷入東一所時,耿朗想要再次找來地理師看看出入的門戶,同時以《周易》卜算一番時,任香兒竟拒絕並說道:

> 東家之西,即西家之東,我從不信那些把戲……卜以決疑,不疑何卜?我更不相信那些胡話。(第四十八回)

香兒所言,呼應末回之言:「氣運造化,誰爲之主?處治斯人至於如此者,恐天地亦不自知也。」(第六十四回)香兒是不信風水算命之說,原來的相信,只是爲了達成她搬遷的目的。在《林蘭香》中燕夢卿對於果報思想已突破傳統的觀念,她說:

> 天堂地獄,陽世就有,何必陰間?即如茅御史,投身烟瘴,遺臭千年,那便是地獄。朱將軍效命疆場,留芳百世,那便是天堂。作善降之百祥,作不善降之百殃。但看陽世循環,便知陰間報應。(第三十九回)

這裡把果報輪迴拉回現世,因爲人生不過是「天地逆旅,光陰過客」(第一回),這是小說一再展現的主題。因此不言生死輪迴,只關注生命存在的當下。

　　《紅樓夢》中寶玉失玉瘋癲時,整個大觀園裡大亂,家人只得把園門鎖上,不許放人出去,這時女僕「林之孝家的(按:指林之孝的媳婦)」說可到

街上測字，測回來是個「賞」字，測字的人胡亂解析成了求玉得往當鋪裡尋去，然而仍無消息。於是岫烟到櫳翠庵求了妙玉，妙玉扶乩仙乩寫下：

> 噫！來無跡，去無蹤，青埂峰下倚古松。欲追尋，山萬重，入我門來一笑逢。（第九十五回）

沒有人能參透仙語，大夥兒混找一通，當然是無功而返，只能揣想著先前海棠錯時花開是非比尋常的兆頭。漸漸的寶玉鎮日顯得怔怔愣愣的，不言不語也不上學，寶玉失玉失心。寶玉所失之玉沒找著，賈母叫家僕「賴升媳婦」去給寶玉算命，算回來的說法是要「娶金命人幫扶他，必要沖沖喜才好。」（第九十六回） 這可又觸動了黛玉心中最大的痛，因爲寶釵和寶玉才能有金玉盟，就連史湘雲都有金麒麟，而她和寶玉只能是木石前緣。最後是和尚送回失玉，應驗了當初測所得的「賞」字，原來是和「尚」拿去了寶玉的寶「貝」（第一百十六回），當和尚送回了通靈寶玉，又引著寶玉來到太虛幻境，並使寶玉看破紅塵，領悟到「來處來，去處去」（第一百十七回），因爲他最終必須回到「青埂峰下倚古松」。

綜論明清這四部家庭小說，《金瓶梅》善用占卜論命預敘人物的未來，敘事時間在此刻先行到了未來，大量使用算命的預敘情節，是爲「奉勸世人，勿爲西門之後車」，有著誡世的意圖。〔註 85〕《醒世姻緣傳》的作者在〈《姻緣傳》引起〉一文中寫下此書主題：「前世既已造業，後世必有果報，既生惡心，便成惡境，生生世世，業報相因。」《醒世姻緣傳》是一部強調果報輪迴的小說，照理說，可以在小說中多著墨占卜、算命情節，但在文中占卜的情節只有一次，同時還保留所卜之文並不說出，或許我們可以這樣理解：小說一開始的大敘事裡已預告，所有的情節都指向一個二世輪迴的善惡果報，實無須再讓算命星士論命或細數二人的因果，如此也保留情節發展的細節，使讀者能保持閱讀的好奇，同時達到小說「昭戒而隱惡，存事而晦人」〔註 86〕的主旨命意。

至於《林蘭香》中的任香兒利用卜卦算命的目的只是爲了要遷入二房三房的宅院東一所居住，以四房之位入住二房、三房所能擁有的院宅。因爲二房燕夢卿爲御史之女，三房宣愛娘之母爲尚書林茂的族妹，出身都爲書香世家，然而四房任香兒只是一個刻薄的染房財主的女兒，香兒原本只是要作爲

---

〔註85〕 東吳弄珠客題，〈金瓶梅序〉，《新刻繡像金瓶梅序》，頁 1。
〔註86〕 東嶺學道人題，〈《醒世姻緣傳》凡例〉，《醒世姻緣傳》，台北：三民書局，2000年 2 月，頁 1。

大房林雲屏的丫頭，及至耿家，見耿朗風雅、雲屏寬厚，因此一心事奉耿朗，才不過數日便成為耿朗側室，並得到耿朗的寵愛。相較於雲屏、夢卿、愛娘三人出身名門，任香兒的出身卑下，因此香兒在燕夢卿死後欲入住東一所的理由便很清楚，香兒希望透過院宅的交換得以提升自己的地位，卜卦只是達成目的的一種手段。在《林蘭香》這裡並不多言占卜、算命，也不存在輪迴的議題。「不占卜不算命」其實這也點出全文命意——人生不過是光陰之過客，天地之逆旅，如果人生真的只是光陰的過客，只是無法回復的「一彈詞」、「一夢幻」（第一回），那麼透過占卜、算命所被預知／命定的未來，與其前所言一夢幻的人生便有所抵觸。

在《紅樓夢》文中，占卜、算命在小說情節中並不多見，寶玉失玉後妙玉扶乩所寫下的占辭、所透露的情節，描寫人間種種終究只是一場來無影去無跡的夢幻，指出了石頭終究要回到大荒初始寂寥無邊的天地間。那個補天不成終於來到凡塵俗世的石頭的故事，終究只是紅塵一夢，所有的人事物都只是拈花微笑的相逢，占卜算命在《紅樓夢》中指向的是小說初始時已言明的，一切都是頑石動了凡心，因此來到紅塵只是頑石歷劫的一個過程，人間也不會是頑石的目的，大荒山才是頑石終究的去處。

占卜算命在中國古典小說中是極常見的預敘手法，都預告小說情節或人物的未來。然而，在明清家庭小說中占卜算命則是使小說時間的寫作更為豐富，使得直線前行且為寫實的家庭時間，可以穿梭於現在和未來：在現在預告未來，也在未來回應現在，使家庭小說的時間表現立體化，這在《金瓶梅》、《紅樓夢》裡的占卜算命都有所表現；至於未言算命一事的《醒世姻緣傳》及《林蘭香》則保持家庭小說寫實時間的直線前進。

占卜或算命，則是對於單一人物及事件的預告。中國古典小說較少刻劃人物心理，對於人物的描寫多半是透過行為表現或外在形象的描摹，而占卜的行為往往會透露小說人物的內心思想。占卜，通常是人們在無助茫然，或對未來的不確定與渴求時，會透過占卜論命，而讀者也藉此瞭解小說人物的內在意向。例如《金瓶梅》中，曾經被看過面相，但後來卻不願再占卜算命的潘金蓮，她之所以不願占卜，是因為內心懼怕面對未來的種種可能，然而她之所以懼怕，是因為她其實是相信第一次占卜的結果，因為她心裡清楚自己縱欲淫樂的生命態度，將會招致某種後果，於是她拒絕再次占卜算命。所以她才會說，管她街死街埋，她要的是眼前的逸樂生活，讀者透過小說人物

占卜的行爲，窺視了人物的內心。

占卜作爲時間敘事上的意義，是把未來要發生的事，先行透露，肯定命定之說，在這裡占卜論命不僅不會減少讀者的閱讀期待，反而增加讀者對於人物走向命運終局此一過程的好奇心。在明清家庭小說中，《金瓶梅》大量使用占卜論命，預敘人物的未來。但有意思的是一部強調二世論迴、因果報應的小說《醒世姻緣傳》，卻只有一次占卜論命，同時文中並未寫出占卜的內容，留予讀者想像的空間。《醒世姻緣傳》強調輪迴果報思想，在行動的那一刻早已種下因果，並已決定輪迴的內容。《醒世姻緣傳》強調果報卻不透過占卜預言未來，其實是因爲《醒世姻緣傳》更強調依皈佛法的意義，文中也多次提及持誦經文得以轉世托生。在第一百回最後一段，講述晁源二世姻緣後，作者勸人扶正念、活著時要相敬如賓，死去後則會在佛前領受功德，接著敘述者言：「西周生遂念佛迴向演作無量功德」，強調佛法無量功德的《醒世姻緣傳》使人人都有立地成佛的可能性，道教裡占卜論命的命定思想，因此少被著墨。

《林蘭香》並未有占卜論命情節，這個部份近似於《醒世姻緣傳》。然而《林蘭香》並非是強調佛法，而是強調人生於世，從無到有，是一種自然的狀態，既是自然的狀態如何能設定一個人的未來或現在呢！命定說在這裡是不被提及的，《林蘭香》這本家庭小說的用意是「特爲幾女子設一奇談」，文中強調「人生貴賤修短，本自然之數。」至於人的氣運造化誰能爲誰作主呢？「然則人本無也，忽然而有，既有矣，忽然而無，不過忽然一大賬簿。誦其詩，讀其書，今人爲之泣，令人爲之歌者，亦皆忽然之事也。」（第六十四回）強調生命的凡此種種都是「忽然」而有，並非「必然」的走向，因此文中未有「命運之必然」占卜的敘述，即使如此，在《林蘭香》中仍有道士、法術，能說出人物未知命運者，這代表了中國古典小說的文化意義中，雜揉著命定觀的思想與文化。

《紅樓夢》占卜所透露的情節，不只是情節的預敘，同時將人間的時空指向大荒山的神話時間，暗示紅樓一夢的主題。從《金瓶梅》到《紅樓夢》，占卜算命等預告人物未來或結局的書寫逐漸減少，這是家庭小說在情節鋪陳上的進步。詩詞判文、首回預敘或者占卜算命的預敘，不只指出情節的終結或故事的走向，它更指向人們必須勘破生命存在的困境，也就是生命存在的有限性。

### （三）燈謎

《紅樓夢》中還有不同形式的預敘手法，作者多用曲筆伏寫人物的身世，例如「猜燈謎」的方式。在寶釵生日時，歡慶喧鬧的戲文唱罷，元妃差人送出一個燈謎到賈府猜謎，然後也讓每人作一燈謎，令太監拿回宮中，大家玩起猜燈謎遊戲，賈母因歡喜命速作成精緻圍屏燈，備了果品及各色玩物，讓大家賞燈玩耍，賈政下朝返家後也參與取樂。然而，賈政却感受到賈府女孩兒們所製的燈謎皆不祥之物，隱隱而有著悲淒愁思。「燈謎」其實再一次暗示著賈府裡的女兒們，元春、迎春、探春、惜春，以及最後成為寶二奶奶的寶釵五人的命運，預敘她們一生的際遇。

**元妃**，所作燈謎的謎底是「炮竹」，預示元妃因得寵而身處高貴，卻只享有片刻燦爛，火花燦爛炫麗，卻是驟然隕逝的命運。**探春**，她的燈謎隱喻她將如同「風箏」，將孤獨無依地飄向遠方，以斷線風箏暗示她的遠嫁不歸，餘生將為遠行而悲歡著。**惜春**，所作的謎底為「海燈」，意味一發清淨孤獨，暗示著惜春後來成為女尼，長伴古佛青燈，清寂孤單度過今生。**迎春**所作謎底是「算盤」，意味著：打動亂如麻，象徵她誤嫁兇狠夫婿，未來的際遇多舛難測。**寶釵**，所作謎底是「更香」，燃完一柱是一更，意味著繁華過後，只能日日夜夜獨守空房，藉以暗示寶釵成為寶二奶奶後，因寶玉隨僧道遠去，只得孤獨寡居的命運。這讓賈政看完之後，心裡忖度著不祥之感，暗自悲愴，感歎這些小兒小女所作盡非福壽永恆之句，預言著每個女孩的命運盡是死亡、離散或孤寡。

燈謎及同前文所言的十二金釵曲、占花名兒、占卜算命等預敘手法，這些預言分散在小說裡，並且不斷地提醒讀者，《紅樓夢》女兒們的未來及命運。然而，燈謎及金釵曲等預敘的手法在明清家庭小說裡，只有在《紅樓夢》中才有，或者是因為後出轉精的文學演進之故，它較其前的明清家庭小說寫作手法更加成熟。

同時，十二金釵曲和文中大量出現的小兒女們的詩社吟詩作詞、寶玉生日的占花名遊戲、元宵燈節的猜謎活動，正表現出《紅樓夢》一書中有著豐富的遊戲文化，每一個遊戲活動都是一種藝術的表現，具有了地域性及季節性，也包含了家庭生活細節的文化，充滿了隱喻及暗示。《紅樓夢》以遊戲活動穿插在正筆之中，作為正文的陪襯，以強化主題、加強人物形象，並點出富貴家庭的生活景況。〔註87〕燈謎小兒小女的遊戲，猜燈謎更是家庭在節慶

---

〔註87〕周文彬，〈紅樓夢與中國遊戲文化〉，《《紅樓夢》與中國文化論稿》，北京：中國書店，2005年1月初版，頁570～581。

中的過節活動，在《紅樓夢》中將燈謎、花名兒作爲人物或家庭命運的預告，以呈現家庭小說的整體時間，使讀者得以先窺這個家庭的命運。

燈謎作爲預敘的手法，在四部明清家庭小說中只見於《紅樓夢》，這當然不是毫無道理，首先，猜燈謎雖然是普遍大眾的娛樂，若作爲家庭內節慶時的遊戲，則同時需要有製燈謎者。在《金瓶梅》及《醒世姻緣傳》所描寫的家庭並非是文化積累深刻的上層社會，因此並沒有書寫猜燈謎這樣的遊戲文化。在《林蘭香》中，雖爲權貴書香世家，但對於遊戲文化的描寫仍多在花簪詩扇、書畫刺繡等專屬於女性的遊戲上。《紅樓夢》裡宴飲繁多，穿插在宴飲中有許多的遊戲活動，作爲正筆的陪襯，〔註88〕同時在製燈謎、猜燈謎，這必須有一群文人雅士或才子佳人，而《紅樓夢》中正不乏此類的角色。作者透過猜謎所隱喻的仍是小說主題、人物形象、性格塑造。〔註89〕《紅樓夢》作者選擇了「燈謎」作爲預敘小說人物的未來，除了暗示著人物的命運之外，「元宵節」更是重要的時間點，在這應該是新年結束時最爲歡愉的家庭團圓日裡，元春在元宵節此時省親，看起來是完成了團圓的目的，然而，因爲她的身份永不再是賈府裡的女兒，而是皇宮裡的皇妃，省親之日仍必須返回宮中，過著養尊處優卻與父母手足分離的日子，在《紅樓夢》中，元春也只有這麼一次省親，家庭裡團聚的時間對她不再有意義。在元宵節之後，元春只能在皇宮裡製作燈謎請小太監傳遞給家中的姐妹們以「燈謎團聚」。然而，這

〔註88〕 周文彬，〈紅樓夢與中國遊戲文化〉，《《紅樓夢》與中國文化論稿》，頁571。
〔註89〕 《紅樓夢》第二十二回：

| 製謎者 | 燈　謎 | 謎　底 | 暗　喻 |
|---|---|---|---|
| 元春 | 能使妖魔膽盡摧，身如束帛氣如雷。<br>一聲震得人方恐，回首相看已化灰。 | 炮竹 | 一響而散<br>得寵卻短壽 |
| 迎春 | 天運人功理不窮，有功無運也難逢。<br>因何鎮日紛紛亂，只爲陰陽數不同。 | 算盤 | 打動亂如麻<br>誤嫁中山狼 |
| 探春 | 階下兒童仰面時，清明妝點最堪宜。<br>游絲一斷渾無力，莫向東風怨別離。 | 風箏 | 飄飄浮蕩<br>遠嫁不歸 |
| 惜春 | 前身色相總無成，不聽菱歌聽佛經。<br>莫道此生沈黑海，性中自有大光明。 | 海燈 | 清淨孤獨<br>惜春爲尼 |
| 寶釵 | 朝罷誰攜兩袖烟，琴邊衾裡總無緣。<br>曉籌不用雞人報，五夜無煩侍女添。<br>焦首朝朝還暮暮，煎心日日復年年。<br>光陰荏苒須當惜，風雨陰晴任變遷。 | 更香 | 孤淒寡居<br>非福壽之籤 |

些姐姐妹妹們所作之詞，都不是永遠福壽之句，燈謎的預敘，顯然在好幾個層次上顯示了《紅樓夢》聚散分離的主題，以及賈府女孩們的命運。

### （四）小說人物預告情節的話語

　　預言未來的書寫，使得讀者在閱讀的此刻可以預見小說情節走到未來的某一日會發生的事件。在《金瓶梅》裡，西門慶死後，潘金蓮和女婿陳敬濟調情打鬧通無忌憚，終於被月娘撞見二人姦情，月娘要王婆領出潘金蓮要她再嫁，沒想到王婆貪財忘禍，陳敬濟出得五、六十兩銀子，王婆不許。春梅再嫁周守備，備受寵愛，春梅晚夕啼哭要周守備買來潘金蓮作伴，甘願作小妾，沒想到周守備出價九十兩，王婆依是不肯。最後是武松奉上一百兩聘禮及五兩謝銀，王婆歡喜不已，王婆拿著二十兩到西門家與月娘交割清楚，月娘問道，什麼人娶去？王婆答：「兔兒沿山跑，還來歸舊窩。嫁了他家小叔，還吃舊鍋裡粥去了。」月娘聽了心一驚，暗自跌腳，她告訴孟玉樓：「往後死在他小叔子手裡罷了。那漢子殺人不眨眼，豈肯干休。」（第八十七回）當晚潘金蓮再嫁入門，武松殺嫂剖心將心肝五臟供祭在哥哥武大郎靈前，王婆也被一刀割下頭來。月娘的預言猶在耳邊，潘金蓮已三魂渺渺，魂歸枉死城。在此處，月娘以清明之心照見了潘金蓮的未來，使得人物對於情節預告的話語，合理而妥貼地表現出來。

　　在《醒世姻緣傳》第二十一回，敘述晁老爺的小妾春鶯懷了孩子，由於晁夫人曾施恩於兩位僧人梁片雲及胡無翳，這日他們來給晁夫人祝壽，胡無翳說道：「晁大舍刻薄異常，晁老爺又不長厚，這懷孕的斷不是個兒子。」（第二十一回）　梁片雲則說道：

> 依我的見識，晁老爺與大舍雖然刻薄，已是死去了，單單剩下了夫人。這夫人卻是千百中一個女菩薩。既然留他在世，怎麼不生個兒子侍養他？所以這孕婦**必然生兒子**，不是女兒。我看老人家的相貌也還有福有壽哩。我們受了他這麼好處，怎得**我來托生與他做了兒子，報他的恩德才好**。（第二十一回）

這裡的「必然生兒子」是一種預敘的語言，預告後來的情節發展。至於梁片雲托生成為梁家的兒子晁梁，並以一生行善的方式，報答晁夫人施捨善待之恩德，同時也為後來晁梁侍奉晁夫人至孝，先行預示。這裡則已超脫家庭小說現實時間的寫作，大大強調了果報輪迴的必然，才能有梁片雲的托生報恩。以及當珍哥「詐死」之際，敘述者說了一段預告後文預留伏筆的話語：

> 從古至今，這人死了的，從沒有個再活之理。但這等妖精怪物，或
> 與尋常的凡人不同，或者再待幾年重新出世，波及無辜，也不可知。
> （第四十四回）

原來，小珍哥並沒有死，而是以他人屍首代之，讀者看到這裡或以爲「待幾年重新出世」意謂著小珍哥的肉體輪迴，殊不知今日只是詐死，後文裡才會現身。

《林蘭香》第一回說明御史燕玉娶妻鄭氏，生下燕夢卿，夢卿自幼與耿朗訂親，長至十六歲，擇於五月五日互爲聘禮，是日，燕玉家送禮至耿家，耿家備了厚禮回帖，至晚間，忽有一老人行至門首，說道：「這宅方位，恐主內助失人」，既又歎道：「不妨，但可惜正房改作廂房也！」門上的人趕著去問他，陌生老人竟步履如飛的離去，馳馬亦難追。接著第二天，賀客盈門，酒過三巡，伶優開唱：

> 梨園先唱《宮花報喜》吉曲，後乃作《緹縈救父》故事。（第一回）

這個突然出現的老人在小說中只出現這麼一次，爲了預告燕夢卿將要從「正房改作廂房」，暗示著夢卿將要從耿朗的明媒正娶的正室夫人成了側室偏房，老人所說的話成爲後文情節的伏筆。同時，在此日鑼鼓喧天歡聲動的梨園歌曲中，不也暗示著燕家在報喜之後，悲傷終將襲捲而至的命運。所謂的「緹縈救父」也成爲《林蘭香》後文的一段情節，原來燕夢卿的父親燕玉爲御史，被參奏訴其爲不公不法之人，夢卿爲了救父自願成爲官奴，她同時安慰父母：「女兒以死代父，父既得生，女兒又不至於死。沒入掖庭，比沒入勾闌者何如？」（第二回）在梨園曲目所上演的一場「燕夢卿救父」的戲碼，和燕卿的命運相互交錯，同時夢卿的婚姻也被犧牲掉了。另外在第二十九回也有預敘的情節：

> 喜兒又拉了春畹在九皐亭對坐，因正色道：「我看你這般一個人材，
> 看上下待你的光景，將來跳不出耿家的門。女隨夫貴，弄假成眞，
> 切不可學那小家樣子，鼠肚鷄腸，狼心狗肺，招人怨恨。」春畹道：
> 「既已爲奴作婢，有甚麼妄想？看我家姑娘的小心謹慎，那偏房側
> 室不作也罷。只求我家姑娘留一條血脈，不枉受一生辛苦，我替他
> 保養成人，以完我主奴一場恩義足矣。」（第二十九回）

「將來跳不出耿家的門。女隨夫貴，弄假成眞」，這裡已預言著田春畹將成爲耿朗妾室，雖然春畹口裡說不痴心妄想，最後她還是成爲耿朗的第六房，成

為撫養照料耿順長大的母親。正因為她對於主人的忠貞耿直，性格又極為溫婉，最後如她所言，將竭盡全力養護主人燕夢卿之子耿順，完成主僕情義。這一段文字伏寫春畹在耿家的未來。突然出現在燕家門前的智慧老人，留下一句有明顯寓意的話言便消失無蹤，這是一種明預敘的手法，至於燕家正上演的「緹縈救父」的戲碼則是暗預敘的手法，一明一暗，預告了燕夢卿坎坷的未來，其後燕夢卿和田春畹的對話則更預告／加強了燕夢卿作為人子、人妻、人母，顛沛流離的際遇。

　　至於在《紅樓夢》裡的預敘語言，且說趙姨娘素日對寶玉鳳姐懷嫉妒之心，令馬道婆使五鬼念咒語，弄得寶玉頭疼欲裂，並拿刀弄杖尋死尋活，四天過去了，正鬧得天翻地覆沒個開交時，來了一個癩頭和尚和一個破足道人，來到賈府，說著寶玉身上玉石的妙用，只是今日被聲色貨利所迷惑，待僧道持頌，便可安然度過。同時，和尚長歎道：

> 青埂峰一別，展眼已過十三載矣！人世光陰，如此迅速，塵緣滿日，
> 若似彈指！（第二十五回）

這裡預敘著「沈酣一夢終須醒，冤孽償清好散場！」令讀者頓時了悟，原來，石頭一別青埂峰已十三載！驀然間，讓只存在青春、花草，時間似乎凝止的大觀園，在轉瞬間，歲月推移，沈酣夢醒，花園加速凋零成了荒漠園子，夢醒後竟是人事全非，顯得時光太匆匆。《紅樓夢》的時空，是不斷地在神話的大時空與個人的小時空裡交錯著，並且從大時空——太虛幻境中、以及從僧、道等人的口中，不斷地預告著現實時空中，人物的未來及情節的走向。在《紅樓夢》文末又呼應第五回所敘：「說到辛酸處，荒唐愈可悲。由來同一夢，休笑世人痴！」（第一百二十回）原來，痴傻才是世人的本質，世間兒女在孽海裡泅游著。

　　另外在《紅樓夢》第九十四回怡紅院的海棠花枯萎了幾棵，這本是平常之事，也無人理會，然而在這天枯枝突然開了奇花，連賈母都被驚動了。賈母道：「這花兒應是在三月裡開的，如今雖是十一月，因節氣遲，還算十月，應著小陽春的天氣，這花開因為和暖是有的。」（第九十四回）因為天暖海棠花錯時開放，賈母的說法應該是最為理性的說法。

　　然而園子裡每個人都有自己的解讀方式及觀察的角度，都把海棠花錯時開放，當作是一種預言。海棠花異常花開，似乎成了一個徵兆，一個伏筆，一種預敘，人們對此也有不同的想像和解釋。李紈最為忠厚，總往好處想，

說道必是寶玉有喜事了。探春持理過家，憂心家族命運，她說道：「大凡順者昌，逆者亡。草木知運，不時而發，必是妖孽」，這裡暗示著家運晦暗的到來。黛玉卻附和李紈喜事之說，認爲是「寶玉認眞，舅舅歡喜，那棵樹也就發了」，賈母及王夫人聽了都感到歡喜。然而，最瞭解寶玉的黛玉，何以會說出「寶玉認眞念書」的「混話」呢，這是因爲「黛玉聽說是喜事，心裡觸動」，便高興的說著草木隨人的話語，而她心裡所觸動的喜，是錯以爲賈母要在寶玉的婚事上「親上作親」，那麼就可以成就自己和寶玉的木石姻緣。

　　園子裡大部份的人，都將花開錯時和寶玉作了聯結而有了不同的解讀，這當然是因爲寶玉是賈府裡最受重視的一塊瑰寶。大觀園裡的女孩們對於寶玉而言，是不受俗塵污染的花朵，死去的晴雯成了芙蓉花神，然而在「晴雯死的那年海棠死的，今日海棠復榮，我們院內這些人自然都好，但是晴雯不能像花的死而復生了。」在此，寶玉是將海棠的花開與晴雯的生死作了聯想。

　　海棠花開是一種「沈默的預言」，「預言」往往都有天機不可漏露的神秘色彩，於是形成解釋的多義性。這種多義性隱伏著命運的莫測感，也折射著解釋者不同的性格、見識及思惟。這個「沈默的預言」讓人們能各自解讀，賈赦甚至認爲是「花妖作怪」是不祥之兆，是「以花兆凶」，使「人們沈浸在命運不安感中。」〔註 90〕因爲接下來寶玉將要失玉而瘋癲、緊接著又是元妃薨逝、賈府被抄家，賈府逐漸走向衰敗的命運。海棠花錯時而開似乎只是爲了引起人們對於賈府的富貴生活的思考，使人們驚覺紅塵終究只是一夢。因爲生命裡曾有的燦爛都只是短暫的擁有，生命的去處其實仍是生命的來處，一切都將成空。

　　家庭小說中預告未來的話語，不論是沈默的預言、明預敘、暗預敘，都不斷變換著小說中現在／未來的時間，都使家庭小說的寫實時間不斷被打破，也不斷地被敘述出來。然而，不禁要問，家庭小說的作者是否不在乎這會使讀者減少閱讀好奇心，進而降低閱讀樂趣嗎？事實上，讀者眞的失去了閱讀期待的樂趣了嗎？倒也未必，預敘手法普遍存在於敘事文學中，不論是歷史、神怪、英雄小說都有，但在家庭小說中的情節預告，使小說的時間不斷地從直線前行的進展中停頓、岔開及抽離，這使家庭小說的時間在現在及未來中，能有更多的變化，使家庭小說的時間表現更靈活。然而，在許多時候，預敘就是爲了保持敘述的完整性及線性的敘述發展。至於預告結局使讀

_____

〔註90〕楊義，《中國古典小說十二講》，頁 224。

者所期待的，反而是情節鋪陳的過程，或稱為是一種對於過程期待的「懸疑性」。因為我們知道人生如夢，那麼賈府兒女如何演繹這如夢的人生，反而是讀者所期待。

整理四部明清家庭小說對於預敘手法的使用：

| | 詩詞判文、首回預告 | 占卜算命 | 燈　謎 | 預告情節話語 |
|---|---|---|---|---|
| 《金瓶梅》 | 表現小說主題及結局 | 算出人物性格命運 | 無 | 月娘看清楚武松娶嫂的用意 |
| 《醒世姻緣傳》 | 表現小說主題及結局 | 保留所卜內容未寫 | 無 | 胡僧預言 |
| 《林蘭香》 | 表現小說主題及結局 | 無 | 無 | 睿智老人的預言「緹縈救父」的戲曲 |
| 《紅樓夢》 | 表現小說主題及結局 | 頑石的紅塵只一夢 | 以遊戲預告人物命運 | 占花名、十二金釵曲、僧道預言、海堂花錯時開放 |

# 第三節　時間的過場與小說時間的錯亂

　　明清白話小說儘管已轉為書面閱讀的小說，但作者和整理者仍承襲宋元話本的敘事體例，並仍然以讀者為聽眾，並未改變白話小說的說書體性格。〔註91〕

　　例如在《醒世姻緣傳》裡第二十回，晁源被小鴉兒殺了以後，晁住的妻好趙氏被捉拿到官府裡，縣官坐堂問事，縣官說：「你將前後始末的事從頭說得詳細，只教我心裡明白了這件事，我也不深究了。你若不實說，我來打了也還要你招。」便叫人拿夾棍上來伺候，趙氏知道這個利害關係，於是把她和李成名媳婦都有晁源有染，並且把唐氏、晁源之間的情事合盤托出，「就便一則一，二則二，說得真真切切的，」敘述者在此還畫蛇添足地加上了一句：

　　　　所以第十九回上敘的那些情節都從趙氏口中說出來的，不然人卻如
　　　　何曉得？（第二十回）
在此，敘述者明確指出「上敘的那些情節」，似乎宣告作者現身於作品中的話

---

〔註91〕魯德才，《古代白話小說形態發展史論》，天津：南開大學出版，2002 年 12
　　　　月，頁2。

語，使得古典白話小說有了那麼點後設小說的意味。

在明清的家庭小說裡，敘述者對讀者宣講說明，或交代後話時，最常使用的手法便是「看官聽說」、「卻說」、「話說」、「原來」等語詞，其中的「原來」多用來補敘、追敘人物事件，在上文裡已有所說明。

「看官聽說」、「卻說」、「話說」等語詞或作爲敘述者對於所宣講故事情節、人物的介紹、事件的說明，或者予以評論。這裡所言敘述人的品評，除了承襲宋元白話敘事的說書體性格外，同時保有了史家評論的敘事傳統，繼承了史書裡「太史公曰」的歷史敘事手法，並形成了事件的進行以及敘述者夾議夾評的敘果。〔註 92〕這在明清家庭小說中一方面模仿說書人的口吻，講述一個引人入勝的故事以吸引觀眾，同時又承襲文人撰文的史評規範。

但有時這類語詞也作爲時間過場的敘述語詞，使敘事時間經易地經過，在這裡我們檢視明清家庭小說在「看官聽說」、「卻說」、「話說」等語詞的使用，同樣有使時間快速推進，或概敘、補敘以及預告情節事件的作用。這是家庭小說時間過場的重要手法。然而，「看官聽說」、「卻說」、「話說」等語詞是敘述者以說書人的方式現身於書面小說的進行中，在時間節奏上是使線性時間停頓，卻同時連接小說時間在過去、現在、未來的時間結構，是停頓也是延續，這是說書體在書面文學留存的特殊形式，對於明清家庭小說的時間敘事不僅有時間過場的作用，同時是小說文本中多重時空的表現。

## 一、明清家庭小說時間過場的表述方式

### （一）「看官聽說」、「卻說」、「話說」

「看官聽說」夾敘夾評是其主要的形式，在話本小說中，說書人是書中的角色，時而跳出來品評人物世態，與情節融合爲一，同時也與聽眾保持一定的距離。〔註 93〕到了明清小說已是書面寫成的作品，仍延續這種敘事口吻。在第三人稱的小說作品中，敘述者以第一人稱走到作品前敘述並且試圖和讀者對話，頗有後設小說裡，敘述者不再單純地存在於作品中講述故事，而是一面與作品裡的人物保持一定的距離，同時也走到作品前，直接面對讀者，邀請讀者參與小說的手法，這是作者利用敘述者以及說書人介入小說敘述的形式。然而不同的是，後設小說是探索小說虛構與眞實

---

〔註92〕（美）浦安迪，《中國敘事學》，頁 100。
〔註93〕魯德才，《古代白話小說形態發展史論》，頁 2。

性的關係，探索語言文字呈現的迷障，思考並反省讀者、作者以及作者寫作的問題；說書人使用「看官聽說」則是書面文學延續口頭文學時，保留敘述者／作者介入文本的形式，同時帶有史家評論的姿態。然而，此二者的作者介入，都使作品呈現一種既疏離又寫實的美感距離，作品的時空變化有更繁複的表現。

在第三人稱的家庭小說中，作者安排一個以第一人稱出場的敘述者／說書人，這也意味在以第三人稱為敘事角度時，和作者介入敘述時第一人稱的敘事角度，會有不同的敘述觀點。在「看官聽說」、「卻說」、「話說」等語詞使用時，小說使用的是全知觀點，同時也使小說時間快速進行，同時擁有較大的敘事時間的幅度。

在《金瓶梅》及《醒世姻緣傳》中大量使用「看官聽說」等詞，《林蘭香》則除了第一回之外，每一回都是以「卻說」來開場，《紅樓夢》則在首回直言：

> 此開卷第一回也。作者自云：因曾歷過一番夢幻之後，故將真事隱
>
> 　去，而借「通靈」之說，撰此《石頭記》一書也。

這裡毫不掩飾直書「作者」介入、現身及提醒讀者的作法，不僅承繼家庭小說一貫使用說書的手法，更明白說出作者利用敘述者的角色，以宣稱「作者」的存在，這使得家庭小說的敘述時間沒有空缺的時候，在小說情節進行的空白處又補上作者存在的時空，是小說中多重時空的演出。

《金瓶梅》在詞話本裡大量使用「看官聽說」，顯示《金瓶梅》的創作仍受說書體的影響，但在《金瓶梅》的改訂本裡，便大幅刪節「看官聽說」的使用。〔註94〕但相較於其後的明清家庭小說，在《金瓶梅》改訂本中，仍有大量「看官聽說」的使用。至於內容上，則多是用來概述、評論、預告後文，有時也會加上詩詞。《金瓶梅》第二回以說書人口吻，向聽眾敘述西門慶的性格、身份：「看官聽說：這人你道是誰？卻原來正是嘲風弄月的班頭，拾翠尋香的元帥，開生藥鋪覆姓西門單諱一箇字的西門大官人便是。」（第二回）這裡概敘西門慶的家世背景，同樣的表現在第十回也出現在關於李瓶兒的身世介紹，並對她的財富來源所作的敘述：

> 看官聽說：原來花子虛渾家姓李，因正月十五所生，那日人家送了
>
> 　一對魚瓶兒來，就小字喚做瓶姐。先與大名府梁中書為妾。梁中書

---

〔註94〕寺村政男，《日本研究《金瓶梅》論文集》，山東：齊魯出版，1989 年 10 月出版，頁 247，提到，《金瓶梅》從「詞話本」到「改訂本」的移行過程中，「看官聽說」的部份也被大幅度的刪削。

乃東京蔡太師女婿，夫人性甚嫉妒，婢妾打死者多埋在後花園中。這李氏只在外邊書房內住，有養娘伏侍。只因政和三年正月上元之夜，梁中書同夫人在翠雲樓上，李逵殺了全家老小，梁中書與夫人各自逃生。這李氏帶了一百顆西洋大珠，二兩重一對鴉青寶石，與養娘走上東京投親。那時花太監由御前班直陞廣南鎮守，因姪男花子虛沒妻室，就使媒婆說親，娶爲正室。太監到廣南去，也帶他到廣南，住了半年有餘。不幸花太監有病，告老在家，因是清河縣人，在本縣住了。如今花太監死了，一分錢多在子虛手裡。（第十回）

「看官聽說」概述人物、說明事件的背景、作爲正文的評論。在《金瓶梅》第三十回則指出當時世道奸險、邪佞盈朝、政治黑暗，生靈塗炭，這裡並也爲西門家的發跡留下伏筆：「看官聽說：那時徽宗，天下失政，奸臣當道，讒佞盈朝，高、楊、童、蔡四箇奸黨，在朝中賣官鬻獄，賄賂公行，懸秤陞，指方補償。」（第三十回）這裡指出作品所呈現的時代背景。在文中加入「看官聽說」的敘述，同時，還有「補敘」情節內容及「預告」後文情節的作用。

例如在《金瓶梅》第五十九回補敘潘金蓮對於李瓶兒因產子而貴，埋下殺機，欲養貓唬死官哥兒，好重奪西門慶的愛憐：「看官聽說：潘金蓮見李瓶兒有了官哥兒，西門慶百依百隨，要一奉十，故行此陰謀之事，馴養此貓，**必欲唬死其子**，使李瓶兒衰寵，教西門慶親於己。」（第五十九回）在這回潘金蓮因妒嫉瓶兒因子而貴，養了雪獅子，平日以紅絹裹生肉令其撲咬餵食，調養得極爲肥壯，足見潘金蓮的一心要驚嚇官哥兒，作者介入說明時則清楚補充說明潘金蓮的意圖，同時也對小說人物作了批評，使小說的進行呈現：說書人現實存在的時空與小說文本虛構時空的交疊。

同樣的作法在第九十六回中亦然：「看官聽說：**當時春梅爲甚教妓女唱此詞？一向心中牽掛著陳敬濟在外，不得相會，情種心曲，故有所感，發於吟咏。」（第九十六回）這裡提到龐春梅「當時」教妓女唱詞的用意，是因情種於心中，有所感發，這裡再一次暗示了春梅和陳敬濟的私情。

另外「看官聽說」作者介入預告了後文情節：「看官聽說：古婦人懷孕，不側坐，不偃臥，不聽淫聲，不視邪色，常玩詩書金玉，故生子女端正聰慧，此胎教之法也。今月娘懷孕，不宜令僧尼宣卷，聽其死生輪迴之說。**後來感得一尊古佛出世投胎奪舍，幻化而去，不得承受家緣。蓋可惜哉！正是：前程黑暗路途險，十二時中自著迷。」（第七十四回）這裡的「後來」即預先告

知情節發展。在第七十四回處，月娘正懷孕，卻已預告喜聽佛法的月娘所產之子孝哥兒，在日後，會隨著禪師幻化而去，這也是全文主旨用以勸世懲誡。

同時在第七十九回，作者預告著西門慶淫樂過度，不久將髓竭人亡：「看官聽說：一己精神有限，天下色慾無窮。又曰：嗜慾深者，其生機淺。西門慶只知貪淫樂色，更不知油枯燈滅，髓竭人亡。」（七十九回）這裡除了預告後文情節，也對人物作了評論，這是「看官聽說」敘述者以說書人的姿態，走出小說同時也介入敘述，並使時間過場，可以任意在過去、現在、未來中變化著。

《醒世姻緣傳》亦使用「看官聽說」一詞：「**看官聽説**，你道我說許多話頭作甚？如今要單表狄員外掘藏還金的事情。」（三十四回）這裡已預告未來情節的發展，多半是在於品評人物及敘述事件。有時用簡省的語句，如「看官」、「看官聽」！（第三十二回）然而使用得並不多，或者邀請讀者一同參與小說的進行，並使用設問口吻：「看官自想」、「看官試想」、「看官自悟」、「話說」、「你道卻是爲何」等詞：

> **看官試想**：一個神聖，原是塑在那裡儆惕那些頑梗的兇民，說是你就逃了官法，斷乎逃不過那神靈。

> 此事只好**看官自悟**罷了，怎好說得出口，捉了筆寫在紙上？還有那大綱節目的所在，都不照管，都是叫人不忍說的，怎不叫那天地不怒，神鬼包容？只恐不止壞民風，還要激成天變！

「看官聽說」，是敘述者／說書人對著讀者／聽眾敘說，讀者只是聆聽；看官「試想」、「自悟」、「自想」，則是敘述者／說書人邀請讀者／聽眾共同面對作品情節，邀請讀者／聽眾一同思考。敘述者用設問自答的方式，如「依我想將起來」、「依了我的村見識」、「依我論將起來」、「依達人看將起來」。這同時也與作品、敘述者一起面對情節的走向及人物性格的發展，或者在時間的敘事上有預敘作用，其實都與「看官聽說」有同樣的敘事效果，但語詞上有更多變化。

同時，作者站在現實的時空中，以設問口吻對於小說虛構的情節、人物有所品評，例如作者言：「從古至今，這人死了的，從沒個再活之理。但這等妖精怪物，或與尋常的凡人不同，或者再待幾年重新出世，波及無辜，也不可知。再聽後回，且看怎生結果」（第四十三回）、「可見爲人切忌不可取那娼婦，不止喪了家私，還要污了名節，遺害無窮。」（第五十一回）敘述者的評

論及設問自答,更突出果報輪迴的勸世作用。

《紅樓夢》則較少使用「看官聽說」這種說書人／敘述者「現身」在讀者面前的敘述方式。《紅樓夢》第一回中使用「列位看官」一詞,作者設問寫作原由,並且自問自答:「**列位看官**,你道此書從何而來?說起根由雖近荒唐,細按則深有趣味。待在下將此來歷注明,方使閱者了然不惑。」(第一回) 使情節進入大跨度、高速度的時間形態,也就是「概說」的一種方式。

《紅樓夢》中除了「列位看官」的說書人口吻外,也用「原來」一語作描述。「原來」的敘述,也同樣對於過往及未來的事件都概述。此外,對於小說中的典章制度、典故、地理、風情、行會用語等等,有時也有所解釋、〔註95〕「概述」人物或情節的作用:「**原來**這一個名喚賈薔,亦係寧府中之正派玄孫,父母早亡,從小跟著賈珍過活,如今長了十六歲,比賈蓉生的還風流俊俏」。(第九回) 這裡概說了賈薔的身份以及相貌。另外在第一回裡:「**原來**女媧煉石補天之時,於大荒山無稽崖煉成高經十二丈、方經二十四丈頑石三萬六千五百零一塊。媧皇氏只用了三萬六千五百塊,只單單剩了一塊未用,便棄在此青埂峰下。誰知此石自經煅煉之後,靈性已,因見眾石俱得補天,獨自已無材不堪入選,遂自怨自歎,日夜悲號慚愧。」(第一回) 這一段時間敘述,於敘事空白處就是幾劫幾世,其流轉速度是極快的,〔註96〕敘事時間幅度大、節奏明快。雖然沒有明確的時間標示,但借由空間的轉移,仍能使讀者感受時間的流逝。

在白話小說中「看官聽說」、「原來」、「卻說」都是夾敘夾議之說書體例,得以補充或交代過往發生的或將會發生的事件,預示著事件的結果。話本小說的作者常常在故事開頭三言兩語將故事大致經過,概略描述小說的情景,包括將結果預先告訴聽眾,以引起他們聽講的興趣,然後再從容詳盡地展開故事。到明清家庭小說仍沿續這個方式。

在明清家庭小說中,《金瓶梅》使用「看官聽說」一詞最多;〔註97〕《醒世姻緣傳》使用「看官聽說」一詞並不多,〔註98〕但同時加入「看官自想」、「看官試想」、「看官自悟」、「話說」等詞;《林蘭香》中則幾乎沒有使用「看官聽說」,而是在每一回回首改用作者／敘述者介入較少的「卻說」,這是一

---

〔註95〕 魯德才,《古代白話小說形態發展史論》,頁3。
〔註96〕 楊義,《中國敘事學》,頁138。
〔註97〕 見附錄六。
〔註98〕 見附錄七。

種出場敘述但不現身的隱藏敘述；《紅樓夢》中則已較少使用「看官聽說」，
〔註99〕只在第一回有「列位看官」概述事件始末，但在第九回、第十七至十
八回則使用「原來」、「且說」來代替「看官聽說」一詞，這亦是說書人／敘
述者介入文本的建構，保留了說話體例於書面文學中。

　　在《醒世姻緣傳》裡：「**卻說**是晁夫人從晁梁七歲的時候就請武城學的一
個名士尹克任教他開蒙讀書，直教到十六歲。」（第四十六回）以及「**卻說童
家**寄姐從小與狄希陳在一處，原為情意相投，後才結了夫婦，你恩我愛，也
可以稱得和好。寄姐在北京婦人之中，性格也還不甚悍戾。不知怎生原故，
只一見了丫頭珍珠，就是合他有世仇一樣，幸得還不十分打罵。」（第七十九
回）這一段文字說明了童寄姐、狄希陳與丫頭珍珠三人相處的情形。說明寄
姐「不知原因」的，見到珍珠總是動怒，就像世仇一般。這段概述的文字，
同時預告今生的因、來自前世種下的果，同時對未來有所預示，讓讀者對於
珍珠和童寄姐的今生今世有了閱讀期待。

　　「看官聽說」在小說中或作為時代背景的說明，對於情節有提示、總結
的作用，並有將時間往前往後延伸的作用，表現出概敘或預敘的作用，也使
敘事時間有了更大的跨度。另外，「原來」、「卻說」、「話說」等語詞，常是段
落開頭的起始用詞，或作為轉折語氣之用，有時也延續白話文學的口吻，和
「看官聽說」有相同的敘事效果，都是用來概說情節，具有高跨度的敘事時
間作用，使得情節敘述得以高速度的概述進行，〔註100〕同時也對於某些事件、
人物作總括性的敘述語句，同時也對敘事時間有所表現，這是一種敘述者以
說書人之姿，介入敘述的敘述干預，架構作者更完整的創作意圖，或者補足
情節敘述的空缺。

### （二）「光陰迅速」及「一宿晚景題過」的時間過場

　　中國古代說書人都是以一兩句話帶過一段時間，或者一個動作講上兩天
兩夜。明清家庭小說中則以「光陰迅速」、「話休饒舌」、「有話則長，無話則
短」、「一宿晚景提過」，等更大的時間幅度描寫家庭時間的流逝，並作為小說
文本中時間的快速過場，使小說情節可以快速的推移，將日復一日的家庭生
活推進，同時使空白的情節處以一句話補足，使得情節時間的敘述看似毫無
留白。

〔註99〕見附錄八。
〔註100〕譚君強，《敘述理論與審美文化》，頁174。

　　「光陰迅速」、「話休饒舌」，在明清家庭小說中的《金瓶梅》一書中出現次數較多。〔註101〕在此語之後，有時會接續日月年或節氣的書寫，有著時間過場、推移的作用，例如在第十三回裡：「光陰迅速，又早**九月重陽**。」（第十三回） 以及在第一回：「話休饒舌。撚（燃）指過了四五日，卻是**十月初一日**。西門慶早起。」（第一回）、「光陰似箭，日月如梭，又早到**八月初六日**。西門慶拿了數兩碎銀錢，來婦人家，教王婆報恩寺請了六箇僧，在家做水陸，超度武大，晚夕除靈。」（第八回） 這在家庭小說中是常見的時間記錄的方式。又例如：「光陰迅速，日月如梭，不覺**八月十五日**，月娘生辰來到，請堂客擺酒」。（第二十三回） 這樣的寫法在《金瓶梅》裡最多，對於時間的流轉並未有藝術性的修飾，這樣的時間過場，相較於當代文學中透過意象轉換而表現的時間過場，當然顯得粗糙，卻能快速無礙地轉換時空及場景。

　　這樣的筆法在《醒世姻緣傳》〔註102〕及《林蘭香》〔註103〕中仍有：「光陰迅速，不覺又是**次年四月十五日辰時**，去昨年畢姻的日子整整一年，生了一個白胖旺跳的娃娃。」（第四十九回）同樣的狀況在《林蘭香》也有：「光陰如箭，早已**二月初旬**，孟征又聚眾議事。」（第三十三回）、「卻說耿朗自驚夢之後，著實思念夢卿。雖日日計議軍機，卻時時放心不下。光陰迅速，已是**臘月**。」（第三十八回） 在《紅樓夢》〔註104〕裡則出現過一次：「真是閑處光陰易逝，倏忽又是**元宵佳節**矣。」（第一回）這是以「光陰迅速」將一大段時間帶過場，並接續節氣的描寫。

　　另外以「光陰迅速」、「有話即長，無話即短」概說一段特定指出的時間，例如在《金瓶梅》中：「有話即長，無話即短，**不覺過了一月有餘**。」（第二回）、「光陰迅速，西門慶家已蓋了**兩月房屋**。」（第十六回） 這樣的表現在《醒世姻緣傳》中也有：「光陰易過，**轉眼到了那年六月盡邊**。」（第二十九回）、「時光易過，**轉眼就是明年**。」（第四十四回）、「但只是時光易過，寄姐這活病不久就好來。」（第七十九回）、「光陰似箭，日月如梭，**不覺就是兩月**。」（第四十八回）、以及「光陰迅速，**不覺將到三年**。胡無翳一為晁夫人三年周忌特來燒紙，二為梁片雲臨終言語。」（第九十二回） 都表現出對於一整段時間過場的敘述；《林蘭香》中則有：「光陰似箭，日月如梭。棠夫人自景泰

---

〔註101〕見附錄九。
〔註102〕見附錄十。
〔註103〕見附錄十一。
〔註104〕見附錄十二。

五年七月病故後，至天順元年七月，**已滿三年。**」（第五十七回）《紅樓夢》裡也出現過一次：「青埂峰一別，展眼已過十三載矣！人世光陰，如此迅速，塵緣滿日，若似彈指！」（第二十五回）這裡將一段時間如數月到數年，以「光陰迅速」時間語詞來概說，使得家庭時間似乎是沒有斷裂地在敘述著。

「有話則長，無話則短」、「光陰迅速」、「話休饒舌」、「按下這邊說話」〔註 105〕，除了有結束上文，開啓下文的功能，同時作為時間的過場。另一個與此相近的詞是：「一宿晚景提過」，使時間快速推移，並用來轉換敘述語境，不過這個詞使用的頻率並不高，多半是在《金瓶梅》〔註 106〕中使用，《林蘭香》〔註 107〕則只有一例，《醒世姻緣傳》及《紅樓夢》中則無此語的使用。

不論是「光陰迅速」、「話休饒舌」、「有話則長，無話則短」，或是「一夜晚景提過」都是在《金瓶梅》中大量使用，到了《林蘭香》及《紅樓夢》中使用的比例降低，這似乎也意味著，《金瓶梅》接續宋元說書體例，但《金瓶梅》之後已逐步走向書面體例，到了《紅樓夢》時對於時間過場的筆法則傾向於意象的使用、景物及事件的描寫，而減少使用說書人的語體方式表現時間的過往。

承上所言，這些語詞的使用除了表現出小說史的演進意義外，另外，「光陰迅速」、「話休饒舌」、「有話則長，無話則短」、「一夜晚景提過」等詞在家庭小說時間敘述上，表面的意義是破壞了原有時間的進展，使得時間停頓，交代時間過場，場景跳接，但更大的作用則是接續家庭小說中所有的線性時間，這裡所要表現的是家庭小說和日月並進、與歲月同行的時間，是真實的與日推移地度日，使得家庭小說時間的進行更為完整詳盡。

「光陰迅速」、「話休饒舌」、「有話則長，無話則短」、「一夜晚景提過」等語詞使時間快速過場，這和「次日」、「第二日」等語詞表現時間推移的作用，似乎有相近之處，它們都是在明清家庭小說中對於日常時間的快速推移，也同樣使日復一日進行的時間斷裂、停頓，同時又形成時間滿格的作用。

「次日」、「第二日」的書寫在「時間長度」的意義上，比較接近「一夜晚景提過」，至於「光陰迅速」、「話休饒舌」、「有話則長，無話則短」，則使時間有更大的跨度，同時省略了這一大段時間內的日常生活載錄。然而，它們的「敘事意圖」卻是不同的。年——月——日編年體例的使用，這是家庭

---

〔註 105〕見附錄十三。
〔註 106〕見附錄十四。
〔註 107〕見附錄十五。

小說日常時間的書寫，「次日」、「第二日」切割了年月日的記錄，同時又連續起年月日的進展，這是編年體例的延伸與變形。至於「光陰迅速」、「話休饒舌」、「有話則長，無話則短」、「一夜晚景提過」，則是說書人語體描述時間的進行，說書人介入小說時間的進行，使小說時間更爲立體，使得小說的敘事時間具有表演的立體感，時間在說書人敘述中得以快速進行或延展。

## 二、明清家庭小說時間的錯亂

　　明清家庭小說的時間表現，有時因傳抄上的訛誤或因作品本身的疏漏，形成小說時間上的錯亂。《金瓶梅》及《紅樓夢》二書在時間的敘述上，多有年歲錯置、時間錯亂的現象，這種乖謬的時間表現，究竟是撰寫傳抄或印行的訛誤？抑或是作者故爲參差的表現手法，意在以虛寫實，形成真事隱去的敘事效果。

　　《金瓶梅》第二十六回及四十九回分別提到李嬌兒的生日。第二十六回時寫道：「四月十八日，李嬌兒生日」；在第四十九回卻寫著：「那日四月十七日，不想是王六兒生日，家中又是李嬌兒上壽，有堂客吃酒。」雖然在第四十九回，並沒有細說這一日的上壽，究竟是事前的暖壽，或者根本就是李嬌兒的生日，然而從文字的敘述「李嬌兒上壽之日」看來，這兩回的描寫，使得李嬌兒的生日在小說中，似乎有十八日、十七日二種說法。

　　又如官哥兒的生日。在三十回提到瓶兒生下官哥兒是「時宣和四年戊申六月念三日」，在三十九回西門慶請吳道官爲官哥兒誦經作法事以保平安，卻說官哥兒是「丙申年七月廿三日申時建生」（丙申年是政和七年）；在第五十九回官哥兒死後，請來陰陽先生徐先生看黑書時，月娘說道：「哥兒還是正申時永逝」，於是徐先生將陰陽祕書瞧了一回，說道：「哥兒生於政和丙申六月廿三日申時」，卒於「政和丁酉八月廿三日申時。」在這裡官哥兒的生日竟有：宣和四年戊申六月念三日、政和七年丙申年七月廿三日申時、政和丙申六月廿三日申時等三種不同的說法。

　　官哥兒在文中雖然只是一個早夭的孩子，但他卻是牽引西門家妻妾比肩不和的重要角色，李瓶兒因他而貴，也因他的死而心碎病逝。同時，因爲官哥兒的存在，使得這幾房妻妾展現不同的生存方式：月娘想盡辦法求子；瓶兒溫柔而有氣度地對待西門慶及家人，因爲她在西門家已佔有重要地位；潘金蓮意欲害死官哥兒；孟玉樓則旁觀一切，並不涉入妻妾爭鬥中。如此重要

的人物死亡敘述，作者竟會有此疏漏，令人難以置信。評點家張竹坡在《金瓶梅讀法》裡也看到了這一點，他認為，《金瓶梅》小說裡的時間幾乎是按照著「日──月──年」前進著，小說若一筆一筆依照時間排列，就如同是「西門計帳簿」一筆一筆記著時間的進行，將會使得小說變得死板乏味：

> 《史記》中有年表，《金瓶》中亦有時日也。開口云西門慶二十七歲，吳神仙相面，則二十九歲，至臨死，則三十三歲，而官哥則生于政和四年丙申，卒于政和五年丁酉，夫西門慶二十九生子，則丙申年，至三十三歲，該云庚子，而西門慶乃卒于戊戌。夫李瓶兒亦該云卒于政和五年，乃云七年。此皆作者故為參差之處。

因此張竹坡推論《金瓶梅》的時間錯置，是作者故為參差的小說筆法，是作者特意作為的美學效果。張竹坡認為：

> 何則？此書獨與他小說不同。看其三四年間，卻是一日一時，推著數去，無論春秋冷熱，即某人生日，某人某日來請酒，某月某日請某人，某日是某節令，齊齊整整捱去，再將三五年間甲子次序排得一絲不亂，是真個與西門計帳簿，有如世之無目者所云者也。

一日一時捱過去的是家庭時間的進展，吃飯、喝酒、生日、節令是家庭人物年復一年歲月流轉的生活，然而，在次序排得一絲不亂的家庭日常時間中，卻見「特特錯亂」的時間：

> 故特特錯亂其年譜，大約三五年間，其繁華如此，則內云某日某節，皆歷歷生動，不是死板一串鈴，可以排頭數去，而偏又能使看者五色睇目，真有如捱著一日日過去也。此為**神妙之筆**，嘻！技至此亦化矣哉！〔註108〕

不論是作者的神妙之筆或作者故為參差筆法，都是作者「有意」為之。這樣的說法，倒是符合現代小說所認為「小說是虛構的」原則，是作者有意識的作為。張竹坡認為小說裡「特特錯亂其年譜」的筆法，使全書在接近實錄的時間之外，有了三五年的時間錯置。這裡言西門慶從生子官場得勢的幾年光景、繁華若此的情節，歷歷如繪，而不是一件一件的編年記事。讀者在這樣榮華又充滿食色欲望的情節中，感到聲色炫目，如同讀者也參與其中，不知不覺中日子便推移過往。同時，家庭編年敘事中出現特特錯亂的年譜，使得

---

〔註108〕張竹坡，〈金瓶梅讀法〉，《金瓶梅資料彙編》，北京：新華書局，1937年3月初版，1987年3月一刷，頁76。

讀者得以在如水之流的時間敘事中，產生停頓、陌生化的效果，而更能因爲時間的中斷，重新感受時間，突顯了時間的存在。因此，這裡應是作者特意將小說時間錯置形成的敘事敘果。對此，葉朗在《中國小說美學》裡讚揚張竹坡的看法，葉朗說：

> 就像《金瓶梅》這部小說要比《三國演義》、《水滸傳》等小說更接近於近代小說的概念一樣。張竹坡的小說美學也要比金聖歎、毛宗崗等人的小說美學更接近代美學的概念。張竹坡的小說美學值得我們重視的地方就在於此。〔註109〕

所謂「近代的小說概念」，是指小說是虛構的，即使「逼眞」也是因爲其虛擬幻設如同眞實存在，所以才會逼近眞實。小說時間自然是虛構的，並不是中國古典小說中所強調歷史敘事的實錄精神，在此，張竹坡的評點是後設地討論《金瓶梅》的小說。對於《金瓶梅》裡的時間錯置，就作者寫作的意義來看，不應是小說在傳抄、印行、或作者撰寫時行文的疏漏，而是作者使用「接近近代小說概念」的筆法，使讀者在停頓發出疑問，同時感受到時間的存在，突顯家庭小說的時間性。

小說在時間上如何虛構出一個逼眞的藝術境界，這是值得追問的。家庭小說時間敘述上的特性之一，是如實地書寫著細瑣的日常生活細節，對於時間之流細細描寫的手法，在近代小說中以「意識流小說」最令人驚豔。「意識流小說」將時間、心理意識、小說情節交織鋪演，然而這裡頭並沒有時間錯亂的問題。反而在某一類型小說裡，忽焉長大的女孩或者是女鬼，爲了追逐她所欲求的對象，而加速長大。然而，這小女孩／女鬼是在她自己的時間裡成長，異於現實人世的日月年，有點像是天上／人間，或人間／鬼域裡各自有不同的計時方式，卻並時出現的魔幻寫實或超現實手法。雖然《金瓶梅》並不是意識流小說，但《金瓶梅》時間錯置與這類的小說有相似的手法，都是有意地將時間變形，使讀者在閱讀中因停頓而能感受到時間的存在。

另外在人物年歲的記錄上，在《金瓶梅》與《紅樓夢》裡都有相同的問題：《紅樓夢》的歲時錯亂、人物年齡前後不一，尤爲嚴重。《紅樓夢》時間的訛誤，例如鳳姐的年紀，在第六回中，劉姥姥向周瑞家的詢問：「這位鳳姑娘，今年不過二十歲罷了，就這等有本事，當這樣的家，可是難得見的。」結果幾度春秋，到了第四十九回時，鳳姐與迎春、探春、寶玉、黛玉等十三

---

〔註109〕葉朗，《中國小說美學》，台北：里仁書局，1987年6月出版，頁246。

人，彼此「敘起年庚，除李紈年紀最長，他十二人皆不過**十五六歲**。」「**二十歲**」與「**十五、六歲**」，人物的年齡在行文中明顯的前後不一。

關於人物生日的描寫，在第六十二回中說黛玉和襲人的生日都是在**二月十二日**，在第八十五回時卻說黛玉生日在**秋天**，並爲黛玉慶生。第三十六回提到薛姨媽的生日在秋天，到了五十七回，又變回**春天**生日，前後矛盾。生日的日期、年齡多所混亂。〔註110〕

第三十九回提到劉姥姥的年紀：劉姥姥說：「我今年七十五了」，賈母因此向眾人道「這麼大年紀還這麼硬朗，**比我大好幾歲呢**！我到這年紀，還不知道動不動得呢！」這一年歲次**辛亥**。第七十一回歲次**癸丑**，八月初三日是賈母八十大壽，辛亥到癸丑衹差了兩年，那麼賈母在和劉姥姥說已七十八歲，劉姥姥比賈母大上好幾歲，應該是八十多歲了。但在第九十六回時，賈母說：「我今年八十一歲人」，歲次**己卯**，而賈母去世時是八十三歲，歲次**丙辰**。那麼，回到第三十九回，或許該把那時的劉姥姥改成八十五歲。〔註111〕

又如林黛玉的年紀：黛玉隨賈雨村讀書時，「**年方五歲**」（第二回）。一年多後，進了榮國府，與寶玉相見時，應爲六歲多，寶玉只大黛玉一歲，故言「如今長了**七、八歲**」（第二回）。黛玉進到賈府時，「眾人見黛玉年紀雖小，其舉止言談不俗，身體面龐雖怯弱不勝，卻有一段自然的風流態度。」不論「言談不俗」或「自然的風流態度」，都不該是對七、八歲女孩的形容詞。〔註112〕黛玉初見到的寶玉是「一位青年公子」（第三回）。而這位才八、九歲的青年公子甚至入夢至太虛幻境與兼美繾綣纏綿。

〔註110〕墨人，《紅樓夢寫作技巧》，台北：昭明出版社，2002年1月出版，頁350，墨人此書對於《紅樓夢》人物年作推算及更改，例如在第二十二回鳳姐說道，「聽見薛大妹妹今年十五歲，雖不算是整生日，也算得上將笄的年份兒了，老太太說要替她作生日。」墨人認爲：這回歲次辛亥。在第四十五回，黛玉自說十五歲亦在辛亥。黛玉小寶玉一兩歲，寶玉小寶釵兩歲，算來寶釵大黛玉三歲，寶釵應該是十八歲。由此推算，她到賈府時是十六歲多，她是正月二十一日生，黛玉是二月二十二日生。寶釵的年齡既定，那與寶釵同年齡的襲人、晴雯、香菱便可類推了。

〔註111〕墨人，《紅樓夢寫作技巧》，頁350， 墨人推算劉姥姥此時應爲八十五歲，而不是七十五歲。

〔註112〕墨人，《紅樓夢寫作技巧》，頁 351，墨人推測並認爲六歲入賈府的黛玉，實應爲十二歲。寶玉則應爲十四歲。到了第二十五回：「青埂峰別來十三載矣」，改爲「十六載」。到了一百一十九回，寶玉出家時，賈政說：「竟哄了老太太十九年」，應改爲「二十年」，因爲寶玉生於丙申年，丙辰年出家，正好二十歲。

　　《紅樓夢》的年月錯落在小說中例子很多，並非偶見，這在前人的文章中已多有整理。〔註 113〕但是堅持《紅樓夢》為自傳小說一派者，仍認為信史可考，於是只以修改增刪以致傳抄訛誤來解釋；至於索隱一派，則正好相反，認為年代錯亂是書中虛實之間所索隱的線索，正是索穩派要探討的問題。〔註 114〕索隱一派的看法即指出：小說只是藉一事例言情夢世界而已，可能原來就是虛構幻設的事，事本是假，更何須問其年月日址？〔註 115〕同時，從詮釋策略上來看，小說之所以需要索隱，因筆下言情而內藏一段史事，所謂「意在書事」，也就是「全書係以紀事為主，以言情為賓」，整體小說看來，卻是「以情為經，以事為緯」，所以在小說中，是「求真玩假，同時閱其情又索其事，是兼括兩重結構。〔註 116〕

　　不論是自傳派或是索隱派，對於小說年歲、時間訛誤的問題都是存而不論，並沒有解決錯置年歲錯亂的問題。然而，時間年歲錯置使得在閱讀《紅樓夢》時，讀者不得不一再地回想並猜測小說時間敘述。雖然《紅樓夢》從一開始即有虛擬讀者——空空道人，又有脂評等第一讀者的評點，不斷刻意打斷我們的閱讀思緒，在「真事隱去」的前提下，小說索隱對象〔註 117〕自是

---

〔註113〕龔鵬程在《紅樓夢夢》，台北：學生書局，2005 年 1 月初版，頁 149～151，在此羅列前人對年歲錯時的研究：1、清道光年間涂瀛〈紅樓夢問答〉便論及元春等人年歲問題：「元春長寶玉二十六歲，乃言在家時曾訓詁寶玉，豈二十以後尚能入選耶？其他惜春屢言太小，後長得太快，季嬤嬤過於龍鍾，諸如此類。」2、李知其《紅樓夢謎》提到王夫人、賈蘭、賈元春的年紀都不符。3、趙同《紅樓猜夢》裡〈大觀園歲月顛倒史〉，提到大觀園裡的日子過起來老是顛顛倒倒。所以八九月間有噴火蒸霞的幾百枝杏花。元妃省親時，寶釵十三歲、黛玉十二歲。同年冬天，大夥卻都成了十五六七歲。又第三十二回敘述史湘雲和襲人說話，襲人取笑她十年前講了不該講的話，這時史湘雲十二歲，十年前才二歲能對襲人說什麼呢？

〔註114〕龔鵬程先生在《紅樓夢夢》，頁 164，認為：自傳派的讀者視《紅樓夢》為一寫實小說，也只得忽視《紅樓夢》小說中年歲時節，互有舛錯的事實。索隱派則堅持書中有虛實二層，一為表面敘述的故事，亦即「假語村言」的部份。另一為隱藏在表面語言之下的真事真意，亦即真事隱的部份。這是因為自傳派和索隱派都認為《紅樓夢》中有一個歷史事實在背後，只不過，自傳派是作者寫下自身的遭遇，而索隱派則是作者寫下他人的故事。

〔註115〕龔鵬程，《紅樓夢夢》，頁 158。

〔註116〕龔鵬程，《紅樓夢夢》，頁 161～166。

〔註117〕龔鵬程，〈所謂索隱派紅學〉，《紅樓夢夢》，頁 171～107，《紅樓夢》自乾隆年間問世以來，對於《紅樓夢》人物的追踪躡跡，有以下幾種說法：「納蘭德成家事說」、「清世祖與董鄂妃說」、「金陵張侯家事說」、「傅恆說」、「和珅說」、

不能知悉。楊義在《中國古典小說十二講》裡認為《紅樓夢》的時間錯置是「有意無意」的敘事效果：

> 時間在《紅樓夢》，具有濃郁的人文色彩。它有意無意地混亂了某些時間的自然刻度，增加了時間的自由度，從而使時間這個無情的命運製造者，大觀園人物進行有情的碰頭。大觀園人物的歲數有些恍忽和矛盾。〔註118〕

所謂「有意無意」當然意指的是「有意地」混亂小說時間的敘述，如同《金瓶梅》裡年歲的錯置，都是使不斷前進的家庭時間停格，在停頓的時間中反而能感受到時間的流逝，於是增加時間運用描寫的自由。相較於有情人間的悲歡離合及生老病死，不斷向前奔流的時間則顯得無情而又冷漠。

小說時間的錯亂，或者因為索隱史實而須掩人耳目，因此將時間錯疊混亂了時間的自然刻度，雖然這並不妨礙小說情節的進展，卻是令讀者發出疑問並一再回顧的問題。讀者並要詢問，這究竟是作者「有意的」或是「無意」的表現呢，《紅樓夢》首回石頭所言：「至若離合悲歡，興衰際遇，則又追踪躡跡，不敢稍加穿鑿，徒為供人之目而反失其真傳者。」《紅樓夢》首位虛擬讀者空空道人，回答道：「雖其中大旨談情，亦不過實錄其事，又非假擬妄稱，一味淫邀豔約、私訂偷盟之可比。」這裡的「實錄其事」或「不敢稍加穿鑿」，都只是依循古典敘事文學模仿史傳的編年傳述，作者也自言：

> 雖今日之茅椽蓬牖，瓦灶繩床，其晨夕風露，階柳庭花，亦未有妨我之襟懷筆墨者。雖我未學，下筆無文，又何妨用假語村言，敷演一段故事來，亦可使閨閣昭傳，復可悅世之目，破人愁悶，不亦宜乎？（第一回）

這裡說的假語村言，所敷衍的一段故事，不過是在敘真寫假，鋪設一段「無朝代年紀」的虛構設寫。對賈府看以寫實手法，卻寓寄「萬境皆空，到頭一夢」的紅塵際遇。《紅樓夢》作者在此告訴我們，關於時間的真實是不必追問的：

> 其中家庭閨閣瑣事，以及閑情詩詞倒還全備，或可適趣解悶；然朝代年紀，地輿邦國卻反落無考。（第一回）

---

「袁枚才子說」、「六王七王說」、「爭天下之說——或為奪嫡、或為漢滿爭鬥」、以及其他說法。

〔註118〕楊義，《中國古典小說十二講》，香港：三聯書局，2006 年 6 月，頁 228。

時間表現是錯置或是眞實並不重要。石頭甚至更明確地對空空道人說，這不過是：

> 取其事體情理罷了，又何必拘拘於朝代年紀呢？（第一回）

小說內容是作者面對龐大的學術傳統，面對儒家義理傳統下的反傳統，因此作者自言是「滿紙荒唐言」，問世傳奇，不過是要世人「自色悟空」罷了。關於時間的錯置使得大觀園人物的歲數恍忽，這的確應是作者蓄意作爲，使小說在文本表現的神話時間、現實時間交錯中更加撲朔迷離，使紅樓人物如夢一場的際遇更加悠忽。這在末回裡賈雨村、空空道人及「曹雪芹」的對話中清楚托出：話說，一僧一道則將「蠢物」（寶玉的原形：石頭）送還大荒山青埂峰女媧補天之所。一日，空空道人又從青埂峰經過，見補天未用之石多了偈文歷敘收緣結果之話語，空空道人抄錄之。空空道人展示給賈雨村看，賈雨村要空空道人將手稿在某年某月某日交予悼紅軒的曹雪芹。曹雪芹閱畢後笑道，果然是「賈雨村言」（即：假語村言）：

> 既是假語村言，但無魯魚亥豕以及背謬矛盾之處，樂得與二三同志，酒餘飯飽，雨夕燈窗之下，同消寂寞，又不必大人先生品題傳世。似你這樣追根究底，便是刻舟求劍，膠柱鼓瑟了。那空空道人聽了，仰天大笑，擲下抄本，飄然而去。一面走著，口中說道：「果然是敷衍荒唐！不但作者不知，抄者不知，並閱者也不知。不過遊戲筆墨，陶情適性而已。」後人見了這本奇傳，亦曾題過四句爲作者女起之言更轉一竿頭云：「說到辛酸處，荒唐愈可悲。由來同一夢，休笑世人痴！」（第一百二十回）

這裡對於《紅樓夢》一書的時間錯亂，似乎已預先作說明。作者已知讀者必會設問，但其實是作者在家庭小說寫實記載的時間年歲裡，作超現實的表演。這也就是空空道人所言「不過遊戲筆墨」之作，在此遊戲所虛構的是對於寫實的傳統的反省，「遊戲變成象徵的原因」〔註119〕，是對於文學傳統的戲擬及反轉。

「時間」這個話題在《紅樓夢》裡沒有眞實性，只有對於生命不斷的隱喻，如果我們不斷考究並更正紅樓誤曆，似乎便落入紅樓作者預設的陷阱中，這才是紅樓要我們領悟的眞實，那就是，時間的長短、生命的榮衰都不是絕

---

〔註119〕 （德）沃爾夫岡‧伊瑟爾（Wolfgang Iser），陳定家、汪正龍等譯，《虛構與想像——文學人類學疆界》，長春：吉林出版社，2003 年 2 月初版，頁 328。

對的，寶玉的出世不也還留下「蘭桂齊芳」、「高魁子貴」的伏筆，於是故事便演說不完，也沒法完。

今日再讀《紅樓夢》似乎有了魔幻寫實的意味，也就是說，家庭小說是架構在寫實主義的基礎之上，家庭小說的時間必然是日常的、寫實的描寫，日月年歲一如真實人世裡的生活，然而，小說又以夢境、神話時空的大荒山、太虛幻境等非寫實的時空，以及來去天上人間自如的空空道人與跛足道人等人物，寓寄深刻的人生哲理。天上人間的時空與人物使得小說時間得以在現在、過去、未來、以及更大的永恆性裡變異來去，這便有了魔幻寫實的意味，也就是在寫實小說的基礎以魔幻的筆法構造了小說的時空，小說的重點仍是在於對現實人世的反省，然而，小說的時間可以在記憶裡、夢境裡被修改，時間在講敘時也被更改，這才是《紅樓夢》時間展示的意義是既魔幻又寫實，然而構設的仍是對於家庭及人物更深沈存在意義的反省。

## 四、結語

家庭小說寫實的手法，使小說時間主體以順敘的筆法進行，中國文化裡長久以來的命定思想，使得小說情節不斷出現預先告知未來、預告情節或結局的預敘手法。然而，讀者卻不會因此減少閱讀好奇或閱讀期待，只是將對於「結局」的期待轉而為「過程」期待，成為對情節走向的期待心理，這和其他主題類型的小說有極大的不同。也許我們可以這樣思考：明清家庭小說自人情、世情小說中被區分出來，不僅僅是因為主題類型的區分，如神魔小說、歷史小說、愛情小說、俠義小說，更重要的是在於小說時間性問題的表現，例如，歲時節令、年月記時在家庭小說中佔了極大篇幅，並有重要地位。

明清家庭小說在敘事時間上，使用概述及省略的方式，使小說在主題描寫上更能聚焦在人物的細節上，使得日常時間冗長的進行，得以加快敘述的節奏。家庭小說在描寫的家庭百年時間上，大量使用近乎真實的實錄時間，以強調小說的真實性，然而小說時間的形式和現實生活不同，小說的形式，猶如電影的銀幕、繪畫的畫布，會產生「框架效果」〔註120〕，我們透過對此框架的窺視，體會到文本描寫的意義，這是因為小說建構的時空是可以被重讀，可以被分割成片段。

---

〔註120〕龔鵬程，《文學散步》，台北：學生出版社，1985 年初版，2003 年再版，頁 234～235。

　　小說時空的分割方式即是使是使用敘事手法中的概述、補敘、倒敘和預
敘等方式，甚至是作者堂而皇之的走入小說的描寫中，把小說的情節敘事時
間／故事時間／敘述者講述的時間表現出來，使得家庭小說的時間描寫不只
是直線的時間觀，使時間的鋪陳更立體。在日復一日的家庭生活裡，我們看
到家庭小說在鐘錶循環的時間刻度中，走過四季的循環。明清家庭小說的時
間不僅書寫了家庭日常的時間，那是一去不復返的光陰，也在家庭生活的描
寫裡，透過人物的算命占卦預言裡，看到文化裡深層的命定思想，當然也看
到了人們對於永恆的渴望，相信時間的永恆性及以空間的無限性。

　　從《金瓶梅》、《醒世姻緣傳》、《林蘭香》到《紅樓夢》四部小說，在首
回的詩詞判文中，清楚描寫小說的主旨以及關於結局的暗示，表現出生命存
在的短暫性並有所瞭悟。家庭小說往往指出人是有情眾生，然而生命數十載
轉瞬即逝，由於生命時間的短暫使人們因而興懷憶往，並感受到存在的有限
性。明清家庭小說在預敘手法的使用上，也透過夢境預言後文情節。明清家
庭小說的夢境裡除了表現出預敘情節的敘事功能，並指涉時空隱喻意義，同
時打破現實人生的時空框架，呈現更大的象徵意義。對於夢境的解說，將留
待到第五章討論「夢幻／夢境」的時空的意義時再說明。

　　明清這四部家庭小說裡透過人物的話語，或其他遊藝活動如燈謎、占花
名預告人物的未來、強調主題及人物形象，不但使讀者對於情節的進行有閱
讀期待心理，也使小說在現在、過去及未來的時間裡交錯進行。家庭小說迥
異於其他主題類型小說的更大因素，是小說展現出來的多重時間意義，在寫
實的家庭時間之外，往往表現出對於永恆時間的渴望，例如神話時間、永恆
輪迴時間，然而，人們又往往對於存在的「當下」、「現世」發出人生如夢的
感歎。對於當下生命的興懷，使得敘事文學充滿了追憶和傷逝的抒情性，因
爲生命的存在是充滿欲望，然而人的一生卻是有限的，生命的存在必然是逐
漸走向死亡。因此，小家庭小說的時間書寫充滿了對文化及生命的思考意義。

　　口語文學中說書人的影子仍然存在明清家庭小說中，而史傳品評人物的
傳統，使得明清家庭小說中仍大量使用「看官聽說」等語詞，這些語詞表現
出一種快速又充滿概說方式的時間過場。並以「一夜晚景提過」、「光陰迅速」
等語詞，補足家庭小說時間留白的部份，使小說時間滿格，維持家庭小說一
貫線性前進的筆法；有意思的是，這些使時間能快速過場的語詞，同時也點
出敘述者以說書人的姿態出現，這使時間滿格的同時，也使故事時間在此時

停頓，並作了場景的跳接。這也是一種破壞時間綿延的方式，在破壞的同時卻又以更大的跨度接續了時間的進行，家庭小說因此表現出二重時空：小說本身的時空，以及說書人／敘述者存在的時空。說書人置身於綿延的、不可被分割的真實時空，然而虛構敘事文學所構建的便是可被斷裂、描述的時空。作者在真實世界裡書寫虛構世界，相對於小說裡的絕對時空，說書人身處的時空在敘說「看官聽說」的瞬間被書寫入小說中，而此瞬間即是敘述者大量使用「話說」、「原來」等敘述語句的時候。這是表現在敘述者／說書人、作品、讀者的時空，而這三者又交會出一個「有意無意」時間錯置的敘果。

在《金瓶梅》中使用錯亂的家庭年譜，一如作者隱其名而為「蘭陵笑笑生」，在全文裡接近實錄的時間裡，有了三、五年錯亂的時間，使得充滿食色饗宴的《金瓶梅》在似水流年的時間過往中，產生小說陌生化的效果。在讀者停頓下來觀看這「特特錯亂的小說年譜」的時間，同時能更加感受小說時間性的話題。《金瓶梅》的時間錯亂，似乎給予《紅樓夢》很好的寫作範式，在《紅樓夢》中有更多的歲時錯亂、人物年歲前後不一的問題，這在歷來的研究中屢屢被討論到，無論是小說訛誤或是為了要索隱史實，而以錯置的時間來掩人耳目，似乎都沒有完整解答小說時間錯亂的問題，在感受不到時間的大觀園裡更是如此。然而回過頭看整部小說的主題命意，在《紅樓夢》裡人物年歲的恍忽和矛盾，似乎暗示著人們內心對於時間流逝的懼怕與無奈。

事實上，若將《紅樓夢》第一回和最末回，二回合起來閱讀，時間的問題似乎又被輕易的解答：在第一回裡，作者早告訴我們，不必「拘拘於朝代年紀」，到了末回又說了：「假語村言，無魯魚亥豕以及背謬矛盾之處」，作者似乎早料到讀者會如此詢問，因此作者早已在小說裡後設地自問自答，並且在第一百二十回清楚告訴讀者，這些內容不過是「遊戲筆墨」，是荒唐敷衍地演義著，不必太過拘泥，也不必再追問，因為「不但作者不知，抄者不知，並閱者也不知。」（一百二十回）小說時間同時打散了所有的時空，包括作者所處的時空／作者創作作品的時空／讀者所處的時空，把小說敘事時間、故事時間、小說時間都打破並呈現出來。

不論是家庭小說充滿各種意義的敘事時間，或者寫實的日常時間，小說呈現時間的乖謬，這似乎是作者逕行設下的時間遊戲，從《金瓶梅》到《紅樓夢》小說作者在關於時間的敘事中，將家庭小說的題旨、對於生命進行深刻的反省。在家庭日常時間的進行中，出現錯亂的年歲，使得讀者得以在直

線前行的時間敘事中，產生停頓、陌生化的效果，因而突顯時間的存在。這
也是作者在家庭小說寫實記載的時間年歲裡，作超現實的表演。小說的時間
可以在記憶裡、在夢境裡被修改或遺忘，時間在講敘的同時也被更改，這才
是《金瓶梅》、《紅樓夢》家庭小說敘事時間展示的另一層意義，時間是既魔
幻又寫實的存在，同時構設了對於存在的反省。

# 第三章　明清家庭時間表現的存在感

## 第一節　日常時間書寫的意義

　　小說時間展現不同類型小說的敘事意圖。在歷史小說裡的每個事件前，都會大氣磅礴地指出時代、紀年。在英雄、傳奇、俠義小說，我們也都會記住人物和他們所處的時代，以及人物和所處時代社會的關係。但是在家庭小說中，寫的是吃飯、睡覺、穿衣、娛樂或工作等生活事件，這些日常瑣碎的生活都在時間裡完成，但我們往往看不到時間的存在。歷史小說記載史家認為的重要時刻——這是歷史事件的剖面圖；神魔小說則是將時間虛擬幻化，且超越真實世界的時空描述；至於英雄傳奇小說，載錄人物大事，注重事件及背後所喻指的意義。我們在這些小說裡，通常無法感受時間不斷流逝的存在現實；家庭小說則不斷指出時間的存在，並透過時間的變化指出家庭人物的關係，使我們難以忽略每一個時間刻度的存在。雖然，家庭小說抽掉了時間，事件仍會指出時間的進行及流動，然而，抽掉了時間的家庭小說也只剩下支離破碎的細瑣事件。

　　明清家庭小說中從紀實的皇帝年號，到年月日的實錄時間，以及「次日」所表現不斷飛逝的時間過往，都令人無法忽視時間的存在。明清家庭小說中歷史時間、寫實時間與日常生活時間往往交錯演出，進而表現家庭興衰、人物成長，並書寫在歷史與寫實之外的劫難時間。

### 一、以前朝紀年作為隱喻

　　明清家庭小說在書寫時間時，為了表現出日常的寫實時間，並保持小說的真實感，許多小說會標示出前朝帝王的名字和年號，表現出真有其事的敘

事形式。史書上所載的中國歷代年號，是以皇帝登基這樣重大的政治事件作為時間的起點，皇帝紀年的歷史時間在小說中因而突顯人與社會及時代的關係，〔註1〕因為皇帝紀年提供提供小說讀者前理解的認知條件。所謂的前理解，姚斯在《接受美學》（Toward an Aesthetic of Reception）裡言：讀者在閱讀之前，具有一定的「前理解」（pre-understanding），亦即讀者受到特定時空的審美價值觀，形成個人的期待視域（horizons of expectations），讀者閱讀後，對作品的解讀會有所改變，修正原有的期待視域，進而對文學產生新的解讀、形成新的期待視界。〔註2〕因為「現在只有經由過去才可理解，它與過去一起形成一個有生命的連續；過去則總是通過我們自己在現在之中的片面觀點把握的。」也就是說，我們自己對歷史意義的詮釋形成一種視域，並將其帶入作品中，二者的視域相融合時，形成理解。〔註3〕

明清家庭小說在這種既虛構又紀實的小說史傳影響之下，多半以「寫出皇帝年號」的紀實手法寫作，「年號」是隨著統治者更替而改換的歷史時間，在小說中所選用的歷史紀年，意味著所標示時代背景與歷史定位。如若寫作時間是以當代為背景，則作者難以對當朝的時局有所評判，小說在編年紀實的體例中表現了所寫的大時代背後所隱喻的時間意義，那是作者對於時代、社會的詮釋或批判，同時寓寄褒貶，這樣的敘事手法隱含了作者的敘事／批判／諷喻意圖，作者透過所敘寫託寄的朝代，表達文人對於社會的關懷。因此，時代年號的設定，使讀者在閱讀之前對於作品顯現（的政治氛圍）的定向性期待，也是讀者的前理解，當一部作品與讀者既有的期待視域一致時，它立即將讀者的期待視域對象化，使理解迅速完成，而在讀者的理解中，〔註4〕對於時代所隱喻的褒貶寄寓也同時完成。

浦安迪曾說：「我們可以把《金瓶梅》這部卷頁浩繁小說理解成對新儒學的身理想的一個翻案的倒影。事實上，它是一部意存模仿的戲謔作品。」〔註5〕產生於明代的《金瓶梅》大力書寫情欲，它模仿了史傳編年的時間體

〔註1〕 黃忠順，《長篇小說的詩學觀察》，頁99。

〔註2〕 （英）伊格頓（Terry Eagleton），吳新發譯：《文學理論導讀》，台北：書林出版，1998年4月四刷，頁94。

〔註3〕 （英）伊格頓（Terry Eagleton），伍曉明譯：《二十世紀文學理論》，北京：北京大學出版社，2007年1月第一版，頁70。

〔註4〕 朱立元編，《當代西文學理論》，南京：華東大學出版社，1997年6月第一版，2003年9月第8次印刷，頁289。

〔註5〕 （美）浦安迪，《中國敘事學》，北京：北京大學出版社，1998年，頁174。

例，意存模仿史傳文學，因此它寫了三個女性的傳記，並明白將她們的名字刻記在書名上——金、瓶、梅，但事實上它卻也寫了小說中最爲淫欲的三位女性，《金瓶梅》因而戲謔整個中國小說仿作於史傳的體例，同時也對儒學以反面的敘述作正面的肯定。也就是說明寫《金瓶梅》的色與淫，但意在言外，《金瓶梅》的抒情寫欲實則爲了講述「存天理、滅人欲」的心學大道理。在這個模仿而戲謔的作品中，它仍是以某一皇帝年號成爲敘事時間的背景，暗示了這個家庭與所處的時代／明代中期的互動關係，家庭小說因皇帝紀年的隱喻，使家庭小說的描寫有很大的部份，在於隱喻那個被書寫的時代。

　　明清家庭小說的時間似乎多是強調眞有其事的時間，雖然標示著的時間似乎都是過去的、前朝的時間，使用前朝而看似眞有其事的時間敘寫方式，使得小說讀來更爲寫實。明清家庭小說熱衷於寫一個家庭或家族的興衰史，這是由於中國古典小說深受歷史著作的影響，使得中國小說的作家們熱衷於以小人物寫大時代，〔註6〕所謂的以小人物寫大時代，它的意義可以擴及家庭小說的書寫連接了個人和家庭、家庭和時代。　明清家庭小說從《金瓶梅》至《林蘭香》，幾乎都設定了一個前朝爲寫作的時代背景，使得家庭連接了社會及國家。《金瓶梅》寫「大宋徽宗皇帝政和年間」，接下來的《醒世姻緣傳》寫「永樂爺」、「正統爺」一朝故事：《林蘭香》則撰寫「大明洪熙元年」一代的故事。《紅樓夢》爲了將眞事隱去，標榜這是一個沒有朝代年紀的故事。

　　《金瓶梅》設定宋徽宗一朝爲小說背景，寫「大宋徽宗皇帝政和年間」故事：

| 第一回 | 話說大宋徽宗皇帝政和年間，山東省東平府清河縣中，有一個風流少年，生得狀貌魁梧，性情瀟灑，饒有幾貫家資年紀二十六七。 |
|---|---|
| 第三十回 | 那時徽宗，天下失敗，奸臣當道，讒佞盈朝，高、楊、童、蔡四箇奸黨，在朝中賣官鬻獄，賄賂公行，懸秤陞官，指方補價。<br>時宣和四年戊申六月念三日也。正是：不如意事常八九，可與人言無二三。 |
| 五十七回 | 話說那山東東平府地方，向來有個永福禪寺，起建自梁武帝普通二年。 |
| 七十六回 | 伯爵看了看，開年改了重和元年，該閏正月。 |
| 七十八回 | 到次日，重和元年新正月元旦。 |

---

〔註6〕陳平原，《中國小說敘事模式的轉變》，頁226。

| 九十九回 | 不料東京朝中徽宗太子，見大金人馬犯邊，搶至腹內地方，聲息十分緊急。天子慌了，與大臣計議，差官往北國講和，情願每年輸納歲幣金銀彩帛數百萬。一面傳與太子登基，改宣和七年爲靖康元年，宣宗號爲欽宗。皇帝在位，徽宗自稱爲太上道君皇帝，退居龍德宮。 |
|---|---|
| 第一百回 | 不說普靜老師幻化孝哥兒去了，且說吳月娘與吳二舅眾人，在永福寺住了十日光景，果然大金國立了張邦昌，在東京稱，置文武百官。徽宗、欽宗兩君北去，康王泥馬渡江，在建康即位，是高宗皇帝。 |

攤開《金瓶梅》標示出朝代年紀的七回，大都是與時局動盪相連接，例如第三十回寫「天下失敗，奸臣當道，讒佞盈朝」（第三十回），當朝奸黨中賣官賄賂的宋徽宗時代，這樣的時代背景給予西門慶攀附權貴、官商勾結的合理情節，奸佞自上而下，這是一個荒淫的、壓榨百姓的可怖年代，同時也因亂世而使得人性的醜惡毫無隱諱。暗示在此時代下充滿欲望且貪婪的西門家，如何運用奸臣當道，讒佞盈朝，使自己富甲一方，驕富鄉里，並且任意利用官職徇私及中飽私囊。透過西門慶展現的是結合土豪流氓、貪官、奸商、劣紳性格，因而朔造出一個非常複雜的明代官商形象。〔註7〕作者所寫的不只是西門慶個人的荒淫貪婪，還寫出在一個君王無能無道時代裡，社會百姓普遍悲哀的生活，人們得忍受官商勾結下小百姓的生命如草芥；妾室、婢女、娼妓如同物品論價出售的社會現況。

小說標榜道德懲戒，「奉勸世人，勿爲西門之後車。」〔註8〕雖然《金瓶梅》描寫的時間斷層只在西門慶家庭內十數年記事，其更大的目的，則是讓讀者看到一個家庭與一個社會乃至整個時代的關係，寫盡「徽宗，天下失敗」的社會面向。在第一百回徽宗、欽宗兩君被擄北上，「中原無主，四下荒亂，兵戈匝地、人民逃竄。黎庶有塗之哭，百姓有倒懸之苦。」貪官奸商和昏君庸主使得生靈塗炭，在戰禍來臨時，百姓富甲如吳月娘之流，打點財物南下避兵禍，「只見官吏逃亡，城門晝閉。」（第一百回）在此時，西門家唯一的兒子孝哥兒，則隨著普靜師父剃度離去，陰間魂魄在普靜師父的度化下薦拔超生；人間的烽火也在番兵退去後平息。從北南北分立兩朝，大金國在東京稱帝，南宋康王在建康即位爲高祖皇帝，改朝換代，小人物和大時代各有其

---

〔註7〕 胡衍南，《金瓶梅到紅樓夢——明清長篇世情小說研究》，台北：里仁書局，2009年2月初版，頁116。

〔註8〕 東吳弄珠客，〈金瓶梅序〉，《金瓶梅》，頁1，序中言：「《金瓶梅》，穢書也。袁石公亟稱之，亦自寄其牢騷耳，非有取於《金瓶梅》也。然作者亦自有意，蓋爲世戒，非爲世勸也。」

命運和依歸。

　　西門家的起落似乎貼合徽宗一代君王在位時的風風雨雨，最後孝哥兒——文章裡明言他正是西門慶自己輪迴托生之子，法號「明悟」，似乎也暗示著西門慶從色到悟，這正是《金瓶梅》一書的書旨，然而該為世戒的並不只有淫死的西門慶潘金蓮之流，還有整個時代的縱欲氛圍，浦安迪認為十六世紀的中國是情色小說流行的年代。在《金瓶梅》寫作的年代，把佛教因果輪迴說編入小說中已經成為一種固定的格式，它早被當作一約定俗成的慣例，因此作者在因果報應必然之說外，還有著更大的寓意，那就是「色空——色即是空，空即是色」的概念，在狂亂的性行為之後似乎都連接著痛苦的到來，這是作者有意識講述「存天理、滅人欲」的心學道理。〔註9〕

　　《醒世姻緣傳》寫自太祖高皇帝到明憲宗成化年間，一個昇平的朝代。《醒世姻緣傳》寫「永樂爺」、「正統爺」一朝故事：

| 二十三回 | 且去太祖高皇帝的時節剛剛六七十年，正是那淳龐朝氣的時候，生出來的都是好人，夭折去的都是些醜驢歪貨。 |
|---|---|
| 二十四回 | 那時正是英宗復辟年成，輕徭薄賦，功令舒寬。 |
| 二十五回 | 有一個孫鄉宦做了兵部主事，因景皇帝要廢英宗太子，諫言得罪回來在家閒住。 |
| 第九十回 | 自從成化爺登基以後，真是太平有象，五穀豐登，家給人足，一連十餘年都是豐收年歲。<br>成化爺是個仁聖之君，所以治多亂少，泰盛否衰。 |

　　小說述說承平的「英宗復辟年成，輕徭薄賦，功令舒寬」（第二十四回），人人衣食豐足，「自從成化爺登基以後，真是太平有象，五穀豐登，家給人足，一連十餘年都是豐收年歲」（第九十回），描寫人民生活安居樂業這樣昇平的景象，最大的目的是要突顯善惡果報的主題思想，同時隱喻對於前朝的褒貶寓意。因此在文本中才敘述著：「太祖高皇帝的時節剛剛六七十年，正是那淳龐朝的時候，**生出來的都是好人，夭折去的都是些醜驢歪貨。**」（第二十三回）因為承平年代所以好人得以出生，而中道早夭者則是些當該死去的人，慈悲

---

〔註9〕　（美）浦安迪，《中國敘事學——浦安迪教授講演》，頁134～138，這裡也說明著例如春梅死在狂亂性愛後耗盡體力，死在周義身上；潘金蓮不斷地以跨騎的姿勢和西門慶雲雨，如一吸血鬼吸盡男人的精血；西門慶在第七十八回和林太太的性交時，以燒陰戶的方式連接了性愛和痛苦的糾纏，這些刻意把性與痛苦揉合在一起的情節，是作者精心設計的筆盡，使讀者對於情俗淫樂幻想的破滅。

行善如晁老太太,得以一生安樂並得到純孝子嗣,死後還能羽化登仙,福蔭百姓。這樣驚世的語言也說明了,晁源在獵殺狐仙的那一刻,注定必須在來世償還今生所種下的惡因,並且在佛法前作了結:「那時已交三更時分,狄希陳似夢非夢,到了一個極森嚴的公署,上面坐著一個王者模樣的尊神。」其旁則是一個著綠袍的判官,呈上了生死簿,說明了狄希陳二世的罪過:「因他在圍場中傷害其外的生靈不等,將泰山聖姥名下聽差的仙狐不應用箭射死,又剝了他的皮張,棄掉了他的骸骨。仙狐在冥司告過了狀,見世領了小鴉兒先償了害命之仇,轉世配成夫婦,以報前世殺生害命之冤,再洩剝皮棄骨之恨。薛氏(注:指仙狐)是奉天符報仇,不係私意。」(第一百回)這裡比較有意思的是強調仙狐的報仇,是奉天符旨不為私意,天為大,等到這些世間男女、仙狐等等虔誦《金剛寶經》後都能各自超生,一切冤愆,盡行消釋,這一切皆是因為「佛旨」,﹝註10﹞為的是「勸世人豎起脊梁,扶著正念。」(第一百回)

《醒世姻緣傳》中提到皇帝紀年的次數並不多,那麼,小說敘述如此豐足的年代,是否正強烈暗示著讀者:豐足安定的生活,是因為人世間裡有因果報應,才會使人們在今生來世裡糾纏不已,因此人們必須在今生裡行善方能避禍。《金瓶梅》作為世戒,警世意味濃厚;《醒世姻緣傳》則顯然以二世輪迴在佛法前了結,以為勸世之意。

《金瓶梅》與《醒世姻緣傳》同樣是作者及成書時間至今仍未有定論,一般而言,《金瓶梅》約成書於明代中期,《醒世姻緣傳》大約成書於明末清初。﹝註11﹞成書的時代背景似乎也隱藏某些意義:成書於明代中期國家朝政走向衰敗的《金瓶梅》,書旨又明白揭示以為「世戒」的用心,不難理解西門慶及西門家庭所顯示的文化意義其實是警世的,如果百姓及朝廷都縱欲享樂,家事破散、國事衰頹則是必然的結局,來世的輪迴必然懲戒著今生。同時似乎也說明了,在亂世裡能借助的力量,只是具有超能力的個人,在《金瓶梅》中只有普靜師父,才能將孤魂薦拔超度。同時,也說明著,在文化心理中,亂世時人們渴望的是英雄、是仙佛,是有獨特超能力的個人,才能解

﹝註10﹞ 狐仙虔誦《金剛經》的說明在第一百回。第三回裡晁源的爺爺要他持誦《金剛經》以消災避禍。晁源的原配計氏死後十二年仍不得超生,於是晁老夫人請高僧為她持誦《觀世音經》、《金剛經》、《法華經》才終於得以超度轉世托生。而狄希陳則因前世同父異母的只弟晁源,於是能得到《金剛經》的功果,將一切冤仇盡解,說明在第一百回。

﹝註11﹞ 見第一章緒論的說明。

救芸芸眾生，超拔於苦海孽緣、亂世之上。

　　成書於明末清初時局漸漸安穩之時的《醒世姻緣傳》，演說了一種較爲圓滿的因果輪迴，從晁源到狄希陳二世的惡姻緣。在這裡是借助佛法的力量，使一切得以善終。在此似乎暗示著在承平的世局中，朝廷國家可以被依靠；然而在人間還有更高更大的力量，即是佛法神力，當國家不再被信任時，佛法等宗教力量爲個人的依靠。二世的輪迴，使家庭的寫實時間得以拉拔到不斷往復的永恆時間，同時強調人們在今生今世必須行善，所以小說中不斷指出太祖高皇帝、永樂爺、成化爺等皇帝年號，這是較爲承平的年代，這裡提供了小說讀者前理解的文化條件。可知，在《金瓶梅》與《醒世姻緣傳》所依托的「前朝時代」裡，似乎也和小說的主題及寓意相呼應著，同時表現出家庭小說時間意涵背後的文化意義。

　　明清家庭小說中的《林蘭香》，寫明仁宗洪熙年間到明思宗崇禎末年的故事：

| 第一回 | 記得大明洪熙元年，嗣君仁厚，百度維新。當時有大司空邯鄲候孟徵者，上一奏章…仁宗淮奏。<br>康夫人原擇於洪熙元年春二月完婚，因耿朗錄用，忙亂間已踰摽梅。 |
|---|---|
| 第五回 | 鬆之盛槖說：「昨夜三更時分，洪熙天子上賓，新君不日就要即位。」<br>時值末冬，新君即位，詔改明年爲宣德元年。 |
| 第六回 | 卻說仁宗升遐，數月內一切喜慶俱不准行。因此耿朗婚事，早又耽過新正。定於宣德元年二月中旬行聘，四月初間迎親。<br>單說燕玉雖革職家居，知非朝廷本意，不想仁宗即位一年，便已殂落。 |
| 第十一回 | 至宣德三年正月，夢卿年已十八，愛娘亦二十有一。<br>至宣德三年二月，在城內國祥街另買房室一所，恰與燕御史家一牆之隔。 |
| 第十三回 | 卻說耿朗自宣德三年八月初五日觀兵部政，十五日重與燕家定親，二十五日納聘，擇於宣德四年二月初五日親迎。不覺冬盡春初，於歸在邇。 |
| 第十六回 | 是時乃宣德四年九月中旬，清商淡淡，良夜迢迢，桂魄一庭，菊香滿座。 |
| 二十一回 | 是日乃宣德五年四月十九日也。夢卿一連服過幾次，水氣雖然全消，而飲食不進，形體漸瘦。 |
| 三十二回 | 春畹垂泪受教，主奴兩人，情談半夜……時宣德六年正月元日也。 |
| 三十八回 | 到出殯後，已是宣德八年正月下旬。 |
| 四十五回 | 卻說耿朗自宣德九年正月十六日以春畹爲妾之後，轉眼兩個年頭。宣德宴駕，正統元年，耿順時已六歲，春畹生一女名順娘，亦交兩歲。 |
| 四十六回 | 正統元年，冥光、朱陵、黃羅三國，又稱兵寇邊，復依次剿撫。<br>光陰迅速，又是正統二年正月。 |

| 四十七回 | 又是正統三年，棠夫人與康夫人商議…… |
|---|---|
| 四十八回 | 卻說春畹自正統三年十月出繼，事母無違治家有法，待奴僕以恕，撫兒女以嚴。<br>迨至正統四年正月，康夫人暴病身亡。<br>棠夫人朗朗的向眾夫人說道：「六娘自正統三年十月過繼，至今已經三載」<br>一宿已過，次日愛娘回家。是時正是正統六年也 |
| 四十九回 | 卻說甘棠、馮市義自宣德四年管收租稅，至正統六年已過了十三個年頭。<br>光陰荏苒，又到正統八年八月，涼風漸起，冷露初零。景物既更，情思亦改。 |
| 第五十回 | 愛娘拾來一看，繡的不是花草昆蟲，是宣德四年正月內集古才女詩五首繡在上面。 |
| 五十一回 | 牽延到正統八年八月，暑汗雖消，難止內傷之盜汗。<br>香兒…生於永樂八年正月，卒於正統八年八月，享年三十四歲。 |
| 五十六回 | 又是正統十年三月，朝廷策試天下貢士，賜商輅等及第。<br>耿瞳道：「宣德五年元夜，若非公明先生、季武城相招，家兄未必不遭張、王之累。則蔭襲科甲，各有好歹，未易相優劣也。」<br>時至正統十二年正月，彩雲生得一子，起名耿顒。<br>到正統十三年，閩浙賊民反亂，朝議欲用季狸、耿朗前往鎮守，幸得王振阻止。延至正統十四年，朝廷信用王振之言，命郕王守國，親領人馬五十萬北征。<br>十六日邊報到京，九月初六日代宗即位。至景泰元年正月，定襄伯郭登大敗也先於栲栳山，京城始定。<br>想洪熙元年，你父蔭授觀政之時，前廳作主人的是先國公爲首。<br>一時遠親訃音難到，直至景泰二年。 |
| 五十七回 | 景泰四年十二月內，雲屏等三年服滿，少不得與親族內眷有些應酬。<br>又遇景泰五年清明時候，早間耿，耿、耿，耿、耿顒去會耿順上墳拜掃，春畹亦來會雲屏、愛娘。<br>棠夫人自景泰五年七月病故後，至天順元年七月，已滿三年。季小姐懷孕，於天順二年六月生得一子，取名耿佶。 |
| 五十八回 | 雲屏歎息道：正統九年九月九日，是與官人起病。<br>時乃天順三年，春末夏初時候。櫻桃又見垂珠，玫瑰復將吐秀。 |
| 五十九回 | 於天順三年十月內捕獲死在監裡。 |
| 六十一回 | 是冬耿順同馬昂、孫鏜平定甘涼，直至天順七年正月方才寧靜。<br>耿順自天順七年正月起，過天順八年、成化元年、二年，至三年十二月，方滿五年。未到十二月回京之時，宣婦人愛娘已於成化三年三月初三日大睡不醒，終於正寢，享年六十歲。<br>愛娘再周大祥之月，乃成化五年四月也。成化六、七、八三年，耿順以 |

| | 提督十二團營兼掌都察院。<br>於成化十六年正月內，春畹無疾而終。 |
|---|---|
| 六十二回 | 又是成化十九年春初之日，仍在小樓的舊基上蓋樓一座。 |
| 六十三回 | 童蒙道：我自正統元年出府，到達弘治四年，已過五十六個春秋今年八十六了。 |
| 六十四回 | 至弘治七年，一日午後，本縣令人來說：「明日東海總制泗國公耿大人進京，路過要在隆一祠祈夢，廟祝須打掃恭候。」<br>所以到弘治七年入朝路過邯鄲，要在呂公祠內祈夢。<br>過了弘治正德兩朝，至嘉靖八年，九十九歲而卒。 |

在《林蘭香》大量寫及朝代年紀，六十四回中有二十四回都出現皇帝年號，佔了三分之一的篇幅。原因之一是耿朗作為朝廷官員，而耿家、燕家等文中所敘多為朝廷命官，人物的背景多為王公貴族；另外，因明正統年間邊寇侵關，耿朗與其子都曾為朝廷效命，燕夢卿又是純孝至忠之人，《林蘭香》一書寫的盡是忠孝節義的故事，人物的命運也因此隨著外在的時代背景而起落。同時，在這樣的亂世裡，在一個需要英雄也造就英雄的動蕩年代中，果然成就了燕夢卿、田春畹二位在亂世中守護家園的巾幗英雄。同時書寫耿朗家女眷們，雖有任香兒調撥丈夫與妻妾的相處，同時也有如燕夢卿、田春畹、林屏雲、宣愛娘等人，在妻妾成群的家庭裡，侍上待下、賢慧持家，展現溫婉女性的形象，好讓夫婿得以無牽掛地征戰沙場。

《紅樓夢》則明白宣稱此書是「真事隱去」、「無朝代年紀可考」、「無大賢大忠理朝廷治風俗的善政」的家庭小說。《紅樓夢》的時空背景是上至女媧煉石補天，下至當朝皇族的儀節生活。我們可以這樣理解，在《紅樓夢》中作者雖說口口聲聲宣稱這裡是無朝代年紀可考，但《紅樓夢》的書寫仍表現出種種的制度禮儀，例如在秦可卿的喪儀所立的靈位上寫著「天朝誥授賈門秦氏恭人之靈位」，明清時四品官之妻稱為「恭人」，雖然賈蓉是五品龍禁尉，秦可卿應稱為「宜人」，但為了喪禮的體面提升了一等，然而無論如何，這裡都顯示出明清官職名稱。其他如賈元春封為貴妃及省親，乃至於貴妃薨逝，所有人都須依照朝廷儀節行禮如儀，以及其後元妃省親返家的儀式細則、賈政擇了學政襲爵上任、賈赦因「交通外官」而被革職，交通外官在清代是結黨營私的罪名等，都書寫「雖未明言但仍存在」的某一個皇朝。

雖然小說所書寫的年代被模糊掉，情節裡的事件卻因此更加明晰。當《紅樓夢》的作者說：「滿紙荒唐言，一把辛酸淚，都云作者痴，誰解其中味？」

似乎也意味深長地告訴我們：作者、作品以及作品所涉及的人事物，有太多未逮或不能書的無奈，對照作者自言「眞事隱去」的說法，指稱作者所要隱去的——是他所置身的時代背景。《紅樓夢》作者如此的宣稱，使得後代的讀者更加好奇，到底作者是誰，所隱去的是那些「眞事」？到底是索隱那個時代那些人物？明清家庭小說從《金瓶梅》到《紅樓夢》便在這樣既紀實又虛構的書寫中，安置了家庭小說的敘事時間。

## 二、日常時間語詞表現的存在感

### （一）「年、月、日」的實錄時間

遠古的人們對於時間空間的瞭解，是由日常作息以及對日月星辰的觀察開始。在中國古代人們觀測天象、星象以測歲時，並依靠對日月星辰運行的軌道與位置，標示出年歲、季節、月份及時日。〔註 12〕先民對於天象自然的認識，萬物依靠太陽生長，日出而作日落而息的農耕生活中，對於日升暮落週而復始的感知最深刻，因此有了「日」的概念。日復一日後形成了「月」的時間單位，月的陰晴圓缺提供了較長的時間計算單位。最後是「年」，關於作物的收成，穀物一熟爲一稔亦即爲一年，物候的生命周期影響了人們的生活，這也使得中國古典文學家及歷史記錄者採取獨特的時間標示形態。

在《尚書‧洪範篇》裡記載著「五紀：一曰歲，二曰月，三曰日，四曰星辰，五曰歷數。」「曰王省惟歲，卿士惟月，師尹惟日。歲月日時無易，百穀用成，乂用明，俊民用章，家用平康。」這裡標示了「年—月—日」的順序。在晉人杜預編著的《春秋經集解》序言中概述敘事體例爲：「記事者，以事繫年，以日繫月，以月繫時，以時繫年。所以紀遠近，別異同也。故史所記必表年以首事，年有四時，故錯舉以爲所記之名也。」〔註 13〕「年—月—日—時」的記錄，是歷史典籍的時間標示順序，例如《左傳》魯隱公三年所載：「三年春王二月，己巳，日有食之。三月庚辰，天王崩。夏四月辛卯，君氏卒。秋，武氏子來求賻。八月庚辰，宋公和卒。冬十有二月，齊侯、鄭伯盟於石門。癸未，葬宋穆公。」〔註 14〕在《左傳》的記載裡已是「年——月

〔註12〕楊義，《中國敘事學》，頁 123。
〔註13〕晉，杜預編著，《春秋經集解》序，台北：台灣中華出版社，1996 年。
〔註14〕左丘明著，王守謙、金秀珍、王鳳春譯著《春秋左傳》，台北：臺灣古籍出版社，1996 年。

——日」繫年的方式，《春秋經》記時亦有以「年——月——日」並加入了四時、四季的記載方式，史籍中「年——月——日」的記時同時也影響了「年——月——日」體系的建立。

　　中國古代確立了「年——月——日」的記時方式，是不同於西方的「日——月——年」的標示方式，主要是因爲中國對於時間整體性的重視。時間的整體性與天地之道是相關的，中國對於世界的認知是由宇宙的整體性到萬物的個別性。因此在時間的記載也形成了以時間整體涵蓋部份時間的「年——月——日」記時方式，並影響了中國的敘事文學，特別是在以《金瓶梅》爲首的幾部明清家庭小說，除了以皇帝年號寫出小說的朝代時間之外，更是大量地採用著「年——月——日」／「月——日」的編年書寫方式，精確記錄著時間的推移流逝：

　　「到了**正月初八日**，先使玳安送了一石白米、一石阡張、十斤官燭、五斤沈檀馬香、十六疋生眼布做襯施」、「到**初九日**，西門慶也沒往衙門中去，絕早冠帶，騎大白馬，僕從跟隨，前呼後擁，竟往東門往玉皇廟來。」（《金瓶梅》，三十九回）

　　「一班道友，男男女女，也不下七八十人。**三月初六日**，從祠堂裡燒了信香，一路進發。**三月十三日**，宿了鄒縣。**十四日**，起了四鼓，眾人齊向嶧山行走。」「**次早十五**，眾人齋戒了一夜，沐浴更衣，到殿上燒香化紙。（《醒世姻緣傳》，第九十三回）

　　「自耿忔**五月初十日**病起，至**六月初二日**將滿一月。耿朗因有官事，不能在耿忔家過宿。」「再說夢卿**初三日**看病之後，**初四日**歸寧母家。」「適值公明達出遊未返，鄭文只得留個名帖，約於**初六日**再來。至**初六日**，復到莊內。」「時正**七月初旬**也，耿忔病已漸愈，又得茅球被罪，因大喜道：『佞人去矣！』病勢從此益除。」（《林蘭香》，第二十四回）

　　「王夫人等日日忙亂，直到**十月將盡**，幸皆全備。**次年正月十五**上元之日，恩准賈妃省親。」「展眼元宵在邇，自**正月初八日**，就有太監出來先看方向：何處更衣，何處燕坐，何處受禮，何處開宴，何處退息。「至**十四日**，俱已停妥。」「至**十五日五鼓**，自有賈母等爵者，皆按品服大妝。」（《紅樓夢》，第十七至十八回）

這些例子在四部家庭小說中比比皆是，都是清楚標明了時序，然後在行文敘

述時，日子是瑣碎地道出「某月某日」如何又如何的內容，是以年繫月，以月繫日的寫眞筆法，時序是一日一日地推移著，表現出時間流逝之感。如同日曆上撰刻的日期，每一頁都刻記著生活裡的細節，使得時間的流動有更眞實的軌跡。〔註15〕

時間意識的產生，意味著人們對於天地萬物及宇宙秩序有了認識，同時對於自身的生老病死、延續與結束的過程有所體驗。〔註16〕這一獨特的體驗，構成了時間觀念的基礎。明清家庭小說以「月—日」的方式記時，這使得明清家庭小說有較明確的時間座標。小說情節在「年—月—日」中被推進，對於事件始末可以一再地描述；在描述中可以中斷敘述，使時間恍若可以暫停、重來、拼貼，小說敘事時間的描繪因而更立體，也展現出更多面向。時間的精細描寫亦加深作品的眞實可信度，給予讀者身歷其境之感。雖然知作者講述的是過去的事件，還是會讓讀者產生「與時俱進」、「與事俱進」的感覺。〔註17〕小說的書寫模式即使強調事件的奇異、曲折，也多模仿史書編年的體例，〔註18〕歷史敘事的編年時間，成了日常生活裡「月—日」的敘述。

《春秋》的編年體例，影響後世史學及小說敘事時間的表現頗鉅，然而《春秋》編年體仍有其侷限，因其爲依時而敘，因此記事而事欠詳明。〔註19〕這是編年體以事繫年的敘事方法，時間是依附在事件的進行當中。然而，寫實日常時間在「月—日」的實錄中，常遇上的問題是：如何涵蓋小說裡不在日常時間內的事件時間，例如人物的夢境或想像神遊的幻境；或者，仍在發生在日常時間內，然而同時發生的二個以上的事件，無法並時敘寫，因此事件始末無法詳細交代，這是春秋「以事繫年」編年體的侷限。因此，必須在

---

〔註15〕 這裡記載日常生活細節的方式，頗似於古代爲皇帝言行、活動記錄的起居注。隋書經籍志：「起居注者，錄記人君言行、動止之事。春秋傳曰：「君舉必書，書而不法，後嗣何觀。」可見起居注爲古代宮廷中皇帝言行之記錄，其事甚早，淵源流長。唐宋時代起居注著錄漸富，如唐書藝文志載：「開元起居注三千六百八十二卷。」玄宗開元紀年僅二十九年，其起居注每年約有一百二十七卷。在本章節對此的討論，應可參考史家所撰寫皇帝起居注的編年體例或書寫意圖，這個部份在本文中尚未處理，容或留待他日專文討論。

〔註16〕 楊義，《中國敘事學》，頁121。

〔註17〕 夏薇，《《醒世姻緣傳》研究》，頁187。

〔註18〕 許麗芳，《章回小的歷史書寫與想像——以三國演義與水滸傳的敘事爲例》，台北：秀威資訊，2007年1月一版，頁162。

〔註19〕 傅延修，《先秦敘事研究——關於中國敘事傳統的形成》，頁186-189，這裡提及《春秋》的幾個問題表現在幾方面：第一，立法而不盡遵法。第二信史而未可盡信。第三，記事而事欠詳明。第四，文字量上的不足。

日月年的實錄時間中，以倒敘、插敘加以說明，以補充事件的完整性，使得家庭小說能敘述寫實之外的時間敘事，同時，使家庭小說的時間表現更為立體及完整。

《紅樓夢》作者雖不標明是那位皇帝年號的故事，但仍有大量「月—日」的載錄：「王夫人等日日忙亂，直到十月將盡，幸皆全備……次年正月十五上元之日，恩准賈妃省親……展眼元宵在邇，自正月初八日，就有太監出來先看方向：何處更衣，何處燕坐，何處受禮，何處開宴，何處退息……至十四日，俱已停妥……至十五日五鼓，自有賈母等爵者，皆按品服大妝。」（第十七至十八回）似乎表明《紅樓夢》是「實錄其事」，因此敘述者說明自己只能「追踪躡跡」，創作的本意則是「不敢稍加穿鑿」以免「失其眞傳」 （第一回）。這裡所謂的實錄，是「不敢妄加穿鑿」、害怕「失眞」，小說敘述者不斷表明自己不過「實錄其事」，使得小說事件與時間建構更加「逼近眞實」，因此大量使用「月—日」記時。

在家庭小說以月日計時使小說有了現實感，在日常的時間編年中敘說了家庭的寫實時間，並建構家庭小說成長的氛圍。小說時間的敘述，是可以任意中斷，可以在記憶裡回溯，可以是在事件發生後的追憶，可以不斷排比過去和現在。當時間記載脫離原本「年—月—日」歷史大敘事意義的時間記載，成為普通時間的記錄，小說敘事也因此轉向書寫更為逼眞的時間，強調了家庭小說敘事時間的眞實性。

## （二）「次日」所表現的時間性

明清家庭小說受到中國史傳作品的影響，多使用皇帝年號、年月日。小說寫實地記錄時間，在日與日的推移中，往往又會以季節的變化、歲時節令的轉換來書寫時間的流轉。然而，除了編年形式的「月—日」、皇帝編年、歲時節令的書寫外，在明清家庭小說中，時間的往復常常以「第二天」、「次日」、「又一日」來表現時間的推移。

家庭小說是一種寫實的小說，裡面的人物和現實中的我們有相同的存在的高度，他們所度過時間也是和我們一樣，是在日曆撕去的扉頁之中度過，這種現實的存在感，是家庭小說日常時間的表現。家庭小說中日常生活的時間描寫往往使用「順敘」的方式，由於對於生活細節的關注，時間的進展與現實生活裡幾乎一致，形成敘事時間中「場景」的一種筆法。也就是說，日常生活的描寫是把書寫的重點放在事與事的交疊處，亦即「無事之事」上，

例如宴飲的描寫便是游離在敘事情節的進展之外，〔註 20〕情節時間停頓，讓位給生活裡的某個場景的描寫。

以《金瓶梅》第三回爲例，西門慶看上了潘金蓮，央著王婆想法子讓他和潘金蓮會上一面，王婆於是找了藉口要潘金蓮到她家裡作針線，理由很充足，王婆因爲自己「老身十病九痛」，怕那天「一時有些山高水低」，兒子又常不在家，現在有個「財主官人」，布施一套送終衣料，因此請潘金蓮到家裁衣針黹。到了「次日清晨」，王婆收拾屋內，預備了針線在家等待。接著是家庭日常生活的描寫，「且說武大吃了早飯，挑著擔兒自去了，那婦人把簾兒掛了，吩咐迎兒看家，從後門走到王婆家來。」（第三回）然後是二人在屋裡喝茶量布，裁了衣布，縫了起來，王婆稱讚潘金蓮好手藝，潘金蓮縫到日中，王婆又備了酒食請她吃飯，描寫詳細，還道王婆下了一筯麵給婦人吃。又縫了一會兒，直到天要黑了，潘金蓮才歸家去。正好武大回到家，見潘金蓮面色微紅，詢問了她到那裡去了，潘金蓮一五一十回答，夫妻的尋常話語，武大還說：「你也不要吃她的，我們也有央及她處……。」還叮囑潘金蓮明日再去時也買些酒食回禮。如此這般，都是生活裡的細節，第二日又如何如何，寫實地描寫著生活裡的細節，當時間要更快速往前進時，作者利用敘事者之口加入了「話休絮煩」等詞語，省略掉某些細節，使時間推移著。到了第三天，西門慶便和潘金蓮勾搭上。小說時間的基調是如實地、一日又一日地進行著時間，因此家庭生活裡的大大小小瑣事幾乎是巨細靡遺地被描寫出來。

例，在第二回裡提到：「次日武松去縣里畫印，直到日中未歸。」這是一個平常的日子，但是潘金蓮心裡計劃著要撩挑小叔武松，同一回裡也寫著：「次日清晨，王婆恰纔開門，把眼看外時，只見西門慶又早在街前來回踅走。」原來西門慶此時的心思都放在潘金蓮身上，欲透過王婆勾搭潘金蓮。所有人物的關係、事件的變化在時間推移中隱然表現。「次日」一詞在《金瓶梅》裡幾乎每回都提到，或以「到次日」、「次日早」、「次早」、「第二天清晨」、「次日清晨」、「一日」等不同的語詞變換敘述。

在《醒世姻緣傳》裡「次日」的使用仍十分頻繁：「次早初十，七八個騾夫，趕了二十四頭騾子來到晁家門首。議定，到了次日，將胡旦、梁生叫到側邊一座僻靜書房內」，同一回裡還有其他的描述：「次早喫了早飯，胡旦換了一領佛頭青秋羅夾道袍」、「次日，蘇錦衣衙間回來，到了廳上，脫了冠服，

---

〔註20〕浦安迪，《中國敘事學》，頁 46～47。

換了便服」、「次日起來，仍看人收拾了擺設的物件。」（第五回）這裡寫著一個事件連續幾日的發展，時間是一步一步地推移，情節也逐步進展。除了「次日」、「次早」這些記錄日常時光過往的文字，還加入了「又過了幾日」、「一日」、「再次一日」等詞。

《林蘭香》也有相同的表現，但次數已不那麼頻繁，同時在行文中加入「過了數日」、「是夜」、「是日」等詞語，然而《林蘭香》中使用次日等時間語詞已較《金瓶梅》、《醒世姻緣傳》減少。接下來的《紅樓夢》雖仍有「次日」的書寫，但數量顯然較少，同時語詞擴充了「這日夜間」、「這日午間」、「臨日」、「次日黎明」、「如此二日」、「後日一早」、「是晚」等等，使小說日常時間的書寫有了更多的變化，這些是寫作技巧上的改變，同時也顯示白話小說的文字從口語進展為書面的、且較為細緻的文字表現。

從明清家庭小說大量使用「次日」、「次早」、「一日」、「這日」、「是日」、「後日」、「過了數日」、「臨日」、「又過了幾日」等時間用語來看，時間是斷裂的，時間是切割成一日又一日的存在。然而，在一日又一日的片斷中，卻又連接成日、月、年的時間。作者幾乎是實錄家庭生活，使家庭生活更顯真實，也讓讀者在閱讀中感受家庭生活的細節。這樣綿密地使用一日、次日的時間記載，這是「時間滿格」的寫作方式，〔註 21〕也就是鉅密靡遺的書寫了時間上的細節，這是一種歷史信實的書寫傳統，家庭小說在此不斷以「是日」、「又過了數日」等實錄筆法，展現小說時間的不可往復、無法挽回的時間感。這樣時間語詞密集的使用，正是家庭書寫的一種特質。

在明清家庭小說中大量以「次日」等語詞使時間往前進的筆法，雖然從寫作的技巧看來是顯得較無技巧，但恰恰說明「日復一日」正是家庭小說的時間特質，然而在這些看來平凡的日常生活裡，往往會讓我們看到比平凡生活「更多一點」的事件，這些事件在時間中形成情節也造成家庭的命運，於是我們才能透過西門慶家庭人物的命運，看到《金瓶梅》戒世的隱喻，看到《醒世姻緣傳》裡不斷強調的因果輪迴，以及《林蘭香》中對於果報極欲否定的態度，看到同樣是書寫著錯綜的飲食男女所建構的各式情感的《紅樓夢》。

在家庭小說中，作者幾乎是實錄家庭生活，讓讀者在閱讀中感受家庭生活的細節。家庭小說不斷使用「月—日」這樣的編年時間，時間是準確無疑

〔註21〕趙毅衡，《苦惱的敘述者——中國小說的敘述形式與中國文化》，北京：中國人民大學出版社，1998 年，頁 148。

地記錄著，是一種歷史信實的筆法。然而，在鉅密靡遺的時間書寫上，家庭小說使用了「又過了數日」等敘事修辭在連貫的、綿延的時間長河中，加入看似使時間呈現斷裂性的時間語詞：「次日」、「第二日」。在這些似乎使時間斷裂的敘述中，同時也表現時間滿格的意義，使得在時間綿延的意義上，沒有被省略的日子，展現小說時間與現實時間是並行的，帶有無法挽回的時間感，這是家庭書寫的一種特質。

家庭小說從日常時間的是日、次日，到春夏秋多四季的往復，以及節令、節氣的變化，重要節慶的描寫，不僅記錄家庭時間的進展變化，也表現了屬於家庭小說特有的家庭生活的氛圍、展現人情往來人際關係的重要時刻，這都是家庭小說迥然不同於其他類型小說的時間敘述。從《金瓶梅》到《紅樓夢》可以看到所使用的語彙豐富性增加，同時也看到從《金瓶梅》到《紅樓夢》使用的頻率減少，意味著仍有口頭文學色彩的《金瓶梅》、《醒世姻緣傳》正在逐漸轉變中，到了《林蘭香》、《紅樓夢》則已走向書面文學作品的形式。

### （三）日常飲食的家庭時間

明清家庭小說所書寫的日用飲食家庭生活，不同於史傳、神話建構傳奇人物的特性。史傳、神話的敘事通常是封閉的、有完整的發生過程。同時神話史傳往往，就各種衝突、糾葛、價值觀的反覆辯證，並且進行藝術的創造。然而，庶民的常規生活，基本上是重複、平靜、分散的表現狀態。〔註 22〕也就是一些生活裡的細節，講的不外乎是家庭裡支微末節的瑣事、食衣住行、應酬交際、街坊鄰居的種種消息八卦、吃茶喝酒……等等，並不是傳統文學所要表達的意義大道，更無關經世致用的話語。

例如《金瓶梅》第十一回寫西門慶家裡妻妾爭吵、夫妻絮語的尋常瑣事。「話說潘金蓮在家恃寵生嬌，顛寒作熱，鎮日夜不得個寧靜。」潘金蓮因性情多疑脾氣又不佳，「為著零碎事情不湊巧，罵了春梅幾句。」春梅的氣沒地方發，於是到廚房拍桌拍凳，弄得孫雪娥也極不高興，於是說了春梅幾句：「怪行貨子，想漢子便別處去想，怎的在這裡硬氣？」春梅的氣於是有了發洩的出口，罵了春梅一句又去挑撥潘金蓮說東道西。第二天西門慶等著要吃荷花餅、銀絲鮓湯，使春梅往廚房說去，春梅饒是不動身，潘金蓮因此在旁添油加醋地說：「你休使她。有人說我縱容她，教你收了，

---

〔註 22〕高桂惠，《追蹤躡踪——中國小說的文化闡釋》，頁 267。

俏成一幫兒哄漢子。百般指豬罵狗，欺負俺娘兒們。你又使她後邊做什麼
去？」加上春梅又說三道四，最後是孫雪娥讓西門慶踢罵了一頓，孫雪娥
在西門慶面前敢怒不敢言，但又氣不過，在西門慶離開後又對著其他僕婦
發了牢騷，被西門慶聽到了，又是一頓好打。這孫雪娥又上大房吳月娘處
告狀，正巧又讓潘金蓮聽到，二人吵了一頓，備受西門慶愛憐的潘金蓮豈
是善罷干休，於是她「卸了濃妝，洗了脂粉，烏雲散亂，花容不整，哭得
兩眼如桃，躺在床上。」等西門慶返家，潘金蓮放聲號哭，直嚷著要問西
門慶的休書，西門慶聽了暴跳如雷，採過孫雪娥頭髮，儘力拿著短棍打了
下，多虧吳月娘攔下。接著描寫西門慶從袖裡取出廟上買的四兩珠子，給
了潘金蓮才平息她的怒氣，從此潘金蓮要一得十，深得西門慶的寵愛。這
裡不過是妻妾爭吵的日常生活裡的一景，卻花去了小說七頁的篇幅，敘事
時間幅度小，密度大。

　　在家庭小說裡儘是如此這般的生活細節，寫的全是柴米油塩的瑣事，即
使是對於西門慶的描寫也多在欲望的部份，權力的欲望、金錢的欲望、對於
女體的欲望。這其實是生活的描寫，寫的全是家庭人物在「過生活的方式」，
沒有英雄豪傑、沒有帝王將相、沒有氣勢磅礡的歷史大敘事，而是更為貼近
女性心理的生活描寫，一些有聊的、無聊的，一鐘茶、一頓飯，裁衣量鞋等
對於生活事件的細膩描寫，全是一些不要緊的尋常生活。這，就是家庭日常
時間的書寫。

　　這樣的日常書寫，也使我們看到家庭小說綱常的失落，不再是儒家所要
標榜的父慈子孝、兄友弟恭、夫婦和睦的家庭倫常，我們在《金瓶梅》裡看
到受寵的小妾潘金蓮費盡心思要毒害另一個受寵的妾李瓶兒及她的兒子、看
到淫欲無度的男男女女。在《醒世姻緣傳》裡看到寵妾珍哥如何逼得元配計
氏上吊自殺。在《林蘭香》裡受寵的妾任香兒，不斷要離間丈夫和另一個妾
燕夢卿的情感，並且要作法傷害另一個妾田春畹。在《紅樓夢》中則是設計
使丈夫賈璉愛妾尤二姐吞金而死的王熙鳳。

　　除了妻妾爭寵的醜態，家庭小說中也不斷書寫夫妻／妻妾們對話說笑、
主僕玩鬧取樂的生活，例如在《林蘭香》第十八回寫元宵節時，彩雲、香兒
二人醉臥一夜，兩人梳妝完畢在雲屏房裡閒坐，耿朗目視，不住微笑。飯後
各自回房，汀烟便向主子彩雲道：「昨夜若非二娘教我們扶過來，今日還不知
大爺要怎麼要笑。」彩雲道：「怪得二娘昨夜只勸我早睡。」方說著，香兒走
進來道：「今日正節，誰許你早睡？」彩雲道：「那個要睡，是汀烟說，夜來

若不虧二娘，咱兩人還不知被他如何戲弄？」香兒道：「好個呆人！昨夜若非二娘勸酒，咱兩必不至醉……」小說中儘是家常對話，十足表現女性在家庭的尋常生活。

事實上，在中國古代男主外女主內的角色份際劃分中，女性是家庭中主要的活動者，因此家庭小說描寫在「家庭內」的種種活動，都是以女性為較大比例。女性生活的愛恨情愁、女性的閒適與煩悶，都使得家庭小說的敘事更有一種抒情詩意的筆調。例如第二十回，耿朗的五位妻妾在九畹軒內，見和眾丫頭們分成兩隊在蘭花圍繞的平地上玩相撲遊戲，只見：「左隊內喜兒走出來，烏雲低縮，……右隊內條兒走出來，低壓雙鬢……當下兩人掛在一處，條兒用力要抱喜兒，喜兒一閃，恰好兒向喜兒懷內一歪，喜兒隨向兒肚下亂揉……右隊內又走出綠雲來，一條披帛，結牢松綠衫兒……，左隊內亦走出汀烟，披起葱綠衫……兩人當場賭賽，相撲良久。綠雲將汀烟一攀，突然倒地。左隊內有人扶過汀烟，右隊內亦有人替了綠雲……相撲多時，紅雨力怯，走回本隊，和兒笑個不止。軒內五人亦都好笑……春欄鼓掌而出，與采蕭扭在一處，兩人的裙子攪住，春欄向裙子一撩，采蕭正抬腳，恰好將一支小繡鞋撩在一邊，早被本隊內春台拾起，采蕭忙去著鞋，這邊春台與采艾又扭在一處……枝兒是翡翠衫、荔枝裙、花背心。苗兒是水紅衫、葱白裙、繡背心。順兒是杏黃衫、蓬紅裙、青背心。葉兒是韭葉衫、槐花裙、紫背心。正是珠翠繽紛，光彩奪目……」小說在這裡花了近三頁的篇幅描寫丫頭們這個玩樂，包括她們的穿著、舉止、笑貌，極為細膩，更近乎繁瑣。

在這裡是鉅細靡遺的寫出玩樂時的細節，似乎像是殺時間般的填滿家庭小說的生活敘事，把生活裡的閒、悶，生活裡有趣或無趣的細節，拉拉雜雜的詳述著。在小說裡沒有經世救國的目標，也沒有光怪陸離、或者偉大神奇的際遇，而是寫出一分一秒流逝的時間，小說的聚焦在家庭單位裡的人事物，這亦是使家庭小說自世情／人情小說中獨立自成一類的書寫內容。

家庭日常起居使得家庭小說似乎糾結在不斷流逝的瑣碎日子裡，然而，家庭小說的時間卻又在不斷流逝的時間裡，有了不同於尋常日子裡的某些特殊時光，那就是人物的生日、死亡、歲時節令等，使得日常的時間又有了特別的意義。這將在下一章說明。

## 第二節 表現家庭／國家興衰的存在感

明清家庭小說中也表現出家庭的、及國家的興衰,「在明清家庭小說對於家族與家庭的描寫有一種家國互喻的現象,小說以男女、家庭、家族而及天下,家是國的基礎,國是家的延伸,家國一體,尤其是在一個綱常失序的世界,家綱不振,往可以見證國綱罔存。」在家庭小說的敘事模式裡,「往往透過家庭人物的視野,一方面描寫家庭瑣事反映社會人生,另一方面透過家庭的視窗呈現鮮明的時代感。」〔註23〕在《金瓶梅》中曾經權傾一時、助西門慶得勢得道的蔡太師,也被太學國子生陳東上本參劾,後被科道交章彈奏倒了,「聖旨下來,拏送三法司問罪,發烟瘴地面,永遠充軍。太師兒子禮部尚書蔡攸處斬,家產抄沒入官。」(第九十九回)個人、皇族及國家的興衰,在《金瓶梅》中有深刻的表現,至於平亂有功的周守備,則是陞升為濟南兵馬制置:

> 話說一日周守備與濟南府知府張叔夜,領人馬征勦梁山泊賊王宋江
> 三十六人,萬餘草寇都受了招安。地方平復,表奏,朝廷大喜,加
> 陞張叔夜為都御史、山東安撫大使,陞守備周秀為濟南兵馬制置,
> 轄理分巡河道,提察盜賊。(第九十八回)

《金瓶梅》裡官商勾結、朝紀敗壞已至不可收拾的地步,大金的人馬侵犯邊疆,甚至搶至內地,徽宗天子當朝,與大臣計議,差官往北國講和,情願每年輸納歲幣金銀彩帛數百萬。同時徽宗「傳位與太子登基,改宣和七年為靖康元年,宣帝號為欽宗。皇帝在位,徽宗自稱太上君皇帝,退居龍德宮。」(第九十九回)北國的大金皇帝見徽宗軟弱,滅了遼國,又見東京欽宗皇帝登基,集大勢番兵,分兩路寇亂中原。文中寫著周統制如何為國效力邊關,帶兵殺敵,卻為國捐軀:「統制提兵進趕,不防被幹離不兜馬反攻,沒鞔一箭,正射中咽喉,隨馬而死。眾番將就用鉤索搭去,被這邊將士向前僅搶屍首,馬戴而還。所傷軍兵無數。可憐周統制,一旦陣亡,亡年四十七歲。」(第一百回)

然而,令人覺得不勝唏噓的是,當二爺周宣引著六歲的金哥兒,行文書申奏朝廷,討祭葬,襲替祖職之際。春梅「則在頤養之際,淫情愈盛常留周義在香閣中,鎮日不出。朝來暮往,淫慾無度,生出骨蒸癆病症。逐日吃藥,減了飲食,消了精神,體瘦如柴,而貪淫不已。一日,過了他的生辰,到六月伏暑天氣,早晨晏起,不料他摟著周義在床,一泄之後,鼻口皆出涼氣,

---

〔註23〕 高桂惠,《追蹤躡踪:中國小說的文化闡釋》,頁 192。

淫津流下一窪口，就嗚呼哀哉，死在周義身上，亡年二十九歲。」（第一百回）丈夫在沙場效命，春梅則是因欲喪命，國家處於敗亡危急之際，世界卻仍有男女因欲望無窮而命喪於性事上。周守備的沒於一箭隨馬而死，馬載而還；春梅則是摟著周義在床，伏死在周義身上。小說將國家興亡與個人存亡交錯寫出，充滿了嘲諷。

當大金國在東京稱帝，置文武百官。徽官、欽宗兩君北去，康王泥馬渡江，在建康即位，是為高宗皇帝。拜宗澤為大將，復取山東、河北為兩朝。天下太平，人民復業。」（第一百回）就在天下又回歸到太平之世，西門慶的家業也在月娘的操持下漸漸走回平穩，月娘後來就把玳安改名作西門安，承受家業，人稱呼為西門小員外，西門玳安和小玉也養活月娘到老，西門慶家業也在這些人事的紛陳中，見其浮沈。

《醒世姻緣傳》描述山東武縣城歷經太平盛世、旱災等，及第二世裡的繡江縣明水村。在第二十四回處，作者用了整整一回的篇幅描述明水村的山光明媚及太平盛世：「卻道數十年，真是五日一風，十日一雨，風不鳴條，雨不破塊；夜溼晝晴，信是太平有象……那年正是英宗復辟年成，輕徭薄賦，功令舒寬，土中大大的收成，朝廷上輕輕的租稅。」（第二十四回）在此回文末作者說道：

> 這些的山水都是人去妝點他，這明水的山水盡是山水來養活人。我
> 所以諄諄的誇說不盡，形容有餘，但得天地常生好人，願人常行好
> 事，培養得這元氣堅牢，葆攝得這靈秀不洩纏好。但只是古今來沒
> 有百年不變的氣運，亦沒有常久渾厚的民風。（第二十四回）

個人的善惡果報影響了民風的良善或敗壞，似乎和社會的氣運是習習相關，到了第二十七回，民風澆薄，使得明水村不再是地靈人傑，國泰民安的日子漸復無存。因為自「太祖爺到天順爺末年，這百年之內，在上的有那秉禮尚義的君子，在下又有那奉公守法的小人，在天也就有那風調雨順，國泰民安的日子相報。」但因富貴的日子太久了，人們不再居安思危，不再培養好的元氣：

> 只從我太祖只因富貴的久了，後邊生出來的兒孫，一來也是秉賦了
> 那澆漓的薄氣，二來又離了忠厚的祖宗，耳染目濡，習就了那輕薄
> 的態度，由刻薄而輕狂，由輕狂而恣肆，由恣肆則犯法違條，傷天
> 害理，愈出愈奇，無所不至。（第二十七回）

這裡不斷強調的是民心的善與惡決定了社會的治安或動蕩，同時也決定了國家的存亡。

《紅樓夢》裡元春成了皇妃後，得以回家省親，但照皇室禮儀，皇妃不再是尋常家庭的女子，款待皇妃必須有一定的禮節、儀式和排場。因此，賈府必須先蓋省親別院，落成後才能規劃皇妃一日返家的行程。為了一年得以回家一日，賈府家散盡許多家產，就為了蓋大觀園以領皇室盛恩。就在正月初八日時，先有宮中太監出來查看方向地理，包括規劃元妃省親時，在何處更衣，在那裡燕坐，以及接受賈家人拜禮及憩息之處。不僅如處，還有官員巡察地方總理關防太監，帶了許多小太監出來，在賈府及附近設下關防及布幔，並指示賈府人員進退儀節，包括跪見、用膳、啓事等等的儀式。同時官中先派來五城兵備打掃街市，並攆逐閒雜人等，確實保護皇妃的安全。

這些細節的描述同時也彰顯了賈府的地位，再一次申明這是皇親國戚，並非只是尋常家庭。賈府裡的忙碌可見一斑，賈赦等人督率工匠，紮花搭臺備燈烟，一直忙到十四日，一切才準備停妥。盛事來臨前一夜，賈府上下通不曾睡。正月十五日這一天才五鼓天，賈母等人依爵位妝官品大服，賈府裡「園內各處，帳舞蟠龍，簾飛彩鳳，金銀煥彩，珠寶爭輝，鼎焚百合之香，瓶插長春之蕊，靜悄無人咳嗽。」（第十七回至十八回）莊嚴隆重，以迎接元妃的駕臨。接著描寫皇家威儀，描寫大觀園省親別墅的宮殿綽約，桂殿巍峩，真是「金門玉戶神仙府，桂殿蘭宮妃子家」，同時見「庭燎燒空，香屑布地，火樹琪花，金窗玉檻，說不盡簾卷蝦鬚，毯鋪魚獺，鼎飄麝腦之香，屏列雉尾之扇。」極盡奢華之能事，即使賈元妃省親時千萬叮囑，不可浪費太過，須節約用度。然而，沒有奢華的別館，賈元妃便不得返家團聚，賈府因為元妃而貴，也因為元妃而耗去太多的財物興建如詩畫宮苑般的大觀園，終至使賈府這個皇親走上衰敗的局面，元妃的命運和賈府的興衰相繫。

明清家庭小說，「國」的世運牽連著「家」的時運，而「家」的盛衰，又表現出「國」的興衰際遇，章亞昕曾就家庭小說的主題，說明了其各自的「家運」：

> 就潛在主題而言，也許可以這樣說：《金瓶梅》隱喻「家爛了」，《紅樓夢》示「家散了」，《醒世姻緣傳》則象徵「家沒法子待了」。〔註24〕

〔註24〕章亞昕，〈歷史的反思與民俗的批評——論《醒世姻緣傳》的文化視角〉，李增坡主編《丁耀亢研究——海峽兩岸丁耀亢研究學術研討會論文集》，鄭州：中州古籍出版社，1998年，頁151。

荒淫的西門慶家在西門慶死後是樹倒猢猻散，家是爛了；醒世姻緣傳裡妻奪夫權，家當然沒法子待了；至於敗落的賈府，終得面對家業破散的命運。而他們各自表現的家運，其實反應的是他們背後的世道以及國運。家國互喻顯現更深刻、更荒涼的興衰之感。

# 第三節　劫難與命運的存在處境

## 一、劫難時間

「劫」在《說文解字》裡意爲：「以力止人之去爲劫」，以力量阻人們的離去，即是「劫」的原意，在此《說文》特別說明了：「不專謂盜，而盜禦人於國門之外亦劫也。」直到佛教思想的傳入，「劫數」、「劫難」成爲一種命定思想，是在未來時間裡對於現在的人世所設定的結果。

在明清家庭小說中，提到的「劫數」並不多，首先，我們要設問的是明清家庭小說中劫難時間所呈現的意義是什麼？是一種不可逆的命運，還是意志與命運的掙扎？如果，在未來時間設定一種結果，在此時、在今生則是不斷走向那個結果的過程，那麼人是否只能落實此刻存在的意義，卻不能扭轉天意？

首先，在《金瓶梅》裡，李瓶兒曾二度入西門慶的夢裡，警告西門慶即將來臨的劫難，同時也預敘著後文的情節：

> 西門慶在牀炕上眠……良久，忽聽見有人抓的簾兒響，只見李瓶兒蔫然地進來，身穿慘紫衫，白絹裙，亂挽烏雲，黃慘慘面，向牀叫道：「那廝再三不肯，發恨還要告了來拿你。**我待不來對你說，誠恐你早晚暗遭毒手。我今尋安身之處去也，你須防範他。沒事休要在外吃夜酒，往那去，早早來家。千萬牢記奴言，休要忘了！**」說畢，二人抱頭而哭。（第六十七回）

瓶兒死後西門慶二度夢見她，這裡首先表現出西門慶對於瓶兒愛妾的思念，同時也表現出李瓶兒對於西門慶的真心相待：

> 西門慶摘去冠帶，解衣就寢…忽聽得窗外有婦人語聲甚低，即披衣下牀，靸著鞋襪，悄悄啓乍視之，只見李瓶兒……立於干月下（說道）：「我的哥哥，切記休貪夜飲，早早回家。**那廝不時伺害於你，千萬勿忘！**」（第七十一回）

透過夢境，李瓶兒警告西門慶花子虛要取他的命，因此殷殷勸告西門慶千萬要早早還家。二度的勸告也正說明著西門慶並沒有依李瓶兒之言，仍舊貪杯夜飲，今世的果報，在不久的未來將會作一個了結。

《醒世姻緣傳》裡晁源的爺爺，告知晁源他即將面的劫數。原來，他所殺害的是修煉一千多年的狐姬：「你若不是動了邪心，與他留戀，他自然遠避開去。你卻哄他到前，殺害他的性命。他說你明早必定出門，他要且先行報復，侍你運退時節，合夥了你著己的人，方取你去抵命。」又說：「你媳婦計氏雖不賢慧，倒也還是個正經人。你前世為難他，他卻不曾為難你，他今世難為你，你卻更是為難他。只怕冤冤相報，無有了期！若是再把計氏屈死了，二難齊作，你一發招架不住了。」白鬚老兒臨走前還往珍哥頭上拍了一下，喝道：「何物淫妖！致我子孫人亡家破！」（第三回）使得珍哥頭疼欲裂，然而晁源以為只是個夢，仍舊出門，沒想到上馬前，在家人小廝的前呼後擁之下，仍從馬臺上摔落，彷彿有人著力推倒，頭目磕疃得像核桃一般，終於相信夢中白鬚老人所言是真，狐精報冤也是真。

過了半個月，晁源公公又來入夢，這回更說道：「若不是我攔護得緊，他要一跤跌死你哩！總然你的命還不該死，也要半年一年活受。你那冤家伺候得你甚緊，你家裡這個妖貨又甚是作孽，孫媳婦計氏又起了不善的念頭，你若不急急往北去投奔爹娘跟前躲避，我明日又要去了，沒人搭救你，若也！」（第三回）晁源的爺爺不僅到晁源夢中警告晁源，甚至來到晁源父親晁大尹夢裡，說道：「源兒近來甚是作孽，憑空領了娼婦打圍，把個妖狐射殺，被他兩次報仇，都是我救護住了，不致傷生。只怕你父子們的運氣退動，終不能脫他的手。」（第六回）

晁源的爺爺不斷托夢，對於即將要發生、可能要發生的事都先作預告——把計氏屈死、致我子孫人亡家破、你的命還不該死，也要半年一年活受、你父子們的運氣退動，終不能脫他的手。」（第十六回）這是晁源未來要面對的命運，然而究竟是因為晁源射殺了狐精才形成的劫數命運，抑或是連晁源傷生害命也是命定的安排？如若是前者，那麼人的自由意志是可以決定命運的走向，然若是後者，那麼人對於命運則純然被動，只能無可奈何地面對所有被安排的生命際遇。

在《紅樓夢》首回，正當棄石在大荒山無稽崖青埂峰下自怨自歎，一僧一道遠遠而來，此時的僧道是「生得骨格不凡，丰神迥異，說說笑笑來到峰

下」，且說棄石動了凡心，於是僧人將棄石化成扇墜般大小的美玉，袖了而去。時間過了幾世幾劫，有個空空道人，見一塊大石上字跡分明，寫了歷盡離合悲歡炎涼世態的一段故事。這裡的時空是高速地跨越了幾世幾劫，指向人類的初始、又呼應了人們存在的當下：不論過往或今日仍是炎涼世情，一切悲歡離合都是生命的現象。

僧人對甄士隱說：「施主，你把這有命無運、累及爹娘之物，抱在懷內作甚？」「捨我罷！捨我罷！」士隱感到不耐煩，轉身要走，僧人便言：「慣養嬌生笑你痴，菱花空對雪澌澌。好防佳節元宵後，便是烟消火滅時。」僧人作爲時間老人，他預言了未來的事件及時空，並作爲後文的伏筆，人們是有機會「選擇」改變，但人們往往無視於警告，也沒法超脫現實情感作選擇，這就是人間世！同時，道人亦對僧人說：「你我不必同行，就此分手，各幹營生去罷。三劫後，我在北邙山等你，會齊了同往太虛幻境銷號。」（第一回）在此，作爲時間老人的僧人指出了甄英蓮（香菱）的命運：「三劫」香菱（英蓮）小時被人劫走、作爲薛蟠妾時遭金桂欺凌甚至下毒、最後產子時難產而死的三個劫數。

最後，在香菱產難完劫後，空空道人——原是香菱生父甄士隱，接引度脫了香菱至太虛幻境交予警幻仙子，至太虛幻境剛過牌坊時便見一僧一道，縹緲而來，回應了第一回僧道的預敘：「三劫後，我在北邙山等你，會齊了同往太虛幻境銷號」。最後，僧道携了這塊寶玉安放在女媧煉石補天處，各自雲遊而去，時間和空間終究消彌於整個宇宙蒼穹中。

回到上述《金瓶梅》中花子虛對西門慶，以及《醒世姻緣傳》裡狐精對晁源的索命，這裡的劫難的到來強調是果報輪迴，強調命定，但是宿命論背後有一個大而有力的主宰，以其好惡，或以其宇宙定律，或以道德上的善惡來裁定。「所有將來會發生的事件和行爲並不決定人類現在所作的選擇和行爲。如果某一件事注定要發生，那麼無論人類現在作的是怎樣的選擇它都會發生。」〔註25〕命運之說使得人類的行爲和所遭遇的人生，中間存在嚴重的疏離狀態，因爲若不論作了何種選擇，所行的善惡都不影響未來的命運，如此一來，一切全交給了宿命，那麼將會因此取消了人類理性的作用。

然而，神（晁源的爺爺）鬼（李瓶兒）的意志都無法左右人的命運，決定人的命運的其實是自己。晁源如此，西門慶亦如是，他們的行爲決定了果

---

〔註25〕樂蘅軍，《意志與命運》，台北：大安出版社，1992年4月初版，頁198。

報輪迴的可能，然而他們的行為並非是完全被命運支配，而是更偏向於偶然命運觀。〔註 26〕偶然的命運觀，則雖形成於人事之紛論錯綜之中，卻獨立自成別具一格的體系，它在人事中運行，可是它又凌駕在人事之上，用人事所不能控馭的「時間」和「空間」兩個骰子，投擲一群人的生死禍福命運。唯有業報命運，「自作之，自受之。」「欲知前世因，今生受者是。欲知後世果，今生作者是。」〔註 27〕在《金瓶梅》和《醒世姻緣傳》充滿了善惡果報宗教勸喻的思想，但到了《紅樓夢》似乎已有所不同。

　　首先，在《金瓶梅》裡西門慶及晁源都是小說中的主角，他們的劫數果報，勸善懲惡，成為小說欲表現的主題思想；至於《紅樓夢》裡的香菱，她並非小說中最主要的角色人物，雖然她的命運在第一回時已被決定，決定命運中必然出現的三劫，不能逃避的是生離和死別的到來，這裡表現的似乎是一種更無可奈何的「命定觀」。作者透過薛姨媽之口說道：「想人生在世真有一定數。」寶釵則是極為明理，思前想後，說道：「寶玉原是一種奇異的人。夙世前因，自有一定，原無可怨天尤人。」（第一百二十回）然而果真如此嗎？

　　《紅樓夢》中對於香菱三劫的敘事，乍看之下，確實是十分的命定論，是人才無可挽回的定數使然，不論香菱的結局是如《金陵十二釵又副冊》所寫的：「根並荷花一莖香，平生遭際實堪傷。從兩地生孤木，致使香魂返故鄉。」香菱是被夏金桂虐待致死，或者是續寫的四十回完本裡，香菱終於扶正為薛家傳宗接代難產而死，她的命運都是際遇坎坷，中道夭亡，未享天年。然而我們再回到《紅樓夢》謀篇布局的主題命意上來看，寶玉最終回到大荒山，他的來時路，而女子們的命運則寫在金陵金釵冊裡，最後也都回到太虛幻境：

　　1、寶玉從大荒山──天庭的神瑛使者──人間賈府──大荒山。
　　2、黛玉──降珠草──賈府──太虛幻境。
　　3、賈府女子們：賈府──太虛幻境。（其命數已寫在太虛幻境的《金陵十二釵正冊》、《金陵十二釵副冊》、《金陵十二釵又副冊》）

　　劫數在此是預言，這裡強調的是生命裡的生離和死別，以及終究回歸的

〔註26〕樂蘅軍，《意志與命運》，頁 238～239，所謂偶然命運觀是成立在時間之上。時間就是運動，在運動中，才能將成千連的因素──包括事件和人物──從別的時空搬運到一聚合相遇的時空的焦點，而後命運得以生成。「命」是根本，「運」是一時的。是一個戲劇化的時間，未曾估計的人事突然輻輳在一個中心點，然後一切事物必產生巨大的變化，於是形成了的情境、新的秩序。

〔註27〕樂蘅軍，《意志與命運》，頁 239～243。

死亡以及死亡的樂土──大虛幻境，是一種圓形時間觀的表現。它所展現的並不是命運與意志的擺盪，而是情感和生命的糾葛，即使是被寫定的人生，人們依舊無法自情字中超拔出來，因此香菱的父親甄士隱在聽了一僧一道所言「有命無運、累及爹娘」依舊無法割捨愛女，直至香菱歷劫後，甄士隱親自接引度脫了女兒至太虛幻境，好讓情緣完結。

綜言之，香菱歷劫是透過時間展現人們面對命運的「情」，當我們讀到香菱的種種際遇時，我們看到的並不是那個「不可逆」的宿命，而是香菱以及她周圍的人之於她的有情或無情。時間中的劫難，只是作者展現人物各色情感的手法。

明清家庭小說的作者，在描寫人物、事件時，其實正表現出這些作者他們所面臨錯綜複雜的世局的思考或反省，「困境」和「抉擇」成為他們面對歷史的重要課題。在《醒世姻緣傳》拿來「醒世」的「姻緣」，是超乎常情的妒婦惡妻對丈夫的報復，將因果報應的懲罰拉到人間來執行，儼然人間煉獄。〔註28〕然而，這是此生此世的功過計算，是無可逃於天地之間的劫數，也是自己為自己寫下的命運。事實上，它仍是一種存在處境的自我抉擇。

## 二、小說描寫「死亡」的敘事意義

在第四章第一節提到生日的敘事功能時，將說明生日與死亡的連結，生與死、喜與悲交錯的演出，這在明清家庭小說中很重要的意象。除了與生日有所聯繫關係的死亡，還有其他人物的死亡，以及在死亡時間刻度所書寫的敘事意義。《金瓶梅》中對於喪禮描寫最為盛大的莫過於李瓶兒之死，而在《紅樓夢》中則是秦可卿最為盛大的喪儀，這裡有幾重意義：

1、李瓶兒及秦可卿之喪，表現了西門家及賈府顯赫的財富及興盛的家道。

2、突顯她們背後的男人對於她們的情感，也暗示著欲望橫流的男女之情。

3、她們的喪禮對比後來其他人物的喪禮，則清楚表現家庭的興衰過程。

另外，在《金瓶梅》及《醒世姻緣傳》中，都各自描寫一個充滿荒謬及嘲弄意義的喪禮：

1、西門慶的喪禮上，應伯爵等人對於西門慶的祭文，著實譏諷了這群酒肉小人、幫閒者。

2、晁老爺的喪禮在一個又一個烏龍、造假、自我抬舉中草草結束。

────────────────

〔註28〕高桂惠，《追蹤躡踪：中國小說的文化闡釋》，頁 200～202。

　　回到《金瓶梅》和《紅樓夢》中最為盛大的喪禮。《金瓶梅》裡李瓶兒的盛大喪禮，往常被拿來和《紅樓夢》裡秦可卿的喪禮作比較。她的死亡之時都是家中聲勢正隆之時；又，瓶兒集西門寵愛於一身，秦可卿則聚公公賈珍疼愛於一身；於是她們都有一個費盡許多銀兩的喪禮，也都有著權貴王公的臨喪弔唁。就時間意義上來看，李瓶兒的死亡和秦可卿的死亡，正好寫出家中權勢與威望；同時，這兩個人又分別在死後，回到家人對於執事者殷殷苦勸。瓶兒勸告西門慶不要因喝酒流連忘返不著家，因為花子虛將要來索命；而可卿則出現在王熙鳳夢中，勸告她要節約家用，因為賈府榮景不再，一如百足之蟲，雖死但暫且不僵。而她們死後的預言，也都應驗。

　　李瓶兒死時，西門慶守著李瓶兒屍首，放聲大哭（第六十二回），接著是西門慶為瓶兒治重喪。首先西門慶拿了十兩白金、一疋尺頭要畫師畫下李瓶兒的肖像（第六十三回），要一軸大影、一軸半身，靈前供養。寫喪花去了幾回篇幅，祭奠的人有劉公公、薛公公、周守備、夏提刑等多位官員（第六十四），作了頭七、二七、誦了經、治了喪席、又來了朝廷管磚廠工部的黃主事，作了三七、四七，送殯當日，西門慶預先問了帥府周守備討了五十名巡備軍士，帶著弓馬、全裝打路，「那日官員士夫、親鄰朋友來送殯者，車馬喧呼，填街塞巷。本家親眷轎子有百餘頂，」有意思的是，「三院鴇子粉頭小轎也有數十。」（第六十五回）足見西門慶的交往層面上至內相公公、官員，下至青樓妓院。所燒的紙錢，「烟焰漲天」，出殯當晚西門慶不忍遽捨，於是晚夕仍到李瓶兒房裡要伴靈宿歇，以伴靈前李瓶兒的肖像，但荒謬的是，才至半夜，但把奶娘如意兒拉下炕，二人一夜雲雨，天亮後西門慶開門尋了李瓶兒的四根簪兒賞給了如意兒。至此，給李瓶兒的喪禮一個最香豔也最符合西門慶形象的描寫。

　　到了西門慶自己的喪禮，可就充滿了黑色幽默的嘲弄語言。首先應伯爵、謝希大等七人湊上七錢，買了祭禮、央了水秀才寫了祭文，沒想到水秀才在祭文裡譏諷了這一群狐群狗黨：

> （西門慶）常濟人以點水，恆助人以精光。囊篋頗厚，氣概軒昂。
>
> 逢樂而舉，遇陰伏降。錦襠隊中居住，齊腰庫裡收藏．
>
> 受恩小子，常在胯下隨幫。也曾在章臺而宿柳，也曾在謝館而猖狂。
>
> 正宜撐頭活腦，久戰熱場，胡為罹一疾不起之殃？見今你便長伸著
>
> 腳子去了，丟下小子輩如班鳩跌腳，倚靠何方？難上他烟花之寨，

難靠他八字紅牆，再不得同席而偎軟玉，再不得並馬而傍溫香。（第
八十回）

著實譏諷了這群酒肉小人、幫閒者。出殯之日，李嬌兒與妓院裡的桂姐、李
桂卿便計算著要「棄舊迎新為本」、「趨炎附勢為強」，也就是要為往後的日子
打算，如同敘述者在文中所敘：「院中唱的以賣俏為活計，將脂粉作生涯。早
晨張風流，晚夕李浪子，前門進老子，後門接兒子，棄舊憐新，見錢眼開，
自然之理。」（第八十回）最後李嬌兒嫁作張二官作為二房娘子。李嬌兒之後，
西門慶的妾室們，再嫁、被賣，終究都離了西門家。

秦可卿之死在《紅樓夢》中是超越所有死亡與喪禮的描寫，甚至比賈母
過壽還隆重，只略遜於賈元妃的省親排場（至少元妃省親之前賈府為賈她蓋
了省親別墅大觀園）。在秦可卿的喪禮上，小說開出列出最完整的男性成員的
名單，包括出現在小說中或沒出現的人物。〔註29〕秦可卿之死在小說裡沒有
清楚的說明，原先的敘述都暗指一個家族醜聞，〔註30〕敘述媳婦秦可卿和公
公賈珍之間的亂倫。後來曹雪芹修正過後的版本則指向她是憂慮過多傷身傷
心而亡。〔註31〕但從賈珍極力攢措一個可卿盛大的喪禮，又教人對此行為費
解。寶玉和秦可卿為叔叔與姪媳婦的關係，秦氏卻不計他人眼光，讓寶玉在

〔註29〕《紅樓夢》第十三回，小說列出來的人有：賈珍、賈寶玉、賈代儒、代修、
賈敕、賈效、賈敦、賈赦、賈政、賈琮、賈編、賈珩、賈珖、賈琛、賈瓊、
賈璘、賈薔、賈菖、賈菱、賈芸、賈芹、賈蓁、賈萍、賈藻、賈蘅、賈芬、
賈芳、賈蘭、賈菌、賈芝等都來了。另外還有秦業、秦鐘。
〔註30〕《紅樓夢》第五回，太虛幻境的《金陵十二金釵正冊》背後畫著高樓大廈，
有一美人懸樑自盡，判詞曰：「情天情海幻情身，情既相逢必主淫。漫言不肖
皆榮出，造釁開端實在寧。」《紅樓夢》十二曲，唱道：「畫梁春盡落香塵。
擅風情，秉月貌，便是敗家的根本。箕裘頹墮皆從敬，家事消亡首罪寧。宿
孽總因情。」又根據脂評，小說第十三回回目原為：「秦可卿淫喪天香樓。」
在一百十一回賈母過世後鴛鴦想以死明志，不願再被婚配，當她正想著要以
何種方式結束自時就在賈母套間屋內，隱隱看到一個女人拿著汗巾子好似要
上吊的樣子，鴛鴦仔細一想，那不是東府裡賈蓉大奶奶，並且鴛鴦認為是秦
可卿來教她死法了。甚至香魂出竅正無投奔時，看到秦氏隱隱約約走在走前，
原來是兼美來接引鴛鴦，並要鴛鴦司管太虛幻境的痴情一司。
〔註31〕在曹雪芹修改過後，秦可卿是因為她是「心性高強聰明不過的人，聰明忒過，
則不如意事常有，則思慮太過。此病是憂慮傷脾，肝木忒旺。」
同時，在秦可卿死去時，寧國府裡的「哭聲搖山振岳」，亂烘烘人來人往，賈
珍哭得「淚人一般」，並說「誰不知我這媳婦比兒子還強十倍」，至於喪禮的
辦理，賈珍直言「不過盡我所有罷了。」而婆婆尤氏卻在此時「犯了胃疼舊
疾，睡在床上。」躲開了這些場面。

她的上房裡午睡，在她「神仙也可以住得了」的上房裡，有著西施浣過的紗
衾、紅娘抱過的鴛枕、趙飛燕立著舞過的金盤、同昌公主製的聯珠帳、壽昌
公主臥的榻、武則天鏡室中的寶鏡。秦可卿置身其中，也與歷史名媛、美女、
女皇共列。在此同時，寶玉夢遊太虛幻境，無論如何，和警幻仙子之妹兼美
字可卿，其貌似寶釵又似黛玉，與寶玉在幻境裡雲雨一番。事實上，秦可卿
代表的是至美及欲望的化身。

　　秦可卿的喪事隆重盛大，在四十九日內請了一百單八眾禪拜大悲懺，超
度亡靈，又請了九十九位全真道士，打了四十九日解冤洗業醮。並尋了義忠
親王老千歲原訂製的棺木，厚八寸紋若檳榔，味若檀麝，以手扣之玎璫如金
公，可萬年不壞，要價一千兩銀子。賈珍甚至為賈蓉捐個前程，只為了媳婦
封號在「喪禮上風光些」，又以一千兩百兩銀子捐了個「五品龍禁尉」，並請
鳳姐執事。秦可卿的銘旌上大書：「奉天洪建兆年不易之朝誥封一等寧國公家
孫婦防護內廷紫禁道御前侍衛龍禁尉享強壽賈門秦氏恭人之靈柩」，出席喪禮
的王孫將軍不可枚數，堂客大轎百來乘，殯伍行列三四里遠。並有王公在路
上設了多個路祭，供人致祭。

　　在秦可卿盛大的喪禮上，寫出王熙鳳的野心、寶玉的多情、賈珍對於秦
可卿的一片私心，以及賈府籌辦可卿喪事的有些不正當性。〔註32〕秦可卿死
後不久秦鐘也病逝，但在此同時賈元春選上了鳳藻宮尚書，加封賢德妃。秦
可卿喪禮之後接著是元春省親，一悲一喜，都擲下大把銀子，表現賈府權貴
地位，把賈府推向聲勢、權勢最高的位置。在秦可卿之後賈府裡重要人物的
喪亡，有元妃薨逝（第九十五回）、黛玉離魂（第九十八回）、賈母壽終（第
一百十回）、鳳姐病逝（第一百十四回）。其中對於元妃喪禮的描寫只有：

> 小太監傳諭出來說：「賈娘娘薨逝。」是年甲寅年十二月十八日立春，
> 元妃薨日是十二月十九日，已交卯年寅月，存年四十三歲。

> 次日早起，凡有品級的，按貴妃喪禮，進內請安哭臨。賈政又是工
> 部，雖按照儀注辦理，未免堂上又要周旋他些，同事又要請教他，
> 所以兩頭更忙，非比從前太后與周妃的喪事了。但元妃並無所出，
> 惟諡「賢淑賢妃」。此是王家制度，不必多贅。（第九十五回）

賈元妃之喪和秦可卿之喪的描寫實不可比。至於賈母的喪禮，在她過世前歷

---

〔註32〕　（美）艾梅蘭（Epstein, Maram），羅琳譯，《競爭的話語：明清小說中的正統
　　　　　性、本真性及所生成之意義》，江蘇：江蘇人民出版社，2005 年 1 月，頁 130。

經賈府極盛、錦衣軍查抄寧國府，以及賈璉被革職、賈赦家產沒收入官府等風波。最後賈政雖又復職，但賈赦發往徧遠驛站任職，賈母散出自己的餘資家私，不久後賈母以八十三歲壽終歸地府，死後尚有些哀榮，因皇上念及賈母爲元妃祖母，賞銀一千兩，論禮部主祭，於是聖恩重披，眾親友又來探喪祭奠，鳳姐仍執事。但此時鳳姐已失人心，喪事辦得慌亂不已。賈母的辭靈之時，上上下下也有百餘人，算仍盛大，甚至丫頭鴛鴦也上吊殉主，使得賈母的更行風光。但賈母的喪祭也只有幾語帶過：「賈政居長，衰麻哭泣，極盡孝子之禮。靈柩出了門，便有各家的路祭，一路上的風光不必述。走了半日，來至鐵檻寺安靈，所有孝男等俱應在廟伴宿，不題。」（第一百十一回）

黛玉的死去則和寶玉迎娶寶釵同時，別說喪禮的描寫，連已亡故了，賈母都沒有過去探她一回，只說了「葬禮上要上等的發送。」（第九十八回）最後在賈母亡故之後，賈政扶了賈母靈柩，也將黛玉、秦可卿的棺一併帶回南方。（第一百十六回）再沒有其他的奠祭儀式。關於黛玉死亡的描寫也只有在黛玉死時，「聽聞遠處有一陣音樂之聲，側耳一聽，卻又沒有了。」（第九十八回）暗示著黛玉的魂魄已入仙境。鳳姐的喪禮不僅沒有描寫，連喪事的銀兩賈璉都不知如何張羅，最後還是平兒拿出自己的家私讓賈璉當了換錢使用，停棺十日，送了殯。（第一百十四回）黛玉、賈母、鳳姐的喪禮一如賈府的運勢，急轉直下，益發凄涼。

至於《醒世姻緣傳》裡幾個角色的死亡，如晁源／狄希陳的果報輪迴，前世裡被晁源射殺的狐精／今生成了素姐；前世裡受冤上吊的計氏／今生成了童寄姐；前世晁源的愛妾小珍哥／今生成了小丫頭珍珠。晁源因殺害生靈、棄妻寵妾所以天理不容，但何以仍可爲男兒身又作朝廷命官，胡無翳如此回答晁梁的疑惑：「他三世前是個極賢極善的女子，所以叫他轉世爲男，福祿俱全，且享高壽。不料他迷了前生的眞性，得了男身，不聽父母教訓，不受師友好言，殺生害命，利己損人，棄妻寵妾，姦淫詐僞，奉勢趨時，欺貧抱富，誣良謗善，搬挑是非，忘恩負義，無所不爲，所以減了他福祿，折了他的壽算。若依了起初的註定享用，豈只如此？幸得今生受了冤家的制縛，不甚鑿喪了良心，轉世還有人身可做；不然也就幾乎往畜生一道去了。」（第一百回）素姐的前世爲一修練千年的狐姬，實則她原已「處心不善」，「恃自己神通廣大」，自恃著自己變了人像，加上「久有迷戀晁大舍的心腸」，只因晁大舍莊上佛閣內供養一本朱砂印的梵字《金剛經》，有著無數諸神護衛，因此不敢進

到晁大舍家中。今見晁大舍是個好色的邪徒，帶領了妓妾打圍，不分男女，她想道，若不在此處入手，更待何時？於是變成絕美嬌娃，年紀不過二十歲，穿了一身縞素，在晁大舍馬前不緊不慢的行走，又不時地回頭顧盼，引得晁大舍魂不附體。那知狐精化身的絕美女體竟逃不過蒼鷹的慧目，眼見逃不過蒼鷹，變回狐身期待晁大舍相救，沒想到晁大舍本是好殺生害命的人，反而射殺了狐精。這是素姐前世的死亡。

　　到了這一世，素姐心心念念的都是晁源的凌虐和傷害。輪迴終了，是素姐在臥房內拿了弓，拈了一枝雕翎鑞箭，射傷狄希陳，怎知胡無翳前來營救，並告知，和素姐要冤除恨解，得要虔誦《金剛經》，發狠持戒，淨身吃齋，每日早起晚住虔誦《金剛般若波羅蜜經》。就在狄希陳日日持誦之際，狄希陳已然口吐異香，惡夢不生，心安神泰；素姐則是覺心慌眼跳，肉戰魂驚，惡夢常侵，精神恍惚，飲食減少，夜晚似有人跟捉之意，因此不敢獨行。當狄希陳誦到一萬卷之數，將完之日，素姐越發臥床不起。然而在文中卻也說素姐是「泰山聖姥名下聽差的仙狐不應用箭射死，又剝了她的皮張，棄掉了她的骸骨。仙狐在冥司告過了狀，見世領了小鴉兒先償了害命之仇，轉世配成夫婦，以報前世殺生害命之冤，再洩剝皮棄骨之恨。薛氏是奉天符報仇，不係私意。」但是值得詢問的是，如果狐精／素姐是「奉天符」向晁源報仇，那麼何以素姐被掏心？又是被誰呢？不是奉了天符才這麼作的嗎？又怎會被糾纏？這似乎是小說裡無法自圓其說之處。小珍珠在前世是狄希陳所寵愛妾，誣謗譖妻計氏致計氏懷忿縊死。今生則成爲寄姐／計氏的丫頭，這是「冤冤相報」，在此世已一報還一報，冤債早已償還。

　　《醒世姻緣傳》裡，晁老爺的死與喪事則顯得荒謬可笑。話說晁老爺到了六十三歲，竟生出想納妾的念頭，晁夫人房內一個從小使到大的丫頭春鶯，年紀十六歲，「出洗了一個像模像的女子，也有六七成人材，晁老兒要收她爲妾。」晁夫人慨然允了。「看了二月初二日吉時，與她做了妝新的衣服，上了頭，晚間晁老與她成過了親。晁老爺倒有正經的人，這沈緬的事也是沒有的。合該晦氣，到了三月十一日，家中廳前海棠盛開，海棠花的開放在《醒世姻緣傳》似乎也有所隱喻，或象徵山林異象等。擺了一兩桌酒，請了幾個有勢的時人賞花。老人家畢竟是新婚之後，還道是往常壯盛，到了夜深，不曾加得衣服，觸了風寒，當夜送得客去，頭疼發熱起來。」庸醫楊古月以十全大

補湯的陳方使得晁老爺一命鳴呼。「到了三月二十一日考終了正寢。」（第十
八回）

首先晁源要陰陽官把父親「奉直大夫」知州官銜換成一品勳階「光祿大
夫上柱國先考晁公」，使得弔唁的人無不議論紛紛。其次，晁源又要畫士將喜
神（父親的遺像）畫成戴有蟒玉帶金幞頭的朝冠畫像。最後，還要畫士將父
親的面容畫成如文昌帝君般「白白胖胖，齊齊整整，焌黑的三花長鬚像」。最
後喪禮是「亂亂烘烘開了十三日弔，念了十來個經，暫且閉了喪，以便造墳
出殯。直到喪禮上，在公祭時，鄉紳來祭拜，請出陳方伯詣香案拈香，但陳
方伯直問「這供養的是什麼神？」下人回稟是晁老爺，陳方伯卻以為到了城
隍廟肯拈香，又言「墓誌銘上寫陳爺書丹」，事實上，陳爺從來不會寫字。（第
十八回）此時的晁源心裡著急的是娶秦小姐為妾之事，殊不知秦小姐寧可出
家也不要作為晁源妾室。這使得晁老爺的喪禮在一個又一個烏龍、造假、兒
子晁源自我抬舉中草草結束。最後晁老爺與媳婦一同出喪，這裡以荒謬諷刺
筆法寫晁源的無知及不知禮節，將喪禮辦成了一場鬧劇。

在《林蘭香》中燕夢卿死亡後的奠祭亦為盛大排場，但並不是男主人耿
朗的官位或權勢，而是因為燕夢卿平日行事得宜，受人愛戴，因此亡故之後，
不僅朝廷司禮全老大人送來奠儀祭奠夢卿，「是時城內的男女大小陸續到來，
將奠禮設了三桌，分作三次祭奠。」祭拜之人約有百餘人之多，扶地大哭者
眾，「如嬰兒之喪母，孝子之喪親。」（第四十回）但與《紅樓夢》、《金瓶梅》
二書不同的是，燕夢卿的喪禮並未寫出耿家的盛衰，只是彰顯燕夢卿個人的
性格特質及美德。

## 第四節　結語

海德格爾說，時間並不是透過存在者的變化過程而經驗到，日常的存在
並不能向我們展示時間的面貌，因為它往往被遮蔽。家庭小說所展現的意
義，並不是時間流逝之後的結果，因為時間流逝之後，必然是家庭命運興衰、
生死聚散的呈現，我們關心的是人物的「此在」。在所有「此在」的瞬間、
當下所呈現的是關於生命的真實，家庭小說正是記錄「此在」的故事。時間
之矢是不斷向前飛奔，而盡頭無疑是生命的終點。在生命中，某個特別的時
間刻度被刻記，例如屬於個人時間刻度的生日，以及屬於群體時間刻度的節

慶，使得個人乃至群體的生活在日復一日中有不同的表現，同時也展現文化意義。

　　明清家庭小說往往頻繁地以「次日」一詞，記錄家庭內時間的進行，時間是「一日又一日」的推移著。以此表現時間日復一日的經過，時間計量是日與日的測度時間。這種日復一日的時間敘述，也正是家庭小說最常使用的寫作方法。在家庭日常生活時間裡，自然時間和社會文化時間都似乎是均速地前行，暗示著家庭生活的視野，是與現實時間並行。在這些一日又一日的家庭敘事中，不斷呈現出時間推移的現實感，而「次日」、「第二天」、「又一日」這種看似填滿時間空隙的時間用語，卻得同時也使得編年的時間性斷裂、停頓，更顯現時間流逝無可回復的時間感。

　　家庭小說似乎都是描寫食、衣、住、行等單調且不斷重覆的主題，因為家庭小說脫離不了「日常」行為習慣的重覆及書寫，〔註33〕然而明清家庭小說在寫作日常生活細節時，將「時間」推至生活細節之前，令讀者清楚地意識到家庭時間連繫皇帝年號、四時節令，或者不斷流逝的年月，在此不斷提醒讀者時間又過了幾日幾夜。寫實時間的敘寫，或者在於表現家庭／國家的興衰、個人的生命歷程。同時在家庭小說中，事件的發生有時是交錯在歷史與寫實之外，例如劫難的歷程與死亡喪葬的描寫，都使日常時間停頓。好讓人們將眼光投射到劫難所要展現勸善懲惡的果報思想，或者示於他人以表現家庭權勢的喪禮。敘事文學裡隱藏著各式的時間，死亡無疑是人在人世間最後的時間刻度。生者和死者，在亡者的喪禮上，從此陰陽兩隔。喪禮的時間及儀式，對於活著的人方有意義，或者展現最深思的悲傷，告別死者；又或者是生者藉此計算自己的名聲權勢的極佳時間。

　　小說對於日常生活瑣事的描寫，使得敘述的角度轉而關注女性的生活內涵，《金瓶梅》的李瓶兒、《紅樓夢》秦可卿的盛大的喪禮，以及《金瓶梅》中西門慶、《醒世姻緣傳》中晁源父親二人喪禮上的荒謬情節，似乎透露某些訊息：明清家庭小說寫的是「家庭」，而且是貼近女性視角下的家庭，因此多寫「家」而少寫「國」，寫「家事」不寫「國事」；同時，當敘事的視角不再從男性／父權的角度去看待「家」、「國」之際，家庭的秩序不再是原來儒家思維裡「君、臣、父、子、夫、婦」的人倫品序，翻轉至女／男、妻／夫——女性「狹隘」的敘事觀點。家庭秩序因此似乎是「失序」，而在失序的同時，

―――――――――――――――――――

〔註33〕李歐梵，《蒼涼與世故——張愛玲的啟示》，頁6。

正是對原有秩序的重新思考，上升到前所言的家國互喻的部份，這正是對集權的、官僚的明代社會的一種衝撞及反省。